프렐류드 - 찬란한 추억의 정원

캐서린 맨스필드

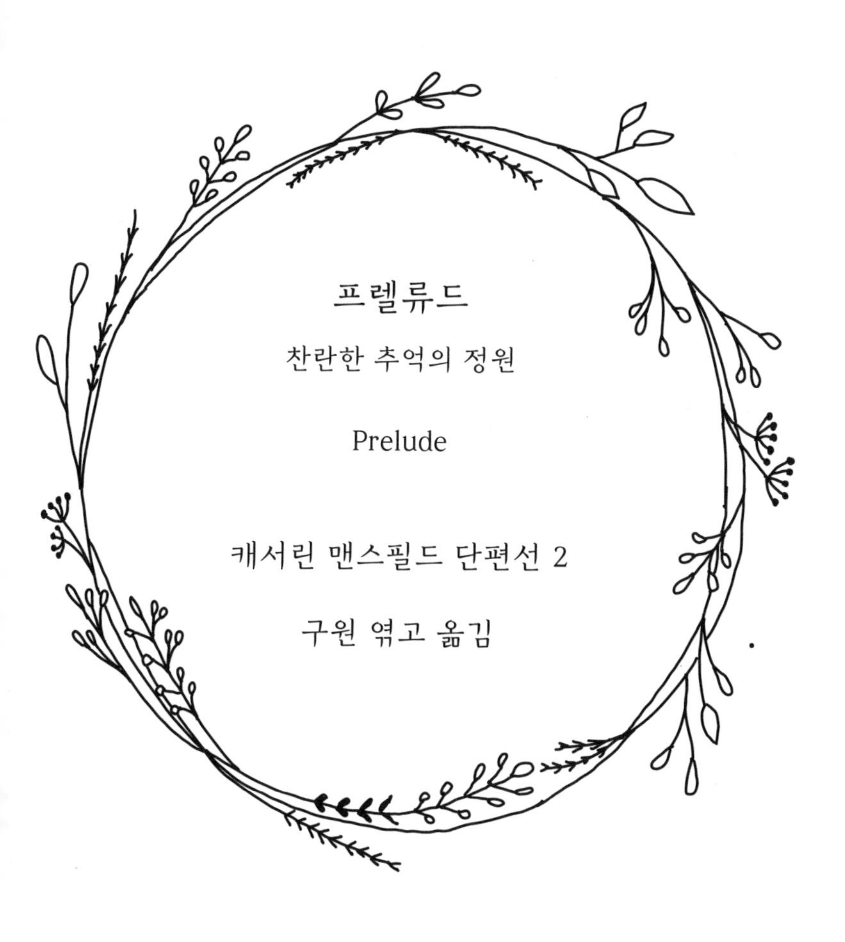

프렐류드

찬란한 추억의 정원

Prelude

캐서린 맨스필드 단편선 2

구원 엮고 옮김

차례

어린 소녀

어린 소녀에게 그는 두렵고 피해야 할 대상이었다. 매일 아침 출근하기 전에 그는 아이 방에 들어와 대충 키스해주었고, 그러면 아이는 "안녕히 다녀오세요, 아버지." 하고 인사했다. 그리고, 오, 버기 마차가 긴 도로를 달려 바퀴 소리가 점차 멀어지면 마음이 날아갈 듯이 가벼워졌다!

저녁에 그가 퇴근하고 돌아오면 어린 소녀는 난간에 기대어 복도에 쩌렁쩌렁 울리는 목소리를 들었다. "차를 흡연실로 가져다줘…. 신문은 안 왔나? 또 부엌으로 가져간 거야? 장모님, 신문이 부엌에 있는지 봐주세요. 제 슬리퍼 좀 가져다주시고요."

"키지어." 어머니가 부를 것이다. "착한 아이답게 내려와서 아버지 부츠 벗겨드리렴." 어린 소녀는 한 손으로 계단 난간을 꽉 붙잡고 천천히 내려갔다. 그리고 더 천천히 홀을 가로질러 흡연실 문을 살짝 밀었다.

그때쯤에 그는 안경을 쓰고 있었고, 어린 소녀에게는 너무나 무시무시하게 느껴지는 눈빛으로 머리부터 발끝까지 훑어보았다.

"그래, 키지어. 얼른 아버지 부츠 벗겨서 밖에 내놓아라. 오늘 하루 착하게 지냈니?"

“모—모—모—모르겠어요, 아버지.”

“모—모—모—모르겠다고? 자꾸 말을 더듬으면 어머니가 너를 의사한테 데려가야 할 거다.”

어린 소녀는 다른 사람들과 이야기할 때는 한 번도 말을 더듬지 않았다. 인제 완전히 고친 버릇이었다. 그러나 아버지와 말할 때는 모든 음절을 정확하게 발음하려고 애쓰다보니 오히려 말을 더듬었다.

“뭐냐? 왜 그렇게 기가 죽었어? 장모님, 애한테 꼭 금방이라도 자살할 것 같은 표정을 짓지 말라고 가르치세요…. 자, 키지어. 아버지 찻잔을 저기 테이블에 가져다놓으렴. 조심해라. 넌 꼭 노인처럼 손을 떠는구나. 손수건은 주머니에 넣어두는 거다. 소매가 아니라.”

“네—네—네, 아버지.”

일요일에 어린 소녀는 교회의 신도석에 나란히 앉아 아버지의 우렁차고 뚜렷한 노랫소리를 들었고, 설교 시간에는 아버지가 눈을 가늘게 뜨고 한 손으로 신도석 가장자리를 소리 없이 두드리며 몽땅한 파란 연필로 봉투 뒷면에 메모하는 모습을 보았다. 아버지의 기도 소리가 어찌나 크던지 하늘나라에서 하느님도 목사보다는 아버지 기도를 들을 것이 확실했다.

아버지는 거대했다. 손도 크고 목도 두껍고, 특히나 하품할 때 입이 동굴 같았다. 방에서 혼자 아버지를 떠올리면 꼭 거인처럼 생각되었다.

일요일 오후마다 할머니는 어린 소녀에게 갈색 벨벳 드레스를 입혀주고 응접실로 가서 아버지와 어머니와 즐겁게 대화하라고 일렀다. 하지만 어린 소녀가 들어가면 어머니는 〈스케치〉 잡지를 읽느라 여념이 없었고 아버지는 얼굴을 손수건으로 덮고 발은 제일 좋은 쿠션에 올린 채로 소파에 누워 드르렁거리며 자고 있었다.

어린 소녀는 피아노 의자에 걸터앉아서 심각한 표정으로 아버지를 지켜보며 깨어나기를 기다렸다. 아버지는 일어나서 몇 시냐고 묻고, 그다음에 어린 소녀를 보았다.

"그렇게 빤히 쳐다보지 마라, 키지어. 꼭 조그만 갈색 올빼미 같구나."

어느 날 어린 소녀가 감기에 걸려 방에 있는데 할머니가 아버지 생일이 다음 주니까 바늘꽂이를 만들어 선물하면 어떻겠냐며 아름다운 노란색 비단을 주었다.

어린 소녀는 두 겹이 덧대어 있는 천의 세 면을 고생스럽게 한 땀 한 땀 꿰맸다. 그런데 속을 뭐로 채우지? 그게 문제였다. 할머니는 정원에 나가 있었다. 아이는 종이 쪼가리를 찾다가 안방에 들어갔다. 침대 옆 탁자에 부드러운 종이가 한 뭉치 있는 것을 보고 아이는 그걸 전부 가져가 잘게 잘라서 주머니에 넣고 마지막 면을 꿰맸다.

그날 밤 집에서 한바탕 난리가 났다. 아버지가 항만관리공사에 전할 중요한 연설문이 없어졌다. 집을 방마다 샅샅이 뒤졌다. 하인들을 한 명씩 전부 신문했다. 마침내 어머니가 아이 방에 들어왔다.

"키지어, 안방 탁자에 있는 종이 못 봤지?"

"봤어요." 키지어가 말했다. "찢어서 아버지 깜짝 선물을 만들었어요."

"뭐!" 어머니가 비명을 질렀다. "당장 다이닝룸으로 내려와라."

아이는 아버지가 뒷짐을 지고 왔다 갔다 서성이고 있는 방으로 불려갔다.

"어떻게 됐어?" 아버지가 날카롭게 외쳤다.

어머니가 상황을 설명했다.

아버지는 걸음을 멈추고 얼빠진 표정으로 아이를 보았다.

"네가 그랬다고?"

"아—아—아—아니요." 아이가 중얼댔다.

"장모님, 아이 방에 가서 그 망할 주머니를 가져다주세요. 애는 당장 잠자리에 들라고 하세요."

아이는 엉엉 우느라 자초지종을 설명하지 못했다. 어두운 방에 누워 있노라니 석양빛이 베니션 블라인드 사이사이 스며들어 바닥에 슬픈 그림을 그렸다.

잠시 후 아버지가 자를 들고 아이 방에 들어왔다.

"이번 일은 혼나야겠다." 아버지가 말했다.

"아, 안 돼요. 안 돼요!" 아이는 비명을 지르며 이불 속으로 숨어들었다.

아버지가 이불을 들쳤다.

"앉아." 아버지가 명령했다. "손바닥 내밀어. 다른 사람 물건에 손대면 안 된다는 걸 꼭 배워야 한다."

"하지만 아버지 생—생—생신 선물 만드느라 그랬어요."

자가 조그만 분홍색 손바닥을 내리쳤다.

몇 시간 뒤에 할머니가 아이를 안고 흔들의자에 앉아서 달래주었다. 아이는 할머니의 부드러운 몸에 바짝 안겨들었다.

"예수님은 아버지들을 왜 만들었어요?" 아이가 흐느꼈다.

"여기 새 손수건 쓰렴, 아가. 할머니가 라벤더 물로 적신 거야. 자야지. 내일이면 다 잊어버릴 거다. 할머니가 아버지한테 대신 설명해줄게. 하지만 아버지가 오늘 밤에는 화가 많이 나서 이해하지 못할 거야."

그러나 아이는 잊지 않았다. 다음 날 아버지와 마주쳤을 때 아이는 양손을 얼른 뒤로 숨겼고 얼굴은 새빨갛게 달아올랐다.

옆집에는 맥도널드 일가가 살았다. 그 집은 아이가 다섯 명이었다. 저녁에 어린 소녀는 텃밭 울타리의 틈새로 이웃 가족이 술래잡기하는 광경을 엿보았다. 맥도널드 씨가 아기 맥을 목말 태우고 꽃밭을 빙빙 돌면 어린 두 딸이 그의 코트 뒷자락을 붙잡고 쫓아갔다. 한번은 남자아이들이 아버지에게 물을 뿌렸다. 아버지한테 물을 뿌리다니! 그러자 맥도널드 씨는 아이들을 잡아서 딸꾹질할 때까지 간지럼을 태웠다. 그래서 어린 소녀는 세상에 여러 종류의 아버지가 있다는 사실을 깨달았다.

갑자기 어느 날, 어머니가 아팠다. 할머니와 어머니는 폐쇄형 마차를 타고 시내에 갔다.

어린 소녀는 앨리스 '장군'과 집에 남겨졌다. 낮에는 괜찮았는데, 밤이 되어 앨리스가 재워주러 오자 어린 소녀는 덜컥 겁이 났다.

"무서운 꿈 꾸면 어떡해?" 어린 소녀가 물었다. "난 무서운 꿈 많이 꾼단 말이야. 그러면 할머니가 할머니 침대로 데려가주는데…. 난 어두운 데 혼자 못 있어. 속닥속닥 소리가 들린단 말야…. 그럼 어떻게 해?"

"얘는 참, 그냥 자면 돼." 앨리스는 어린 소녀의 양말을 벗기고 그걸로 침대 난간을 두드리며 말했다. "괜히 소리 질러서 불쌍한 너희 아버지나 깨우지 말렴."

그렇지만 똑같은 악몽을 또 꾸었다—도살자가 칼과 밧줄을 들고 끔찍한 미소를 지으며 점점 가까이 다가왔고, 아이는 얼어붙은 채로 서서 소리만 질렀다. "할머니! 할머니!" 아이가 몸을 떨며 일어나자 아버지가 양초를 들고 침대 옆에 서 있었다.

"왜 그러니?" 아버지가 물었다.

"아, 도살자—칼. 할머니, 할머니 어딨어요." 아버지는 촛불을 불어서 끄고 허리를 굽혀 어린 소녀를 번쩍 안더니 복도를 지나 안방으로 데려갔다. 침대에 신문이 펼쳐져 있었고 반쯤 피운 시가가 독서등에 기대어 세워져 있었다. 아버지는 신문을 바닥으로 떨어뜨리고 시가를 난롯불에 버린 다음에 조심스레 아이를 눕히고 옆에 같이 누웠다. 잠이 덜 깬 채로, 여전히 도살자의 무시무시한 미소가 머릿속에 맴도는 채로 아이는 아버지에게 다가가 머리를 겨드랑이에 파묻고 잠옷 상의를 꽉 붙잡았다.

그러자 어둠이 더는 무섭지 않았다. 아이는 꼼짝도 하지 않고 누워 있었다. "발을 아빠 다리에 문질러서 따뜻하게 덥히렴." 아버지가 말했다.

피곤한 아버지도 어린 소녀 옆에서 잠들었다. 이상한 기분이 들었다. 불쌍한 아버지! 결국, 아버지는 별로 크지 않았다…. 그를 돌봐주는 사람도 없었다…. 아버지 몸은 할머니처럼 푹신하지 않았지만 기분 좋게 단단했다. 매일매일 일하러 나가는 아버지는 너무 피곤해서 맥도널드 씨처럼 될 수 없었다…. 그런 아버지의 아름다운 글을 전부 찢다니…. 어린 소녀는 갑자기 몸을 떨고 한숨을 내쉬었다.

"왜 그러니?" 아버지가 물었다. "또 나쁜 꿈 꿨니?"

"아." 어린 소녀가 말했다. "내 머리가 아버지 가슴 위에 있어요. 아버지 가슴이 뛰는 소리가 들려요. 아버지 가슴이 어찌나 넓은지요."

딜 피클

그렇게 6년이라는 세월이 흐른 뒤에 그를 다시 보았다. 그는 일본식 꽃병에 종이 수선화를 꽂아 올려놓은 대나무 테이블 중 하나에 앉아 있었다. 테이블에 놓인 접시에는 과일이 가득했고, 그는 그녀가 단번에 알아본 그만의 '특별한' 방식으로 오렌지 껍질을 신중히 벗기고 있었다.

뜻밖의 조우에 놀란 그녀의 시선을 느꼈는지 그가 고개를 들고 눈을 마주쳤다. 이럴 수가! 그는 그녀를 알아보지 못했다! 그녀는 미소를 지었다. 그는 눈을 찡그렸다. 그녀가 다가갔다. 그는 잠깐 눈을 감았다가 다시 떴는데, 그와 동시에 어두운 방에서 성냥에 불을 붙인 것처럼 얼굴이 환해졌다. 그는 오렌지를 내려놓고 의자를 뒤로 밀며 일어났다. 그녀는 머프에 끼고 있던 조그맣고 따뜻한 손을 내밀었다.

"베라!" 그가 외쳤다. "정말 이상하지. 잠깐 당신을 못 알아봤어. 여기 앉아! 점심은 먹었어? 커피 좀 마실래?"

그녀는 머뭇거렸지만 물론 그럴 생각이었다.

"그래. 커피를 마실게." 그녀는 맞은편 의자에 앉았다.

"당신 달라 보이네. 그래, 많이 변했어." 그가 밝은 얼굴로 그녀를 유심히 보며 말했다. "건강해 보여. 옛날보다 훨씬 좋아 보이는걸."

"정말?" 그녀는 베일을 걷어 올리고 목 위로 높이 올라오는 모피 깃의 단추를 풀었다. "건강하다고 느끼진 않아. 이런 날씨는 정말 못 견디는 거 알잖아."

"아, 그렇지. 당신은 추위라면 질색이니까…."

"너무 싫어." 그녀는 몸을 가볍게 떨었다. "게다가 나이가 들면 점점 더…."

그때 그가 말을 끊었다. "잠깐만." 그러고는 테이블을 두드려 웨이트리스를 불렀다. "여기 커피랑 크림 좀 부탁해요." 그리고 그녀에게 물었다. "정말 아무것도 안 먹을래? 과일이라도 좀 먹지. 여기 과일이 아주 신선해."

"아냐, 고마워. 괜찮아."

"그럼 안 먹는 거로." 그는 다소 과하게 활짝 웃으며 오렌지를 다시 집었다. "좀 전에 뭐라고 했지? 나이가 들면—"

"추위를 더 많이 탄다고." 그녀는 웃었다. 그렇지만 마음속으로는 상대의 말을 끊는 이 버릇을 생생히 기억하며, 6년 전에 자신이 얼마나 진저리를 냈었는지도 함께 떠올렸다. 당시에 그녀는 자신이 말하고 있는 중에 그가 손바닥으로 입을 틀어막고 뒤돌아서 다른 일에 주의를 쏟다가 그게 끝나면 손을 치우고 방금처럼 다소 과하게 활짝 웃으며 다시 자신에게 집중하는 것처럼 느꼈었다…. 자, 이제 나는 대화할 준비가 됐어. 저건 해결됐으니까. 꼭 이렇게 말하는 것 같았다.

"추위를 더 타지!" 그가 웃으며 그녀의 말을 되풀이했다. "아, 그랬지. 당신이 예전에도 그런 말을 했었어. 달라지지 않은 게 하나

더 있어. 당신의 아름다운 목소리. 당신의 아름다운 말투." 이제 그는 매우 진지한 어조로 말했다. 그가 가까이 몸을 기울이자 오렌지 껍질의 따뜻하면서도 알싸한 향이 훅 풍겼다. "당신이 단 한마디만 해도 나는 수많은 목소리에서 당신의 목소리를 식별할 수 있어. 그게 정확히 뭔지는 모르겠어. 예전에도 자주 궁금해했지. 당신의 목소리가 왜 그토록 강렬하게 기억에 남는지…. 우리가 큐 식물원에 처음 간 오후 기억해? 내가 꽃 이름을 하나도 모른다고 당신이 놀랐었잖아. 당신이 수많은 꽃 이름을 가르쳐줬는데, 여전히 하나도 몰라. 그렇지만 날씨가 유난히 화창하고 따뜻한 날에 화사한 색채를 보면, 정말 신기하지, 당신의 목소리가 귓전에 맴돌아. "제라늄, 마리골드, 버베나." 그럼 마치 이 세 단어가 이제는 사라진 아름다운 언어에서 남은 전부인 것만 같은 느낌이 들어…. 그날 기억해?"

"아, 물론이야. 또렷하게 기억해." 그녀는 그들 사이에 놓인 종이 수선화에서 숨 막히게 달콤한 향기가 풍긴다는 듯이 나직한 한숨을 길게 내쉬었다. 그렇지만 그녀는 그날 오후를 달리 기억했다. 그녀는 차를 마시다 벌어진 어처구니없는 사건을 기억했다. 차를 마시는 사람들로 북적거리는 중국 탑에서 그는 말벌을 쫓는다며 온갖 호들갑을 떨었다. 팔을 휘젓고 밀짚모자를 휘두르며 별일도 아닌 것에 마치 사투를 벌이듯 정색하고 흥분했다. 다른 사람들이 어찌나 우스워하며 비웃던지. 어찌나 창피하던지.

하지만 그가 간직하고 있던 추억을 듣자 그녀의 기억은 흐릿해졌다. 그의 기억이 더 진실했다. 그래, 그날 오후는 멋졌다. 정원에는 제라늄과 마리골드와 버베나가 흐드러졌고 햇볕은 따스했지…. 마지막 두 단어가 노래의 후렴처럼 머릿속에 울렸다.

그 따뜻함 속에서 또 다른 기억이 피어났다. 뜰에 앉아 있는 자신의 모습이 눈앞에 나타났다. 그는 옆에 누워 있었다. 아주 오랫동안 말없이 누워 있다가 갑자기 그가 몸을 굴려 그녀의 무릎을 벴다.

"나는 말이지." 그가 불안해하는 목소리로 조용히 말했다. "차라리 지금 독약을 먹고 죽었으면 좋겠어—지금 바로 여기서!"

그때 하얀색 드레스를 입은 어린 소녀가 줄기에서 물이 뚝뚝 떨어지는 길쭉한 수련을 들고 덤불 뒤에서 불쑥 나타나 잠시 그들을 빤히 보다가 다시 덤불 뒤로 불쑥 사라졌다. 그렇지만 그는 소녀를 보지 못했다. 그녀는 그를 굽어보았다.

"아, 왜 그런 말을 해? 그건 안 돼."

그렇지만 그는 나직한 신음 같은 소리를 내고 그녀의 손을 잡아 자기 얼굴로 가져갔다.

"당신을 너무 사랑하게 될 걸 알아. 지나치게 사랑할 거야. 몹시 괴롭겠지. 왜냐하면 당신은 절대 나를 사랑하지 않을 테니까, 베라."

확실히 그는 예전보다 인물이 훨씬 좋아졌다. 한때 그의 얼굴에 비치던 멍한 모호함과 소심함이 전부 사라졌다. 이제 그는 세상에서 자리를 찾은 사람처럼 자신감이 넘치고 확신에 차 보였는데, 그 태도가 무척 인상적이었다. 돈도 꽤 번 모양인지, 위아래로 말쑥하게 빼입었다. 그 순간 그는 주머니에서 러시아제 담배를 꺼냈다.

"하나 피울래?"

"그래." 그녀는 담배에 손을 뻗었다. "품질이 좋아 보인다."

"그럴 거야. 세인트 제임스 스트리트에 있는 작은 상점에서 맞춤 주문하거든. 담배를 자주 피우진 않아. 당신과는 다르지. 하지만 피울 때만큼은 꼭 신선하고 맛있는 걸 피우고 싶어. 담배 피우는 습관이 들진 않았어. 나한테는 일종의 사치라고나 할까. 향수처럼 말이야. 당신은 지금도 향수를 좋아해? 아, 러시아에 갔을 때….”

그녀가 끼어들었다. “러시아에 정말 갔어?”

“아, 그래. 거기서 1년 조금 넘게 머물렀어. 러시아에 가보자고 우리가 늘 이야기하던 거 잊었어?”

“아니, 잊지 않았어.”

그는 묘하게 쿡쿡 웃고는 의자에 기대앉았다. “신기하지. 나는 우리가 계획했던 여행을 다 했어. 그래, 우리가 이야기했던 곳들에 전부 가보았고, 당신 표현을 빌리자면 그곳에서 ‘숨을 돌릴 수 있을’ 정도로 오래 머물렀어. 사실, 지난 3년간 꾸준히 여행을 다녔어. 스페인, 코르시카, 시베리아, 러시아, 이집트에 갔지. 남은 곳은 이제 중국뿐인데, 전쟁이 끝나면 갈 계획이야.”

너무도 가볍게 그는 말하면서 담배 끝을 재떨이에 털었고, 그녀는 오랜 시간 가슴속에 잠들어 있던 기이한 짐승이 움찔거리면서 일어나 기지개를 켜고 하품을 한 뒤에 귀를 쫑긋 세웠다가 갑작스레 펄쩍 일어나, 열렬하고 굶주린 시선으로 그 머나먼 곳들을 바라보는 것을 느꼈다. 그렇지만 그녀는 부드럽게 웃으며 이렇게만 말했다. “부럽다.”

그가 인정했다. “정말로,” 그가 말했다. “멋졌어. 특히 러시아는 말이야. 우리가 상상했던 모든 것, 아니, 그 이상이었어. 훨씬 대단했지. 심지어 볼가강의 배에서 며칠 지냈어. 당신이 연주하던 〈볼가 뱃사공의 노래〉 기억해?”

“그래.” 대답하는 순간 머릿속에서 그 노래가 울렸다.

“요즘도 연주하니?”

"아니, 집에 피아노가 없거든."

그는 깜짝 놀랐다. "당신의 예쁜 피아노는 어떻게 됐어?"

그녀는 살짝 얼굴을 찡그렸다. "팔았어. 아주 오래전에."

"하지만 당신은 음악을 참 좋아했잖아." 그가 못 믿겠다는 듯이 말했다.

"어차피 요즘은 연주할 시간도 없어." 그녀가 말했다.

그는 더는 묻지 않았다. "강에서의 삶은 말이지." 그가 이전 화제로 돌아갔다. "참 특별해. 하루 이틀만 지나도 내가 강이 아닌 곳에서 살았다는 것이 믿기지 않아. 그 나라 언어에 능숙하지 않아도 돼. 강에서 지내는 것 자체로 당신과 타인 사이에 충분한 공감대가 형성될 테니까. 같이 밥을 먹고 하루를 보내고 난 뒤에 저녁에는 끝없이 노래를 불러."

그녀는 부르르 몸을 떨었다. 〈볼가 뱃사공의 노래〉가 비극적으로 장엄하게 울렸고, 쓸쓸한 나무가 양옆으로 늘어선 강에서 배 한 척이 어스름을 헤치며 나아가는 광경이 눈앞에 펼쳐졌다…. "그래, 정말 좋을 것 같다." 그녀가 머프를 쓰다듬으며 말했다.

"당신은 러시아식 생활을 거의 전부 다 좋아했을 거야." 그가 다정하게 말했다. "격식을 차리지 않고 충동에 따르면서, 완벽하게 자유롭게 살지. 게다가 농민들은 정말 멋진 사람들이야. 인간미가 넘쳐. 그래, 바로 그거야. 심지어 마차를 모는 마부도 진정한 인격체로 존재한다고. 기억나는 날이 있어. 한번은 나와 친구 두 명, 그리고 친구 부인이 저녁에 흑해로 피크닉을 나가 풀밭에서 저녁을 먹고 샴페인을 마셨지. 그렇게 먹고 있는데 마부가 와서 이렇게 말했어. "딜 피클 좀 드셔보시죠." 우리에게 나눠주고 싶었던 거야. 그것이 너무

나도 적절하게 느껴졌어. 무슨 뜻인지 알겠어?"

그 순간 그녀는 새까만 벨벳 같은 신비로운 흑해 앞의 풀밭에 앉아서, 벨벳처럼 부드럽고 조용하게 해변 위로 너울거리는 파도를 보고 있었다. 길 한쪽에 마차가 세워져 있었고, 풀밭에 앉아 있는 사람들의 얼굴과 손이 달빛에 하얗게 빛났다. 넓게 펼친 여자의 옅은 치맛자락과 접어서 풀밭에 눕혀놓은 모습이 커다란 진주 코바늘을 연상시키는 파라솔을 보았다. 그들과 조금 떨어진 자리에서 마부가 무릎에 도시락 보자기를 펼쳐놓고 앉아 있었다. "딜 피클 좀 드셔보시죠." 마부가 말했다. 비록 그녀는 딜 피클이 무엇인지 잘 몰랐지만 푸르스름한 유리 용기 속에서 앵무새의 부리처럼 빨갛게 빛나는 고추를 보았다. 그녀는 양 볼을 홀쭉하게 빨았다. 딜 피클은 몹시 시큼했다.

"그래. 무슨 뜻인지 정확히 알아." 그녀가 말했다.

뒤따른 침묵 속에서 두 사람은 서로를 지그시 응시했다. 예전에는 이렇게 시선을 마주치고 있노라면 상대를 속속들이 이해하는 것 같은 기분에 휩싸여서, 마치 두 사람의 영혼이 비극의 연인처럼 꼭 끌어안은 채로 미련 없이 바닷속으로 가라앉는 것 같았다. 그런데 이제, 놀랍게도 그가 교감을 차단했다. 그러고는 이렇게 말했다.

"당신은 정말 사람 이야기를 잘 들어줘. 당신이 그렇게 강렬한 눈빛으로 나를 보면 남에게는 죽었다 깨어나도 못할 이야기를 전부 할 수 있을 것 같아."

지금 그의 목소리에 조롱이 담겨 있었나? 아니면 그녀가 착각한 걸까? 확신할 수 없었다.

"당신을 만나기 전에는," 그가 말을 이었다. "타인에게 절대 나에 관해 이야기하지 않았어. 당신한테 작은 크리스마스트리를 선물한 날이 어제처럼 기억나. 내 어린 시절 이야기를 전부 해주었잖아. 한 번은 너무 비참해서 집에서 도망쳐 마당의 수레 밑에서 이틀이나 숨어 지냈었다고. 당신이 어찌나 눈을 초롱초롱 빛내면서 열심히 들어주었는지, 마치 크리스마스트리도 내 이야기를 듣고 있는 것 같았어. 동화에서처럼 말이야."

하지만 그녀는 그날 저녁을 떠올리면 조그만 캐비어 통이 생각났다. 한 통에 7파운드 6펜스나 했는데, 그는 도저히 그냥 넘어가질 못했다. 저 작디작은 통이 7파운드 6펜스라니, 세상에. 그는 한편으로는 충격을 받았고 한편으로는 우습다는 표정으로 그녀가 캐비어를 먹는 모습을 지켜보았다.

"아니, 정말이지. 이건 돈을 떠먹는 것이나 마찬가지라고. 저렇게 작은 통에는 7실링도 못 넣을 거야. 그 사람들이 이거 하나 팔아서 이익을 얼마나 낼까." 그러고는 어마어마하게 복잡다단한 계산을 하기 시작했다…. 하지만 이제 캐비어는 잊어버리자. 테이블 위에 조그만 크리스마스트리가 있었고, 어린 소년이 수레 아래에서 개를 베고 누워 있었다.

"그 개 이름이 보선이었지." 그녀가 즐겁게 외쳤다.

하지만 그는 무슨 말인지 알아듣지 못했다. "무슨 개? 당신이 개를 키웠었나? 나는 기억이 안 나는데."

"아니, 당신이 어린 시절에 마당에서 키우던 개 말이야." 그는 웃음을 터뜨리고 담배 케이스를 탁 소리 나게 닫았다.

"그랬나? 난 잊어버렸어. 마치 백 년은 된 것 같군. 고작 6년 전이라는 사실이 믿기지 않아. 아까 당신을 봤을 때—한참 기억을 더듬어야 했어. 마치 한평생을 거슬러 올라가 그 시절로 돌아가는 것 같았어. 그때 난 정말 어렸지." 그가 테이블을 두드렸다. "당신이 나 때문에 얼마나 지루했을까 자주 생각했어. 그래서 당신이 왜 그런 편지를 보냈는지 이제는 완벽하게 이해해. 물론 그때는 죽고 싶을 정도로 괴로웠지만. 얼마 전에 그 편지를 우연히 봤는데, 읽으면서 웃지 않을 수 없었어. 나라는 사람을 정말 영리하게 포착했더라." 그가 올려다봤다. "벌써 가려는 건 아니지?"

그녀는 목깃을 다시 여미고 베일을 얼굴에 드리웠다.

"아쉽지만 가야 해." 그녀가 가까스로 미소를 지으며 말했다. 여태 그는 그녀를 조롱하고 있었다. 인제 확신이 들었다.

"아, 그러지 마. 조금만 더 있다가 가." 그가 부탁했다. "잠깐만 더 있어." 그는 테이블에 벗어놓았던 그녀의 장갑 한 짝을 잡고, 그렇게 하면 그녀를 붙잡을 수 있다고 생각하는 것처럼 손에 꼭 쥐었다. "요새 나는 하도 사람을 안 만나서 예의범절을 다 잊었어." 그가 말했다. "내가 기분 나쁜 말이라도 했니?"

"아니, 전혀 그렇지 않아." 그녀는 거짓말했다. 그렇지만 살며시, 살며시, 손으로 장갑을 쓰다듬는 그를 보고 있자니 정말로 화가 가라앉았다. 게다가 그 순간에 그는 훨씬 더 옛날 모습에 가까웠다….

"당시에 내가 정말 바랐던 건 말이지." 그가 조용히 말했다. "당신이 걷고 다닐 수 있는 일종의 카펫이 되고 싶었어. 그래서 당신 발이 날카로운 돌부리에 다치거나 질색하는 진흙에 젖지 않게. 그냥 그렇게 해주고 싶었던 것뿐야. 이기적인 마음은 전혀 없었어. 마법의 양탄자로 변신해서 당신이 가고 싶어 하는 모든 곳으로 데려가주고 싶었어."

그가 말하는 동안 그녀는 무언가를 마시는 것처럼 고개를 뒤로 젖혔다. 가슴속에서 기이한 짐승이 가르랑거리기 시작했다….

"당신만큼 외로운 사람은 또 없다고 느꼈었어." 그가 말을 이었다. "그러면서도 당신이 이 세상에서 유일하게 진정 살아 있는 사람이라고 생각했지. 다만 시대를 잘못 타고난 것 같았어." 그가 중얼거리며 장갑을 쓰다듬었다. "운명의 장난인가."

아, 세상에! 대체 무슨 일을 저지른 거야! 이런 행복을 감히 내팽개치다니. 세상에서 그녀를 이해하는 유일한 사람을 떠나보내다니. 이제는 너무 늦었나? 영영 기회를 놓친 걸까? 그녀야말로 그가 손가락 사이에 끼고 있는 장갑과도 같은 처지였다.

"당신이 친구가 없고 만들려고 노력하지도 않는 점. 난 진심으로 이해했어. 나도 마찬가지였으니까. 지금도 그러니?"

"그래." 그녀가 한숨처럼 내쉬었다. "똑같아. 지금도 완벽히 혼자야."

"나도 마찬가지야." 그가 부드럽게 웃었다. "똑같아." 갑작스레 그는 얼른 장갑을 돌려주고 의자를 뒤로 밀었다. "하지만 당시에는 도저히 이해할 수 없었던 것들이 이제는 눈에 훤히 보여. 물론 당신도 마찬가지겠지…. 그러니까 우리는 너무 자기 자신 속에 푹 빠져 있어서, 남을 생각하지 못하는 에고이스트였다는 점 말이야. 그래서 다른 사람에게 마음 한편도 내주지 못하는 거야. 그거 아니?" 그가 들뜬 목소리로 요령 없이, 예전 모습의 일면을 끔찍할 정도로 똑같이 내비치며 외쳤다. "러시아에 있을 때 심리 체계를 공부하기 시작했어. 우리가 남다른 사람들이 아니란 걸 알게 됐지. 상당히 잘 알려진 종류의—"

그녀는 가버렸다. 그는 깜짝 놀라 입을 헤벌리고 앉아 있었다….

이윽고 그는 웨이트리스에게 계산서를 부탁했다.

"하지만 크림은 건드리지도 않았으니까." 그가 말했다. "계산에서 빼줘요."

비둘기 씨와 비둘기 부인

물론 그는 알고 있었다. 누구보다 잘 알았다. 하늘에서도, 땅에서도 이룰 수 없는 바람이다. 어림없지. 그런 생각을 했다는 자체가 어처구니없다. 말도 안 된다는 것을 알기에 만약에 그녀의 아버지가—그래, 그녀의 아버지가 어떻게 반응하든지 간에 완벽히 이해할 것이다. 오직 절박감 때문이었다. 내일 영국을 떠나면 언제 돌아올지 모른다는 절박감에 이런 결심을 하게 되었다. 그렇지만…. 그는 서랍장에서 파란색과 크림색이 섞인 체크무늬 나비넥타이를 꺼내고 침대에 걸터앉았다. 그녀가 이렇게 대답하면 어떡하나. "주제도 모르고!" 그가 놀랄까? 아니, 전혀 놀라지 않을 것이다. 그는 부드러운 셔츠의 목깃을 세웠다가 나비넥타이 위로 단정히 내리며 생각했다. 십중팔구 그렇게 말하겠지. 이 상황을 냉철히 직시하면, 그녀가 달리 말할 리 없었다.

자, 어디 한번 보자! 그는 거울을 보며 불안한 손동작으로 나비넥타이를 매고 양손으로 머리를 눌러서 정돈한 다음에 안으로 들어가 있던 재킷 주머니의 덮개 부분을 밖으로 뺐다. 과수원에서 연 수입 500~600파운드라—게다가 다른 곳도 아닌 저 멀리 로디지어*의

* 짐바브웨의 옛 이름이다.

과수원이다. 재산도 없다. 1페니도 물려받을 돈이 없다. 아무리 빨라도 4년 이내에 수입을 늘리지 못할 것이다. 외모 등 조건을 따져 보아도 남들보다 잘난 점이 없었다. 하다못해 건강도 별로 좋지 않았다. 동아프리카 사업에 기력을 소진해서 여섯 달 병가를 내야 했을 정도니. 여전히 그는 아파 보일 정도로 창백했다. 그는 얼굴을 거울에 들이대고 자세히 살펴보면서 이날따라 안색이 특히 더 파리해 보인다고 생각했다. 이런! 이건 또 무슨 일이야! 머리칼이 거의 연둣빛으로 보였다. 말도 안 되는 소리. 머리칼이 녹색일 리 없잖은가. 웬 헛것이 보이는 걸까. 그때 초록빛이 거울에 아른거렸다. 창밖의 나무에서 스며드는 빛깔이었다. 레지는 거울에서 뒤돌아서 담배 케이스를 꺼냈지만, 침실에서 담배 피우는 것을 어머니가 질색하는 것을 문득 기억하고 다시 주머니에 넣고는 서랍장으로 걸어갔다. 아니, 아무리 생각해도 그는 내세울 장점이 하나도 없었다. 반면에 그녀는…. 아! 그는 갑자기 걸음을 멈추고 팔짱을 낀 채 수납장에 기댔다.

그녀는 지체 높은 부호의 외동딸이자 근방에서 최고로 인기 많은 아가씨였다. 아름답고 영리하기까지 하다! 아니, 영리함과는 다른 차원의 지성이다—정말이지, 그녀는 못하는 것이 없었다. 그녀가 무언가에 매진해야 하는 처지였다면 아마 대단한 전문가가 되었을 거라고 그는 확신했다. 그녀는 부모님과 사이가 돈독하고 서로를 극진히 생각했다. 그런 딸을 먼 외지로 보낼 리…. 이 모든 것을 조목조목 따져보고서도 그는 그녀를 너무나 사랑하기에 희망을 품지 않을 수 없었다. 아니, 이게 희망일까? 그녀에게 헌신하고, 그녀의 모든 필요를 충족하고, 완벽하지 않은 것이라면 그녀 근처에도 가지 못하게 지키고 싶은 이 소심하고 이상한 바람은—그저 사랑이 아닐까? 온 마음으로 사랑한다! 그는 등으로 수납장을 세게 밀며 중얼댔다. "사랑해. 너무 사랑해." 그렇게 중얼댄 순간 그는 그녀와 움탈리로 떠나고 있었다. 밤이다. 그녀는 구석 자리에서 잠들었다. 부드러운 턱이 부드러운 목깃에 묻혀 있고, 금빛으로 빛나는 갈색 속눈썹이 뺨을 살포시 덮고 있다. 그는 그녀의 섬세한 작은 코와 완벽한 입술과 아기 같은 귀와, 귀를 반쯤 덮은 황갈색 머리칼을 사랑이 그득한 눈으로 바라본다. 두 사람은 밀림을 지나고 있다. 따뜻하고, 어둡고, 세상으로부터 동떨어져 있다. 갑자기 그녀가 깨어나서 묻는다. "내가 잠들었어?" 그가 대답한다. "응, 괜찮아? 자, 내가—" 그러고는 몸을 앞으로 뻗어… 그녀 위로 몸을 기울인다. 레지널드는 행복감에 가슴이 벅차 더는 상상을 이어갈 수 없었다. 그래도 그 상상이 용기를 불어넣어주어서, 그는 아래층으로 뛰어 내려가 홀에 걸려 있던 밀짚모자를 낚아채고 정문을 닫으며 말했다. "내 운을 시험해보는 수밖에."

곧바로 그의 운은 좋게 말해도 불쾌하다고밖에 할 수 없는 한 방을 날렸다. 어머니가 늙은 페키니즈 치니와 비디를 데리고 정원을 산책하고 있는 게 아닌가. 물론 레지널드는 어머니를 좋아하고 아꼈다. 어머니는, 글쎄, 어쨌든 어머니는 무슨 일을 하든지 간에 의도는 좋았으며 심지가 굳었다. 다만 살가운 어머니는 아니라는 사실은 부정할 수 없었다. 엘릭 삼촌이 죽으며 과수원을 물려주기 전에 레지널드는 과부의 외아들로 사는 것이야말로 남자가 받을 수 있는 가장 큰 벌이라고 종종 생각했었다. 어머니 없이는 혈혈단신이나 다름없는 처지여서 더욱 견디기 어려웠다. 어머니는 레지가 긴

바지를 입을 나이가 되기도 전에 레지의 외가와 친가 친척들 모두와 다투고 절교했고, 부모 역할을 혼자 다 했다. 따라서 레지는 타향살이하던 중에 향수에 잠겨 어두운 베란다에서 별빛을 받으며 "내 사랑, 삶에 사랑이 없다면 무슨 의미가 있겠어요?"라는 축음기의 노래를 듣고서도 떠올릴 사람은 어머니뿐이었다. 장대하고 건장하며 치니와 비디를 끌고 정원길을 산책하는….

어머니가 죽은 무언가의 머리를 자르려 가위를 벌리다가 레지를 보고 멈췄다.

"외출하려는 거 아니지?" 외출하려는 레지를 보고 어머니가 물었다.

"차 마실 시간에 맞춰 돌아올게요, 어머니." 레지는 재킷 주머니에 손을 깊숙이 넣으며 말했다.

싹둑. 꽃송이가 떨어졌다. 레지는 펄쩍 뛸 뻔했다.

"마지막 오후는 자기 엄마랑 보낼 거라고 생각했는데." 어머니가 말했다.

침묵이 흘렀다. 페키니즈 두 마리가 빤히 올려다봤다. 개들은 어머니 말을 전부 알아들었다. 비디가 혓바닥을 내밀고 엎드렸다. 뚱뚱하고 털이 반들거려서 반쯤 녹은 캐러멜 덩어리 같았다. 치니는 도자기 같은 눈동자로 레지널드를 우울히 보다가 온 세상에서 불쾌한 냄새가 난다는 듯이 작게 킁킁댔다. 싹둑. 가위가 또 하나를 잘랐다. 불쌍한 꽃들! 제대로 당하고 있구나!

"이 어미가 물어봐도 된다면, 어디 가는지 말해주겠니?" 어머니가 물었다.

마침내 빠져나왔지만 레지는 집이 시야에서 사라지고 프록터 대령의 집에 가는 길 중간에 다다를 때까지 걸음 속도를 늦추지 않았다. 그제야 이날 오후가 얼마나 아름다운지 깨달았다. 아침 내내 늦여름의 따뜻한 소나기가 쏟아져서, 이제 파랗게 갠 하늘에 이따금 조그만 구름 조각들이 숲의 우듬지 위로 새끼 오리처럼 줄줄이 떠 있었다. 잔잔한 바람이 아직 맺혀 있는 빗방울들을 털어낼 정도로만 가볍게 나뭇잎을 흔들었다. 따뜻한 별 하나가 레지의 손등에 떨어져 톡 터졌다. 후득! 이번에는 별이 그의 모자에 떨어졌다. 인적 없는 도로는 촉촉하게 빛났고 산울타리에서는 들장미 향기가 났으며 별장의 정원들에서는 접시꽃이 보름달처럼 크고 화사하게 빛났다. 이제 프록터 대령의 집에 다 왔다. 어느새 와버렸다. 레지가 대문에 손을 올리자 팔꿈치가 라일락꽃을 스치며 꽃잎과 꽃가루가 코트 소매에서 흩날렸다. 하지만 잠깐 기다리자. 너무 서두르는 것 같다. 이 문제를 처음부터 찬찬히 생각해보아야 한다. 기다려. 침착해. 하지만 레지는 이미 커다란 장미 덤불이 양옆으로 늘어선 정원길을 걷고 있었다. 이렇게 해서는 안 된다. 그렇지만 그의 손이 초인종을 잡아당겼고, 마치 집에 불이 났다고 알리는 것처럼 요란하게 종이 울렸다. 하녀가 홀에 있었는지 숨 돌릴 틈도 없이 현관문이 벌컥 열렸고, 망할 놈의 종소리가 멈추기도 전에 레지는 텅 빈 응접실에 홀로 남겨졌다. 그런데 이상하게도, 종소리가 멈추자 누군가의 양산이 피아노 뚜껑에 놓여 있는 어두침침하고 커다란 방이 그에게 용기를 주었다—아니, 들뜨게 만들었다. 집 안은 매우 조용했다. 하지만 잠시 후에 문이 열리고 그의 운명이 결정날 것이다. 치과에 있을 때처럼 거의 될 대로 되라는 식의 무모한 기분마저 들었다. 그와 동시에 레지는 무심결에 이렇게 중얼거리고는 깜짝 놀랐다. “주여, 아시겠지만 이제껏 제게 상당히 각박하셨잖습니까….” 이렇게 중얼거리는 순간 그는 퍼뜩 상념에서 깨어나며 자신이 하려는 일의 심각성을 다시 통감했다. 너무 늦었다. 문손잡이가 돌아갔다. 앤이 들어와 그들 사이의 어두운 공간을 가로질러 왔고, 손을 내밀며 조용하고 부드러운 목소리로 말했다. “미안. 아버지가 외출하셨어. 어머니는 모자를 사러 시내에 나가셨고. 이야기할 사람이 나밖에 없는 것 같아, 레지.”

레지는 숨을 헉 들이쉬고 모자를 재킷 단추 앞으로 가지고 오며 중얼거렸다. “사실은 말야. 난 그냥… 작별 인사만 하러 왔어.”

“아!” 앤이 나직이 외쳤다. 그러고는 한 걸음 물러났다. 잿빛 눈동자가 춤추듯 어룽거렸다. “그럼 정말 잠깐 왔구나!”

앤은 고개를 갸웃한 채로 그를 쳐다보다 웃음을 터뜨렸다. 부드러운 웃음소리가 방울처럼 울렸다. 앤은 피아노로 걸어가 몸을 기대고 양산에 달린 술 장식을 만지작거렸다.

“미안해.” 앤이 말했다. “웃어서 미안해. 내가 왜 그러는지 모르겠어. 참 나쁜 버—버릇이야.” 갑자기 앤은 회색 신발로 바닥을 두드리고 흰색 모직 재킷에서 주머니용 손수건을 꺼냈다. “꼭 고쳐야 해. 정말 이래선 안 되겠어.” 앤이 말했다.

“그렇지 않아, 앤.” 레지가 외쳤다. “네 웃음소리가 얼마나 예쁜데! 그보다 더—”

그렇지만 앤에게 실없이 웃는 버릇 따위 없다는 사실을 두 사람 모두 잘 알았다. 다만 그들이 처음 만난 날부터, 아니, 처음 만난 순간부터 앤은 그를 보면 늘 웃음을 터뜨렸는데, 레지는 그 이유가 몹시 궁금했다. 왜 그러지? 두 사람이 어디에 있건 어떤 이야기를 하는 중이었건 늘 그랬다. 완벽히 심각하게, 어쨌든 레지가 생각하기로는 심각하게 이야기를 시작해도 앤은 대화 도중에 돌연 그를 힐끔 보더니 얼굴이 살짝 떨리기 시작했다. 입술이 벌어지고 눈매가 넘실거리다가 웃음이 터져 나왔다.

또 이상한 점은, 앤도 자기가 왜 웃는지 모르는 듯했다. 앤은 웃음을 억누르려고 뒤돌아서 인상을 쓰고 볼을 홀쭉하게 빨아들이며 양손을 맞잡기도 했다. 그래도 소용없었다. 나직한 웃음소리가 오랫동안 울렸는데, 앤은 이렇게 말하면서도 웃고 있었다. "내가 왜 웃는지 모르겠어." 참으로 묘한 일이었다.

앤이 손수건을 다시 주머니에 넣었다. "앉아." 앤이 말했다. "담배 피울래? 네 옆에 있는 작은 상자에 있어. 나도 한 대 줘." 레지는 성냥을 그었다. 앤이 불을 붙이려고 몸을 기울이자 성냥의 조그만 불꽃이 앤의 진주 반지에서 빛났다. "내일 떠나지?" 앤이 물었다.

"그래, 내일이야." 레지는 말하고 담배 연기를 가볍게 뿜었다. 왜 이렇게 불안하지? 아니, 불안하다는 말로는 턱도 없이 부족하다.

"정말—믿기가 힘들어." 레지가 덧붙였다.

"맞아. 정말 그렇지?" 앤이 조용히 말하고 앞으로 몸을 뻗어 담배 끝을 녹색 재떨이에 대고 돌렸다. 그 모습이 어찌나 아름다운지! 아름답다고밖에 표현할 수 없다. 저 커다란 의자에 앉은 그녀가 얼마나 작아 보이는지. 레지널드의 가슴이 애정으로 벅차올랐다. 그러나 그를 전율시키는 것은 앤의 목소리, 그 부드러운 목소리였다. "너랑 몇 년이나 알고 지낸 것 같은 기분이야."

레지널드는 담배를 한참 동안 빨아들였다. "끔찍해. 그곳으로 돌아간다고 생각만 해도." 그가 말했다.

"구—루—구—구—구." 고요한 가운데 소리가 들려왔다.

"하지만 너는 그곳을 좋아하지 않니?" 앤이 묻고, 손가락으로 진주 목걸이를 꼬았다. "며칠 전에 아버지는 네가 그곳에서 독립적으로 살 수 있어서 잘됐다고 하셨어." 그리고 앤은 레지를 쳐다봤다. 레지는 다소 그늘진 미소를 짓고 있었다. "나는 그렇게 느끼지 않는데." 레지가 가볍게 말했다.

"루—구—구—구." 다시 소리가 들렸다. 앤이 중얼거렸다. "거기 가면 외로워서 그런가보구나."

"아니, 외로운 건 별로 상관없어." 레지널드가 말하고 담배를 녹색 재떨이에 거칠게 비벼서 껐다. "외로운 건 얼마든지 참을 수 있어. 심지어 고독을 즐길 때도 있어. 다만 나는—" 갑자기 레지는 창피하게도 얼굴이 화끈 달아오르는 걸 느꼈다.

"루—구—구—구! 루—구—구—구!"

앤이 벌떡 일어났다. "내 비둘기들한테 인사하고 가." 앤이 말했다. "측면 베란다로 옮겼어. 비둘기 좋아하지, 레지?"

"아주 좋아해." 레지가 지나치게 열정적으로 말하며 유리 베란다 문을 열어주고 비켜서자 앤은 앞으로 달려나가 비둘기들한테 대신 웃었다.

앞으로 갔다 뒤로 갔다, 비둘기장 앞에 깔린 고운 붉은 모래 위로 비둘기 두 마리가 오락가락했다. 한 비둘기가 계속해서 앞서 걸었다. 그 비둘기가 조그맣게 구구거리며 앞으로 나아가면 다른 비둘기가 엄숙하게 고개를 꾸벅거리며 따라갔다. "봤지." 앤이 말했다. "앞에 있는 애가 비둘기 부인이야. 비둘기 부인은 비둘기 씨를 돌아보고 웃은 다음에 앞으로 달려나가. 그럼 비둘기 씨가 꾸벅거리면서 쫓아가. 그걸 보고 비둘기 부인은 또 웃어. 저렇게 비둘기 부인이 달아나면 비둘기 씨는 계속 쫓아가는 거야." 앤은 말하고 쪼그려 앉았다. "불쌍한 비둘기 씨가 쫓아다니는 걸 봐. 계속 꾸벅거리면서. 그게 저 부부의 일생이야. 쟤들은 그것밖에 안 해." 앤은 몸을 일으키고 비둘기장 위에 놓인 자루에서 노란 곡물을 꺼냈다. "레지, 네가 로디지어에 가서 이 비둘기들을 떠올릴 때도 쟤들은 저러고 있을 거야…."

레지는 비둘기가 눈에 들어오지도, 앤의 말이 들리지도 않았다. 순간 그는 가슴속에서 비밀을 끄집어내서 앤에게 보여주고자 하는 어마어마한 의지의 힘에 사로잡혔다. "앤, 네가 언젠가는 내게 마음을 줄 수 있을까?" 말해버렸다. 끝났다. 뒤따르는 짧은 침묵 속에서 레지널드는 파란빛을 머금고 파르르 떠는 밝은 하늘 아래 펼쳐진 정원과 베란다 기둥을 휘감은 나뭇잎들의 나풀거림과 손가락으로 다른 손바닥에 쥐고 있는 옥수수알을 만지작거리는 앤을 보았다. 이윽고 앤은 천천히 손바닥을 오므렸다. 앤이 천천히 중얼거리자 새로운 세계가 아스라이 사라졌다. "아니, 그런 식으로는 좋아할 수 없을 것 같아." 레지는 몸을 홱 돌리고 걸어가는 앤을 쫓아가느라 어떤 감정을 느낄 새도 없었다. 레지는 앤을 따라 계단을 내려가 정원길을 걷다가 분홍색 장미 아치를 지나 뜰을 가로질렀다. 앤은 아름다운 관목을 등지고 서서 레지널드를 마주 보았다. "내가 너를 좋아하지 않는 건 아냐." 앤이 말했다. "아주 좋아해. 다만—" 앤은 눈을 크게 떴다. "그런 식으로는 아냐." 앤의 얼굴이 미세하게 떨렸다. "그러니까 누군가를 좋아할 때는—" 앤의 입술이 벌어졌다. 도저히 참을 수 없는 모양이었다. 앤이 웃기 시작했다. "이거 봐. 이거 보라고." 앤이 외쳤다. "네 체크무늬 나비넥타이 때문이야. 심지어 지금도, 정말 진지한 순간에도 난 그걸 보고 영화에서 고양이들이 매는 나비넥타이를 떠올렸어. 아! 정말 미안해! 이렇게 못되게 구는 걸 용서해줘!"

레지는 앤의 작고 따뜻한 손을 쥐었다. "용서할 것도 없어." 레지가 빠르게 말했다. "뭐를 용서해? 네가 왜 나를 보고 웃는지 알 것 같아. 네가 모든 면에서 너무 우월하니까 내가 우스꽝스럽게 보이는 거겠지. 나도 이해해, 앤. 그렇지만 만약—"

"아니, 아냐." 앤이 그의 손을 꽉 잡았다. "전혀 그렇지 않아. 완전히 잘못 짚었어. 나는 너보다 전혀 우월하지 않아. 너는 나보다 훨씬 더 좋은 사람이야. 너는 이기심이라고는 전혀 없고, 친절하고 소탈해. 난 전혀 그렇지 못하거든. 넌 날 잘 몰라. 난 못된 사람이야." 앤이 말했다. "부탁이니까 내 말을 끊지 마. 게다가 그건 요점이 아니야. 중요한 건—" 앤이 고개를 가로저었다. "보고 웃음이 나는 남자랑 결혼할 수는 없어. 너도 이해하겠지. 내가 결혼할 남자는—" 앤이 나직이 숨을 내쉬었다. 그러고는 입을 다물었다. 잠시 후 앤은 레지의 손에서 자기 손을 빼고, 레지를 보면서 묘하게, 꿈꾸는 어조로 말했다. "내가 결혼할 남자는—"

레지는 키가 훤칠하고 눈부신 미남이 자기 앞에 끼어들어 자리를 가로챈 것처럼 느꼈다. 앤과 함께 극장에서 본 남자들. 홀연히 나타나 무대로 걸어가더니 아무 말 없이 여주인공을 끌어안고 오랫동안 의미심장한 눈길로 바라보다가 데리고 가버리는….

레지는 자신이 상상해낸 남자에게 고개를 숙였다. "그래, 나도 이해해." 레지가 쉰 목소리로 말했다.

"정말?" 앤이 말했다. "아, 그게 사실이었으면 좋겠다. 지금 마음이 너무 안 좋거든. 설명하기 힘들어. 너도 알겠지만 난 한 번도—" 앤은 말을 뚝 멈췄다. 레지가 시선을 들었다. 앤은 웃고 있었다. "이상하지 않니?" 앤이 말했다. "너한테는 전부 말할 수 있어. 너를 처음 만났을 때부터 늘 그랬어."

레지는 미소를 짓고 '그렇다니 다행이야.'라고 말하려고 노력했다. 앤이 말을 이었다. "나는 너를 좋아하는 것만큼 누군가를 좋아한 적 없어. 너랑 있을 때처럼 행복한 적도 없다고. 하지만 사람들이 말하는 사랑이나 책에 나오는 사랑이 이런 것일 리 없잖아. 너도 이해하니? 아, 내가 지금 얼마나 마음이 안 좋은지 네가 알아주었으면 좋겠어. 하지만 우리는 꼭—우리는 꼭 비둘기 씨랑 비둘기 부인 같을 거야."

그 말이 끝장냈다. 최후의 일격처럼 느껴졌다. 너무나 사실이어서 견딜 수 없었다. "신경 쓰지 마." 레지는 말하고 뒤돌아서 뜰 저편을 건너다보았다. 저만치에 정원사의 오두막 뒤로 짙푸른 상록참나무가 우뚝 서 있었다. 굴뚝에서 축축하고 푸른 연기가 투명하게 피어올랐다. 진짜처럼 보이지 않았다. 목이 타는 것처럼 아팠다! 말을 할 수 있을까? 어쨌든 시도해보았다. "이제 집에 가봐야겠어." 레지는 갈라진 목소리로 말하고 뜰을 가로지르기 시작했다. 그런데 앤이 쫓아왔다. "아니, 안 돼. 아직 가면 안 돼." 앤이 애원했다. "이런 기분으로 떠나는 건 안 돼." 앤은 눈살을 찌푸리고 입술을 깨문 채로 그를 올려다보았다.

"아, 난 괜찮아." 레지가 무언가를 털어내는 몸짓을 하며 말했다. "난… 나는…." 그리고 레지는 '괜찮아질 거야.'라는 뜻을 전달하려는 것처럼 손을 내저었다.

"하지만 너무 속상해." 앤이 말했다. 앤은 양손을 맞잡고 길을 가로막고 섰다. "우리가 결혼하면 정말 대재난일 걸 너도 알지?"

"아, 물론이야. 그럼." 레지는 지친 눈으로 앤을 보며 말했다.

"이렇게 느끼면서 결혼하는 건 잘못됐어. 나빠. 그러니까, 비둘기 씨랑 비둘기 부인은 괜찮겠지만 실제 삶에서 그러면—생각해봐!"

"아, 물론이야." 레지는 말하고 다시 걸음을 뗐다. 하지만 다시 한번 앤이 길을 가로막았다. 앤은 레지의 소매를 잡아당겼고, 다음 순간 놀랍게도 이번에는 웃음이 아니라 울음을 터뜨리려는 어린 소녀 같은 표정을 지었다.

"그럼 말해봐. 이해한다면서 왜 그렇게 슬퍼 보여?" 앤이 외쳤다. "왜 그렇게 마음 아파하는데? 왜 그렇게 비참한 표정이야?"

레지는 침을 꿀꺽 삼켰고, 다시 무언가를 쫓는 손짓을 했다. "어쩔 수 없어." 레지가 말했다. "상처를 받았어. 하지만 지금 끊어내면 아마도 나는—"

"어떻게 끊어낸다는 말을 할 수 있어?" 앤이 경멸하듯 말했다. 앤은 레지를 보며 발을 굴렀다. 얼굴이 새빨갛게 달아올라 있었다. "왜 그렇게 못됐니? 나는 널 못 보내겠어. 네가 나한테 청혼하기 전과 똑같이 행복한 기분이라는 걸 확신하기 전까지는 못 보내. 너도 이해하겠지. 정말 단순하니까."

그렇지만 레지널드에겐 전혀 단순하게 생각되지 않았다. 어마어마하게 어렵게 느껴졌다.

"내가 너랑 결혼할 수 없다고 하면, 너는 그 먼 곳으로 떠난 뒤에 편지를 쓸 사람이 네 끔찍한 어머니밖에 없을 거야. 네가 정말 괴로울 텐데, 그게 다 내 잘못이란 걸 알면서 어떻게 살겠어?"

"네 잘못이 아니야. 그렇게 생각하지 마. 그냥 내 운명이야."

레지는 자신의 소매를 붙잡고 있는 앤의 손을 입술로 가져와 키스했다. "나를 동정하지 마, 앤." 레지는 상냥하게 말했다. 그리고 이번에는 거의 뛰다시피 분홍색 장미 아치를 지나고 정원길로 접어들었다.

"루―구―구―구! 루―구―구―구!" 베란다에서 소리가 들려왔다. "레지, 레지!" 정원에서 들려왔다.

레지는 걸음을 멈추고, 뒤돌아섰다. 그 소심하고 혼란스러운 표정을 보고 앤은 조금 웃었다.

"돌아와, 비둘기 씨." 앤이 말했다. 그러자 레지는 천천히 뜰을 가로질렀다.

오락가락하는 마음

집주인이 방문을 두드렸다.

"들어오세요." 바이올라가 말했다.

"편지가 한 통 왔네요." 집주인이 말했다. "전보예요." 집주인은 더러운 앞치마 귀퉁이로 녹색 봉투를 잡고 있었다.

"고마워요." 바닥에 꿇어앉아 먼지투성이 난로의 불을 살리고 있던 바이올라가 손을 내밀며 말했다. "답장을 바로 줘야 하나요?"

"아뇨, 배달원은 떠났어요."

"아, 알겠어요!" 바이올라는 집주인과 눈을 마주치지 않았다. 방세가 밀려서 부끄러웠던 바이올라는 집주인이 또 큰소리를 내며 소란을 피울 것인지 좌절감 속에서 생각했다.

"밀린 방세 말인데요." 집주인이 운을 뗐다.

'오, 이런. 시작됐네!' 바이올라는 집주인을 등진 채로 난로에 대고 눈살을 찌푸렸다.

"방세를 내든지 아님 나가든지, 결정해요!" 집주인이 언성을 높이고 쏘아붙이기 시작했다. "난 숙녀예요. 점잖은 사람이라고요. 그건 꼭 말해야겠어요. 우리 집에 해충을 들일 수는 없지. 슬그머니 가구에 들러붙어서 전부 갉아먹으니까. 현금으로 내거나, 내일 정오까지 방을 빼요."

바이올라는 집주인을 보지 않고도 그 몸짓을 느낄 수 있었다. 집주인은 더러운 비둘기가 얼굴로 갑작스레 날아온 것처럼 멍청하고 무력하게 팔을 허우적거리고 있었다. '정말 역겨운 여자야! 으! 냄새는 또 어떻고! 썩은 치즈랑 젖은 빨래를 섞어놓은 것 같아.'

"알았어요!" 이윽고 바이올라는 말했다. "현금으로 내거나, 아니면 내일 나갈게요. 알았으니까 소리치지 마요."

신기했다. 집주인이 가까이 오기 전에는 늘 두려움에 떨었다. 아니, 집주인의 평발이 계단에서 쿵쿵거리는 소리만 들어도 속이 울렁거렸는데, 막상 집주인을 대면하면 가슴이 냉정하게 가라앉고 무심해져서, 평소에 자신이 왜 그토록 돈 걱정에 절절맸으며 행여나 집주인과 마주쳐 곤욕을 당할세라 방에서 나갈 때 문도 닫지 않고 발끝으로 살금살금 빠져나가고, 또 밤에는 왜 잠을 이루지 못하고 방 안을 서성이다 거울 앞에 서서 눈앞의 비극적인 여자에게 "돈, 돈, 돈!" 외치며 한탄했는지 이해할 수 없었다. 홀로 있을 때는 가난이라는 거대한 산에 발이 붙박인 기분이었다. 그 거대함에 비례하는 참담함이 가슴을 짓눌렀다. 그런데 막상 가난이 구체적인 현실로 코앞에 닥쳐 앞일을 상상할 시간조차 없으면, 거대한 산은 갑자기 쪼그라들고 가난은 그저 분노와 우월감을 느끼며 '코를 막고' 서둘러 지나쳐야 하는 악취처럼 하찮게 생각되었다.

집주인이 나가며 꽝 닫자 문이 흔들리며 덜컹거렸다. 문이 마치 그들 이야기를 듣고 있다가 집주인과 공감하며 혀를 차는 것 같았다.

바이올라는 쪼그려 앉은 채로 편지를 개봉했다. 캐시미어가 보낸 편지였다.

"오늘 오후 3시에 만나러 갈게. 하지만 저녁에는 다시 나가봐야 해. 만나서 얘기해. 당신은 나보다 행복하기를 바라. 캐시미어."

"나 참, 친절하시기도 하지!" 바이올라는 빈정댔다. "바쁜데 시간을 내주니까 감사하라는 거야, 뭐야. 참 고맙군요!" 바이올라는 편지를 구기며 벌떡 일어났다.

"내가 오후 3시까지 여기 틀어박혀서 당신을 기다릴 거라고 왜 확신하는 거지?" 그러나 바이올라는 자신이 기다릴 걸 알았다. 화를 내고 있었지만 완전히 진심은 아니었다. 바이올라는 캐시미어를 만나고 싶었다. 이번에야말로 그가 상황을 이해하게 말할 수 있을 거라 믿었다…. '지금 이대로는 못 견디겠어—더는 이렇게 못 살아!'

아침 10시였고, 창백한 햇빛이 음울한 하늘에 묘한 색을 입혔다. 창백한 햇빛 속에서 방은 어수선하고 우울해 보였다. 바이올라는 창문의 블라인드를 내렸지만, 블라인드를 통해 끈질기게 파고드는 희끄무레한 빛도 마찬가지로 불쾌했다. 이 방에서 살아 있는 것이라고는 집주인 딸이 선물해준 히아신스뿐이었다. 테이블에 올려놓은 히아신스의 두툼한 꽃송이에서 강한 향이 풍겼다. 화려한 꽃눈이 벌어지고 있었고, 잎사귀는 기름을 칠한 듯 반들거렸다.

바이올라는 세면대로 가서 에나멜 대야에 물을 받고 얼굴과 목을 스펀지로 닦았다. 그러고서 얼굴을 물에 담근 채 눈을 뜨고 고개를 양옆으로 흔들었다. 상쾌했다. 이것을 세 번 되풀이했다. '오랫동안 물에 얼굴을 박고 있으면 죽겠지.' 바이올라는 생각했다. '의식을 잃기까지 얼마나 걸릴까? …양동이에 고개를 박고 죽은 여자들 이야기를 자주 듣잖아. 귀로 산소가 들어가려나? 대야가 양동이만큼 깊어야 할까?' 바이올라는 시험해보았다. 양손으로 대야를 잡고 물속에 천천히 얼굴을 담갔다. 그런데 그때 다시 문에서 노크 소리가 났다. 이번에는 집주인이 아니었다. 캐시미어가 왔구나. 바이올라는 얼굴과 머리에서 물이 줄줄 흘러내리는 채로 페티코트 상의의 단추도 채우지 않고 문을 열었다.

낯선 남자가 문틀에 기대 서 있었다. 남자는 그녀를 보고 눈을 휘둥그레 뜨며 매력적으로 웃었다. "실례합니다. 미스 셰퍼가 여기 사나요?"

"아뇨, 이름도 처음 들어봐요." 남자의 미소는 전염성이 강해서 바이올라도 웃고 싶었다. 좀 전에 물에 얼굴을 담근 덕분에 기분이 상쾌하고 생기가 넘쳤다.

낯선 남자는 놀라서 잠시 얼이 빠진 듯했다. "안 산다고요?" 남자가 외쳤다. "외출한 게 아니라요?"

"아뇨, 그분은 여기 안 살아요." 바이올라가 대답했다.

"하지만… 실례합니다. 잠시만요." 남자는 문틀에 기대고 있던 몸을 일으켜 바이올라 앞에 똑바로 섰다. 코트의 단추를 풀고 가슴 주머니에서 종이 한 장을 꺼낸 뒤에, 장갑을 낀 손으로 종이를 빳빳하게 펴고 바이올라에게 건네주었다.

"네, 주소는 여기가 맞아요. 하지만 호수가 틀린 것 같군요. 이 골목에 하숙집이 워낙 많아서요. 동네 자체도 크고요."

바이올라의 머리에서 물방울이 떨어져 종이를 적셨다. 바이올라는 웃음을 터뜨렸다. "아, 제가 꼴이 말이 아니겠군요. 잠시만요!" 바이올라는 세면대로 달려가서 수건을 집었다. 방문은 여전히 열려 있었다…. 사실, 낯선 남자의 용건은 끝났다. 그런데 왜 남자에게 기다리라고 했을까? 바이올라는 수건을 어깨에 두르고 돌연 냉정한 표정으로 문으로 다시 갔다. "미안해요. 당신이 찾는 사람이 누군지 난 몰라요." 바이올라가 차갑게 말했다.

"저야말로 실례했습니다. 여기 오래 사셨나요?" 낯선 남자가 말했다.

"어, 네. 꽤 오래 살았어요." 바이올라는 천천히 문을 닫기 시작했다.

"그렇군요, 아무튼 감사합니다. 좋은 아침 보내세요. 제가 폐를 끼치지 않았기를 바랍니다."

"안녕히 가세요."

복도를 걸어가는 남자의 발소리가 들렸다. 발소리가 멈췄다. 담배에 불을 붙이는 모양이었다. 그래, 향긋한 담배 냄새가 희미하게 방으로 흘러들었다. 바이올라는 킁킁거리며 미소 지었다. 흥미로운 만남이었어! 남자는 감탄이 나올 정도로 명랑한 인상이었다. 남자의 고급스러운 두꺼운 코트와 단추가 달린 커다란 장갑이 떠올랐다. 깔끔하게 빗어 넘긴 머리와… 그 미소도…. '유쾌하다'라는 표현이 딱 어울렸다. 세상을 자신의 놀이터로 여기는 부유한 도련님. 저런 사람들을 만나면 좋은 영향을 받는다—보고만 있어도 '새롭게 거듭나는' 기분이다. 정신이 제대로 박힌 사람들이다—올바르고 견고한 정신. 저런 사람들은 태어난 순간부터 죽는 날까지 단 한 번도 광적인 충동에 사로잡힌다거나 하지 않을 것이다. 그리고 삶은 저들 편이다. 삶은 저런 사람들을 무릎에 앉히고 보듬었는데, 그래야 마땅한 듯했다. 그때 캐시미어의 편지가 눈에 들어왔다. 구겨진 편지가 바닥에 떨어져 있었다. 바이올라의 얼굴에서 미소가 사라졌다. 바이올라는 편지에서 눈을 떼지 않고 머리를 땋기 시작했다. 무딘 분노가 온몸으로 천천히 퍼져나갔다. 바이올라는 뇌까지 땋을 기세로 머리를 꽉꽉 조인 다음에 둘둘 말아 정수리에 고정했다…. 물론, 처음부터 실수였다. 무엇이 실수였냐고? 아, 캐시미어의 진저리 나는 진지함. 두 사람이 처음 만났을 때 바이올라가 행복했다면 그에게 눈길조차 주지 않았을 것이다. 그러나 두 사람은 마치 한 병동에 입원한 환자들 같았다. 서로의 아픔에서 위안을 받았다. 참으로 로맨틱한 연애의 발단 아닌가! 불행이 두 사람을 엮어주었다. 삶이라는 투쟁에서 지칠 대로 지친 두 사람은 서로를 보고 공감했다. '우리 관계에서 벗어나 객관적으로 볼 수 있으면 좋겠어. 그러면 빠져나갈 방법을 찾을 수 있을 텐데. 확실히 난 캐시미어를 사랑하지 않았어…. 오, 한 번이라도 솔직해져봐.' 바이올라는 침대에 털썩 드러누워 베개에 얼굴을 묻었다. '난 그를 사랑하지 않았어. 누가 나를 보살펴주길 바란 것뿐이야. 내 작품이 팔리기 시작할 때까지 도와주고, 성가신 남자들이 들러붙지 못하게 막아줄 사람이 필요했던 거지. 캐시미어를 안 만났으면 내가 어떻게 되었을까? 초라한 전 재산이 바닥나고 그다음에는…. 그래, 바로 이게 결정타였어. '그다음에' 어떻게 될지가 두려워서 캐시미어를 선택했어. 유일한 해결책이었으니까. 더구나 그때 난 캐시미어가 성공하리라 굳게 믿었어. 그의 작품이 딱 한 번만 인정받으면 단숨에 돈방석에 앉으리라 생각했어. 어쩌면 우리가 한 달 정도는 가난하게 살지 모르지만—그런데 캐시미어는 나만 있으면, 내가 주는 자극만 있으면 아무것도 필요 없다고…. 이 상황이 비극이 아니었으면 배를 잡고 웃었을 거야! 내 예상은 전부 어긋났어. 캐시미어는 벌써 몇 달이나 아무것도 출간하지 못했고, 나도 마찬가지야. 그때는 다 잘될 줄 알았는데. 그래, 솔직히 말해서 지금 내 가슴속에는 씁쓸한 후회와 분노가 가득해. 나는 실패자를 사랑하거나 신뢰할 수 없어. 지금 캐시미어를 경멸하듯이 결국엔 경멸하게 될 거야. 자신이 사랑하는 남자는 반드시 대단한 인물이어야만 한다고 생각하는 여성의 가차없는 자존심이겠지. 하지만 캐시미어가 출판사 문을 두드리며 돌아다니는 동안에 이 지저분한 방에서 가슴을 졸이며 사는 건 수치스러워. 내 성격 자체를 변질시켰어. 내겐 가난이 어울리지 않아. 난 진정 유쾌한 사람들, 세상만사 걱정 하나 없는 사람들 사이에 있어야지만 기량을 발휘해.'

좀 전의 남자가 문득 머리에 떠오르더니 좀처럼 사라지지 않았다. '결국 난 그런 남자를 만났어야 했어. 걱정 없는 남자. 내게 필요한 모든 것을 줄 수 있고, 함께 있으면 삶의 활력과 세상의 소속감을 느낄 수 있는 남자. 난 세상에 맞서 싸우고 싶어 한 적 없어. 상황에 떠밀려 이렇게 된 거야. 난 가슴에 행복의 샘을 품고 있지만 고생하면서 점차 고갈되고 있어. 계속 이렇게 살다간 죽고 말 거야. 그리고—' 바이올라는 침대에서 몸을 뒤척이고 양팔을 펼쳤다. '난 정열과 사랑을 원해. 모험을 원해. 그것들을 절실히 원해. 내가 왜 여기서 이렇게 썩어가야 하지?' "난 썩어가고 있어!" 바이올라는 외쳤다. 슬픔에 갈라진 자신의 목소리를 듣고 조금 위로를 받았다. '하지만 이따가 캐시미어에게 속내를 털어놓으면 그는 나를 놔주겠다고 말하겠지. 확실해. 그래, 캐시미어의 이런 면도 정말 지긋지긋해. 나한테 꼼짝도 못 하는 것. 나더러 떠나라고 하면 어떻게 하지? 어디로 가지?' 갈 곳이 없었다. '난 일하거나 스스로 살길을 찾고 싶지 않아.

난 온갖 사치를 누리면서 편하게 살고 싶어. 내게 어울리는 삶이 있다면, 그건 바로 최고급 창부의 삶이야.' 그러나 바이올라는 그렇게 될 방법을 몰랐다. 길거리로 나가긴 무서웠다. 그런 여자들에게 일어나는 끔찍한 일에 대해 충분히 들었다. 성병이 있거나 돈을 내지 않는 남자들. 게다가 매일 밤 낯선 남자를 상대한다고 상상만 해도! 아니, 그건 말도 안 된다. '좋은 옷이 있으면 고급스러운 호텔에 가서 부자 남자를 찾아볼 텐데…. 좀 전의 낯선 남자처럼. 정말 완벽했어. 아, 그 남자가 어디 사는지 안다면 나한테 홀딱 반하게 만들 수 있어. 온종일 웃게 해줄 수 있다고— 그리고 내게 돈을 펑펑 쓰게 만들 텐데….' 이런 상상을 하자 가슴속이 따뜻하고 몽글몽글해졌다. 바이올라는 으리으리한 저택과 서랍마다 꽉꽉 들어찬 옷과 향수를 상상하기 시작했다. 마차에 올라타며 좀 전의 낯선 남자에게 신비롭고 관능적인 눈빛을 던지는 자기 자신을 그려보았다—침대에 누운 채로 그 표정을 연습도 했다—평생 걱정 없이 행복에 취해 사는 것. 그것이야말로 그녀에게 어울리는 삶이다. 그래, 이따 저녁에 캐시미어는 허튼 꿈이나 좇으라고 떠나보내고 그가 없는 사이에—어떻게 할까! 게다가—부디 기억하시길—내일 정오까지 방세를 마련해야 하는데 바이올라는 제대로 밥 한 끼 먹을 돈도 없었다. 음식 생각을 하자 허기가 배를 찔렀다. 어떤 손이 행주를 짜듯 그녀의 배 속을 꽉꽉 비트는 것 같았다. 너무도 배가 고팠다—전부 캐시미어 탓이다. 아까 그 남자는 태어난 날부터 풍요 속에서 뒹군 것처럼 보였다. 양껏 먹을 수 있게 음식을 사줄 능력이 되겠지. 아, 아까 왜 그렇게밖에 말을 못 했을까? 하늘이 내린 기회였는데 스스로 걷어찼다. '아까 제대로 대처했다면 지금쯤 내 모든 문제가 해결되었을 텐데.'

바이올라는 문가에서 대화를 나눈 평범한 남자 대신에 눈부시게 황홀하고 유쾌하며 자신을 여왕처럼 대우하는 남자를 상상하기 시작했다…. '나는 천박하고 거친 남자가 질색이야. 글쎄, 아까 그 남자는 그렇지 않았어. 척 봐도 교양 있었지. 어찌나 정중하게 양해를 구하던지…. 나는 남자들에게 내가 원하는 대우를 받을 수 있어. 그만큼 내 미모와 능력에 자신감이 있으니까….' 그때 달콤한 담배 냄새가 바이올라의 꿈속으로 흘러들어왔다. 그러고보니 계단을 내려가는 발소리를 못 들었다. 설마 그 남자가 아직도 밖에 있나? 터무니없는 생각이다. 삶은 그런 장난을 치지 않는다. 그런데도— 바이올라는 남자의 존재를 가까이 느꼈다. 바이올라는 아주 조용히 몸을 일으키고 문 뒤의 고리에서 기다란 흰 가운을 집은 다음에 미소를 지으며 단추를 채웠다. 어떤 일이 벌어질지는 몰랐다. '오, 짜릿해!' 이 생각뿐이었다. 자신과 낯선 남자가 흥미진진한 게임을 시작한 듯했다. 바이올라는 살며시 문손잡이를 돌렸고, 자물쇠가 덜컥, 소리를 내자 눈살을 찌푸리며 아랫입술을 깨물었다. 아니나 다를까, 남자가 밖에 있었다. 남자는 계단 난간에 기대 서 있었다. 바이올라가 복도로 나오자 남자가 발뒤축으로 빙그르르 뒤돌아섰다.

"Da.*" 바이올라가 가운을 바짝 여미며 중얼거렸다. "장작을 가지러 내려가야겠어. 너무 추워!"

"장작이 없습니다." 낯선 남자가 불쑥 말했다. 바이올라는 깜짝 놀란 척 조그맣게 소리를 지르고 고개를 들었다.

"또 당신이네요." 바이올라는 거만하게 말하며 남자의 즐거운 눈빛과 건강한 몸에서 풍기는 강렬하고 상쾌한 향을 의식했다.

---

* 그래.

"집주인이 장작이 없다고 소리치더군요. 좀 전에 사러 나가는 걸 봤습니다."

'이야기를 잘도 지어내는군요!' 바이올라는 외치고 싶었다. 남자는 바이올라에게 제법 가까이 다가서서 내려다보면서 속삭였다.

"당신 방에서 담배를 마저 피우라고 초대하지 않을 건가요?"

바이올라는 고개를 끄덕였다. "원하시면 그렇게 하세요!"

복도에 함께 서 있는 사이에 기적이 일어났다. 바이올라의 방이 변신했다. 아름다운 햇빛과 달콤한 히아신스 향기가 방을 채우고 있었다. 심지어 가구도 달라져서, 전에 없던 매력을 발산했다. 순간 바이올라는 어린 시절에 아이들끼리 하던 '몸으로 말해요' 놀이를 기억했다. 술래 측이 방에서 나갔다가 다시 들어와 몸짓으로 자기 뜻을 표현한다. 지금 두 사람은 바로 그 놀이를 하고 있었다. 낯선 남자는 난로로 걸어가 안락의자에 앉았다. 바이올라는 남자가 말을 하거나 자신에게 다가오는 것은 원하지 않았다. 자신만만하고 즐겁게 앉아 있는 남자를 보는 거로 충분했다. 저런 사람과의 친밀한 관계를 여태 얼마나 갈망했는지. 그녀에 대해 아무것도 모르고, 아무것도 요구하지 않는, 그냥 자신의 삶을 사는 사람. 바이올라는 테이블로 달려가 히아신스가 담긴 꽃병을 껴안았다.

"예뻐라! 정말 예뻐!" 바이올라는 꽃에 얼굴을 묻고 향을 깊이 들이쉬며 외쳤다. 그러고는 잎사귀 위로 남자를 올려다보고 웃음을 터뜨렸다.

"당신은 참 재밌는 아가씨네요." 남자가 느긋하게 말했다.

"왜요? 꽃을 좋아해서요?"

"꽃 말고 다른 걸 더 좋아했으면 하는데요." 낯선 남자가 천천히 말했다. 바이올라는 분홍색 꽃잎 한 장을 떼고 미소를 지었다.

"내가 꽃을 보내줄게요." 낯선 남자가 말했다. "원하면 이 방을 가득 채울 만큼 꽃을 보내줄게요."

남자의 목소리를 듣고 바이올라는 살짝 겁이 났다. "아, 아니에요. 고맙지만 괜찮아요. 난 이거 하나면 충분해요."

"충분하지 않아요." 남자가 놀렸다.

'뭘 저렇게 멍청한 말을 하지!' 바이올라는 생각했다. 남자를 다시 보자 아까만큼 유쾌해 보이지 않았다. 남자의 조그만 두 눈은 사이가 매우 좁았다. 이런, 저 남자가 멍청하다고 밝혀지면 얼마나 끔찍할까.

"당신은 뭘 하며 하루를 보내나요?" 바이올라는 황급히 물었다.

"아무것도 안 합니다."

"아무것도요?"

"뭘 해야 하는 이유라도 있나요?"

"아뇨, 그런 인생철학을 비판하는 게 아니에요. 너무 멋진 삶이라 믿기 어려워서요."

"뭐라고요?" 남자가 앞으로 몸을 기울였다. "뭐가 너무 멋지다고요?" 그래, 더는 부정할 수 없었다. 확실히 남자는 멍청해 보였다.

"미스 셰퍼를 찾으러 다니며 하루를 보내지는 않나보군요."

"아, 아닙니다." 남자가 활짝 웃었다. "재밌네요! 아주 좋아요! 어쨌든, 아닙니다. 난 마차를 몰고 드라이브를 자주 갑니다. 말을 좋아해요?"

바이올라는 고개를 끄덕였다. "아주 좋아해요."

"그럼 나랑 같이 드라이브 가요. 근사한 백마가 두 마리 있죠. 같이 갈래요?"

'백마 뒤에서 내 하나뿐인 모자를 쓰고 있으면 얼마나 예뻐 보일까.' 바이올라는 생각하고, "좋아요."라고 소리 내어 말했다. 바이올라가 순순히 승낙하는 태도가 남자는 흡족한 모양이었다.

"내일은 어때요?" 남자가 물었다. "내일 나랑 점심을 먹고 드라이브를 가요."

결국엔—그저 게임일 뿐이다. "좋아요. 내일은 바쁘지 않아요." 바이올라가 말했다.

잠시 침묵이 흘렀다. 낯선 남자는 자신의 다리를 두드렸다. "여기 와서 앉지그래요?" 남자가 말했다.

바이올라는 못 본 체하고 테이블에 걸터앉았다. "아, 난 여기가 편해요."

"편하긴요." 다시 짓궂은 목소리가 들려왔다. "여기 와서 내 무릎에 앉아요."

"됐어요." 바이올라는 갑자기 부지런히 머리를 매만지며 힘주어 말했다.

"왜요?"

"싫으니까요."

"에이, 그러지 말고요." 남자가 초조히 말했다.

바이올라는 고개를 살랑살랑 저었다. "꿈에서도 안 될 말이에요."

그 말에 남자는 의자에서 일어나 바이올라에게 다가왔다. "정말 재밌는 아가씨군요!" 남자가 한 손을 뻗어 바이올라의 머리를 만졌다.

"그러지 마요." 바이올라는 말하고 테이블에서 내려왔다. "그만—

그만 나가보세요." 이제 진정 겁이 나기 시작한 바이올라는 속으로 결심했다. '얼른 내보내야겠어.'

"아, 내가 가기를 정말로 원하진 않죠?"

"정말로 갔으면 좋겠어요. 난 바빠요."

"바쁘다고요. 당신처럼 귀여운 아가씨가 온종일 뭘 하죠?"

"할 일이 산더미예요!" 바이올라는 남자를 밀쳐내고 문을 꽝 닫고 싶었다. 저런 멍청한 남자가 다 있담. 속이 쓰리게 실망스러웠다.

"우리 아가씨가 왜 이렇게 인상을 쓰고 있을까?" 남자가 물었다. "걱정이라도 있나?" 남자가 갑자기 심각하게 물었다. "그러니까, 혹시 금전적으로 어려워요? 돈이 필요한가? 원하면 내가 줄 수 있는데!"

'돈! 진정해. 당황하지 말고!' 바이올라는 속으로 자기 자신에게 외쳤다.

"키스해주면 200마르크를 주지."

"참나! 어처구니없는 조건을 거네요! 난 당신에게 키스하고 싶지 않아요. 키스하는 걸 좋아하지도 않아요. 부탁이니까 이제 나가요!"

"좋아하잖아. 좋아하는 것 같은데! 맞아." 남자는 바이올라의 양쪽 위팔을 잡았다. 바이올라는 남자의 손을 뿌리치려 버둥거렸고, 본인도 놀랄 만큼 격렬한 분노가 속에서 치밀었다.

"놔! 당장!" 바이올라가 외쳤다. 그러자 남자는 한쪽 팔로 그녀의 몸을 감싸고 바짝 끌어당겼다—등을 휘감은 팔이 무쇠처럼 단단했다.

"놔! 당장 놓으라니까! 이런 걸 원해서 방으로 초대한 게 아니야! 감히 어떻게!"

"키스해줘. 그럼 나가지!"

멍청하게 실실거리는 남자의 얼굴을 이리저리 피하는 것 자체가 너무 바보스러웠다.

"싫어! 짐승 같으니! 싫다고!" 간신히 남자의 품에서 빠져나온 바이올라는 반대쪽 구석으로 달려가 벽에 등을 대고 숨을 몰아쉬었다.

"나가!" 바이올라가 더듬거리며 말했다. "나가라고! 당장 나가!"

그 순간에, 남자의 손에서 벗어난 순간에 바이올라는 기분이 날아갈 듯했다. 분노가 서린 자신의 목소리에 전율을 느꼈다. '내가 저따위 남자랑 말을 하다니!' 낯선 남자는 화가 나서 얼굴이 시뻘게졌다. 남자의 입술이 말려 올라가며 이를 드러냈다. '개보다 나을 게 없어.' 바이올라는 생각했다. 그때 남자가 달려들어 바이올라를 벽에 밀어붙이고 자신의 몸으로 눌렀다. 이번에는 바이올라도 빠져나갈 수 없었다.

"키스하지 않을 거야. 안 한다고. 하지 마! 당신은 개나 다름없어. 가로등 아래서 어슬렁거리는 여자들이나 찾으라고, 짐승! 악당!"

남자는 대꾸하지 않았다. 황당할 정도로 굳게 결심한 표정으로 그녀를 더 세게 누를 뿐이었다. 남자는 바이올라를 보지도 않고 날카롭게 외쳤다. "조용히 해, 조용히 하라고."

'으, 남자들은 왜 이렇게 힘이 센 거야.' 바이올라는 소리를 지르기 시작했다. "저리 가! 싫다고, 이 더러운 짐승아. 널 죽여버리고 싶어. 아, 제발. 내게 칼이 있었으면."

"이러지 말고 얌전히 따라와!" 남자는 바이올라를 침대로 끌고 가기 시작했다.

"내가 쉬운 여자인 것 같아?" 바이올라는 으르렁대고 몸을 숙여 장갑을 끼고 있는 남자의 손을 물었다.

"악! 그만! 아프잖아!"

바이올라는 계속해서 세게 물며 생각했다. '이 방법을 떠올려서 천만다행이야.'

"그만두라고! 못된 것!" 남자는 바이올라를 떠밀었다. 눈물이 그렁그렁한 남자의 눈을 보고 바이올라는 쾌재를 불렀다. "정말 아프잖아." 남자가 울먹이며 말했다.

"당연하지. 아프라고 한 거야. 또 내 몸에 손대면 더 험한 꼴을 당할 줄 알아."

낯선 남자는 자기 모자를 집었다. "됐네요." 남자가 우울히 말했다. "그렇지만 용서하지 않겠어. 당신 집주인에게 가서 말할 거야."

"하!" 바이올라는 어깨를 으쓱하고 웃음을 터뜨렸다. "그럼 난 당신이 내 방에 강제로 들어와서 추행하려고 했다고 말할 거야. 당신 손을 보면 누구를 믿을 것 같아? 미스 셰퍼나 찾으러 가보시지."

바이올라는 정신이 아찔할 정도로 즐겁고 의기양양했다. 바이올라는 눈을 부라렸다. "당장 안 꺼지면 다시 물 거야." 바이올라는 을러댔고, 자신의 어처구니없는 말에 깔깔 웃음을 터뜨렸다. 방문이 닫히고 남자의 발소리가 계단에 울리는 동안에도 바이올라는 웃으면서 춤을 추었다.

놀라운 아침이었어! 아, 생각해보면 이것은 그녀의 첫 싸움이었는데, 그녀가 이겼다. 혼자 힘으로 짐승을 무찔렀다. 손이 아직도 떨렸다. 가운의 소매를 올리자 팔에 빨간 손자국이 나 있었다. '갈비뼈에는 파란 멍이 들었을 거야. 온몸이 멍투성이겠지.' 바이올라는 생각했다. '귀여운 캐시미어가 우리를 봤으면 어땠을까.' 캐시미어에 대한 분노와 경멸은 눈 녹듯이 사라졌다. 불쌍한 남자가 돈이 없는 게 무슨 죄인가? 그의 잘못이라면, 그녀의 잘못이기도 하다. 그녀와 마찬가지로 캐시미어도 세상에서 홀로 싸우고 있었다. 얼른 3시가 되었으면 좋겠다. 바이올라는 캐시미어에게 달려가 목을 끌어안는 것을 상상했다. "사랑하는 사람! 당연히 우리는 이겨낼 거야. 날 아직도 사랑해? 아, 내가 최근에 정말 못되게 굴었지."

프렐류드

I

버기 마차에 로티와 키지어가 탈 자리가 한 뼘도 남지 않았다. 팻이 아이들을 안아서 이삿짐 위에 앉혀보았지만, 너무 흔들거렸다. 할머니는 무릎에 짐을 한가득 올려놓고 있었고, 린다 버넬은 거리가 가깝고 멀고를 떠나서 아이를 품에 안고 가는 것은 상상도 할 수 없었다. 이저벨은 버넬가의 새 일꾼 팻의 운전석 옆에 매우 거만하게 앉아 있었다. 마차의 바닥에는 어깨끈이 달린 직육면체 형태의 여행가방과 옷 가방, 상자 들이 첩첩이 쌓여 있었다. "이것들은 내가 한시도 눈을 떼면 안 되는 필수품이야." 린다 버넬이 지치고 흥분하여 떨리는 목소리로 말했다.

로티와 키지어는 모험을 떠날 만반의 준비가 된 차림으로 잔디에 서 있었다. 코트는 닻 모양 황동 단추를 목까지 여미었고, 해군 훈장이 달린 둥그런 모자를 썼다. 나란히 손을 잡고 선 아이들은 동그랗게 뜬 진지한 눈으로 필수품을 한 번 보고 어머니에게 시선을 옮겼다.

"아이들을 두고 갈 수밖에 없겠어요. 다른 수가 없잖아. 버려야지 어쩌겠어요." 린다 버넬이 말했다. 린다의 입에서 묘한 웃음소리가 흘러나왔다. 린다는 단추가 달린 가죽 쿠션에 등을 기대며 눈을 감았다. 입술은 여전히 미소로 실룩거렸다. 다행히 그때 응접실 창문의 블라인드 뒤에서 이 광경을 지켜보고 있던 새뮤얼 조지프 부인이 정원길로 뒤뚱뒤뚱 걸어 나왔다.

"애들을 오후에만 여기 두고 가시죠, 버넬 부인? 더녁에 이삿짐 나르러 사람이 오면 그때 같이 태워서 보내요. 더기 둔 짐들도 다 가져가시는 거죠?"

"네, 집 밖에 내놓은 건 전부 가져갈 물건이에요." 린다 버넬이 말하고 흰 손을 내밀어 앞마당에 거꾸로 놓여 있는 테이블과 의자들을 가리켰다. 가구들이 전부 거꾸로 세워진 모습이 어찌나 우스운지! 그것들을 똑바로 돌려놓거나, 아니면 로티와 키지어가 거꾸로 서야 할 것 같았다. 린다는 이렇게 말하고 싶었다. '물구나무서기를 하고 있으렴, 애들아. 가게 사람이 올 때까지 그 자세로 기다려.' 상상만 해도 너무 우스워서 조지프 부인의 말이 귀에 들어오지 않았다.

조지프 부인의 육중한 몸이 삐걱대는 소리를 내며 대문에 기댔고, 커다란 젤리 같은 얼굴에 미소가 물결치며 퍼졌다. "걱정 마셔요, 버넬 부인. 로티랑 키디어는 우리 애들이랑 간식 먹으면 돼요. 그다음에 짐차에 같이 태워서 보낼게요."

할머니는 그 제안을 고려했다. "그게 좋을 것 같네요. 신세 좀 질게요, 새뮤얼 조지프 부인. 애들아, 새뮤얼 조지프 부인께 '고맙습니다.' 하고 인사하렴."

아이들이 옹알거렸다. "고맙습니다, 새뮤얼 조지프 부인."

"착하게 말 잘 들어야 한다. 그리고, 이리 가까이 오렴—" 아이들이 다가섰다. "필요할 때 새뮤얼 조지프 부인께 말하는 것 잊지 말고…."

"네, 할머니."

"걱정 마셔요, 버넬 부인."

마지막 순간에 키지어는 로티의 손을 놓고 버기 마차로 달려갔다.

"우리 할머니한테 인사로 뽀뽀 한 번 더 할래요."

그러나 너무 늦었다. 버기 마차가 털털거리며 나아갔다. 이저벨은 의기양양해서 온 세상을 향해 턱을 한껏 쳐들고 있었고, 린다 버넬은 맥없이 기대앉아 있었으며, 할머니는 조그만 검은색 망사 핸드백에 넣어온 잡다한 물건을 뒤적거리고 있었는데, 딸에게 주려고 막판에 챙긴 것들이었다. 마차가 햇빛을 반사하며 멀어지고 그 뒤로 금빛 먼지구름이 피어올랐다가 그마저 사라졌다. 키지어는 아랫입술을 깨물었다. 그러나 로티는 먼저 손수건을 조심스레 꺼낸 다음에, 으앙 울음을 터뜨렸다.

"어머니! 할머니!"

새뮤얼 조지프 부인이 커다란 검은색 비단 찻주전자 싸개처럼 로티를 따뜻하게 감싸 안았다.

"괜찮다, 아가. 씩씩하게 굴어야지. 아이들 방에 가서 같이 놀자."

새뮤얼 조지프 부인은 흐느끼는 로티에게 팔을 두르고 집으로 데려갔다. 키지어는 따라가면서 언제나처럼 지퍼가 내려가 있는 부인의 치마와 그 틈새로 비어져 나온 분홍색 코르셋 끈 두 가닥을 바라보며 눈을 굴렸다….

로티는 계단을 올라가는 길에 울음을 그쳤지만, 눈이 땡땡 붓고 코를 훌쩍였다. 그 모습으로 방에 들어온 로티를 보고 새뮤얼 조지프네 아이들은 신이 났다. 아이들은 아르메니아풍 테이블보를 깐 기다란 식탁을 사이하고 벤치에 앉아 있었고, 식탁에는 빵과 드리핑을 담은 커다란 접시와 희미한 김이 올라오는 갈색 토기 물병 두 개가 놓여 있었다.

"안녕! 너 울었구나!"

"오오오! 눈이 푹 파묻혔어."

"코가 딥다 웃긴다."

"얼굴이 빨갛고 얼룩덜룩해."

로티는 모두의 관심을 받자 뿌듯해하며 소심하게 웃었다.

"아가, 더기 가서 제이디 옆에 앉아라." 새뮤얼 조지프 부인이 말했다. "키디어, 넌 더기 끝에 가서 모더스 옆에 앉아라."

모저스가 씩 웃으며 살짝 꼬집었지만 키지어는 모른 체했다. 남자아이들은 정말 질색이다.

"무엇을 드릴까요?" 스탠리가 식탁 위로 몸을 기울이며 지극히 정중한 미소를 띠고 물었다. "어떤 것부터 먹고 싶어요? 딸기랑 크림을 드릴까요, 아니면 빵이랑 드리핑을 드릴까요?"

"딸기랑 크림 부탁해요." 키지어가 말했다.

"으하하." 새뮤얼 조지프네 아이들이 박장대소를 하며 티스푼으로 식탁을 두드렸다. 완전히 걸려들었네! 그치! 감쪽같이 속였지! 스탠이 최고야!

"엄마! 쟤는 내가 진짜 물어보는 줄 알았어요."

새뮤얼 조지프 부인마저 우유와 물을 따르다가 웃고 말았다. "여기서 보내는 마디막 날인데 놀리면 못 쓴다." 조지프 부인이 웃음을 삼키고 말했다.

그러나 키지어는 빵을 드리핑에 찍어서 한입 크게 베어 물고 접시에 세웠다. 베어 문 빵을 세워놓으니까 꼭 작고 귀여운 대문 같았다. 흥! 놀리면 내가 창피해할 줄 알아? 눈물 한 방울이 볼을 타고 또르르 흘러내렸지만 키지어는 울고 있지 않았다. 심술궂은 새뮤얼 조지프네 아이들 앞에서 눈물을 보였을 리 없다. 키지어는 고개를 푹 숙이고 천천히 흘러내린 눈물 한 방울을 혀로 재빨리 핥은 다음에 누가 보기 전에 꿀꺽 삼켜버렸다.

II

티타임이 끝나자 키지어는 어슬렁어슬렁 자기 집으로 돌아갔다. 집의 뒤쪽 계단을 느릿느릿 올라가 다용도실을 지나 부엌으로 들어갔다. 부엌은 텅 비어 있었다. 창턱 한쪽 구석에 먼지가 잔뜩 달라붙어 까끌까끌한 노란색 비누 한 덩이, 반대쪽 구석에 파란색 표백제에 물든 플란넬 천 쪼가리가 하나 있을 뿐이었다. 벽난로에는 쓰레기가 가득했다. 키지어는 그것들을 뒤적거렸다. 하녀 앨리스의 하트 모양 장식이 달린 머리끈 말고는 재밌는 물건이 없었다. 키지어는 머리끈도 그대로 두고 좁은 통로를 지나 응접실로 나갔다. 창에 베니션 블라인드가 쳐져 있었지만 슬랫을 완전히 닫지 않아서 틈새로 길쭉한 연필 모양의 햇빛이 비쳤고, 창밖 관목의 구불구불한 그림자가 기다란 금빛 오선에서 춤을 추었다. 한순간은 가만히 있다가 다음 순간 다시 흔들거렸다. 이제는 그림자가 키지어의 발치에 와 닿았다. 지잉! 지잉! 금파리가 천장에 몸을 들이박았다. 카펫을 박는 압정에 빨간 털실이 조금 엉켜 있었다.

다이닝룸 창문은 양쪽 귀퉁이가 정사각형 스테인드글라스로 장식되어 있었다. 하나는 파란색이고, 다른 하나는 노란색이다. 키지어는 허리를 구부려 파란 정원과 대문 근처에 피어 있는 파란 백합을 보았고, 그다음에는 노란 백합과 노란 울타리가 있는 노란 정원을 보았다. 그렇게 보고 있는데 중국인 로티가 정원으로 나와 앞치마 모서리로 테이블과 의자의 먼지를 닦기 시작했다. 저 아이가 진짜 로티야? 색깔이 없는 창문으로 보고서야 진짜 로티라고 믿을 수 있었다.

위층 안방에서 바깥은 광택이 나는 검은색이고 안쪽은 빨간색인 약 상자를 찾았는데, 소독 솜이 들어 있었다.

'여기에 새알을 보관할 수 있겠어.' 키지어는 생각했다.

하녀 방의 바닥 나뭇널 틈새에 코르셋 단추와 구슬과 기다란 바늘이 끼어 있었다. 할머니 방에서는 아무것도 찾지 못할 걸 알았다. 할머니가 얼마나 꼼꼼히 짐을 싸는지 보았다. 키지어는 창문에 다가서서 손바닥을 유리창에 대고 몸을 기댔다.

그렇게 창문 앞에 서 있는 것이 좋았다. 따뜻한 손바닥과 차갑고 빛나는 유리창이 만나는 느낌이 좋았고, 손가락에 세게 힘을 주면 손톱 위쪽에 생기는 우스운 하얀색 초승달도 좋았다. 창가에 서 있는 사이에 날이 가물가물 저물고 어둠이 몰려왔다. 바람이 킁킁거리고 윙윙 날갯짓하며 어둠을 따라왔다. 빈집의 창문이 흔들리고 벽과 바닥이 삐거덕거렸으며 지붕에서 헐거운 철판이 쓸쓸하게 철컹거렸다. 갑자기 키지어는 눈을 커다랗게 부릅뜨고 무릎을 꽉 오므린 채로 꼼짝하지 않았다. 무서웠다. 로티를 부르고 싶었다. 로티를 계속해서 부르면서 아래층으로 뛰어 내려가 집에서 나가고 싶었다. 그렇지만 그것은 바로 등 뒤에 있었다. 문가에서, 계단 꼭대기에서, 계단 밑에서 기다리고 복도에 숨어서 뒷문으로 뛰쳐나갈 준비를 하고 있었다. 하지만 로티도 뒷문에 있었다.

"키지어 언니!" 로티가 명랑하게 외쳤다. "가게 아저씨가 왔어. 짐을 전부 실었어. 말이 세 마리나 있어. 새뮤얼 조지프 부인이 우리 보고 같이 두르라고 커다란 숄을 줬어. 코트 단추를 끝까지 채우래. 천식 때문에 배웅 나오지 못하겠대."

로티는 무척 위엄 있었다.

"가자, 얘들아." 가게 남자가 불렀다. 남자는 커다란 엄지손가락을 아이들 겨드랑이에 찔러 넣고 번쩍 들어서 짐차의 운전석 옆자리에 앉혔다. 로티는 숄을 '최고로 아름답게' 둘렀고, 남자는 아이들 발에 낡은 담요를 덮어주었다.

"발을 들어보렴. 천천히, 조심조심."

남자는 어린 망아지를 다루듯이 말했다. 가게 남자는 짐이 잘 묶였나 밧줄을 더듬어 확인하고 바퀴를 고정해놓은 브레이크 체인을 뺀 다음에 휘파람을 불며 훌쩍 옆자리로 올라왔다.

"나랑 꼭 붙어 앉아." 로티가 말했다. "안 그러면 언니가 숄을 그쪽으로 다 가져갈 테니까."

하지만 키지어는 남자 쪽으로 다가앉았다. 바로 옆에서 올려다보니 남자는 거인처럼 커 보였고, 아몬드와 갓 톱질한 나무 상자 냄새가 났다.

III

이렇게 늦은 시간에 밖에 나온 것은 처음이었다. 모든 것이 달라 보였다. 페인트칠된 목조 주택들은 낮에 보았을 때보다 훨씬 작아 보였고, 그와 반대로 정원은 훨씬 크고 위험해 보였다. 밤하늘에 밝은 별들이 후추처럼 흩뿌려져 있었다. 부두 위로 둥실 떠 있는 달이 파도를 금빛으로 적셨다. 쿼런틴 아일랜드*에서 등대가 쏘는 불빛과 낡은 석탄 운송배들의 조그만 녹색 불빛이 검은 바다를 수놓았다.

"저기 픽턴행 보트가 들어오는구나." 가게 남자가 반짝이는 작은 전구로 휘감긴 증기선을 가리키며 말했다.

그러나 언덕 꼭대기에 이르러 반대쪽으로 내려가기 시작하자 부두가 모습을 감추었다. 아직 타운을 벗어나지는 않았지만 주변의 풍경이 이제는 생경했다. 다른 수레들이 덜컹거리며 지나갔다. 모두 가게 남자를 알았다.

"잘 가요, 프레드."

"좋은 밤 보내쇼." 남자가 외쳤다.

키지어는 남자의 목소리가 좋았다. 그래서 멀리서 수레가 나타나면 남자를 올려다보며 그가 말하기를 기다렸다. 남자는 키지어네 가족의 오랜 친구였다. 키지어는 할머니랑 종종 남자네 집에 가서 포도를 샀다. 남자는 혼자 사는 방갈로의 한쪽 끝에 온실을 손수 지었다. 온실 전체가 하나의 아름다운 포도 덩굴로 뒤덮여 있었다. 남자는 키지어한테 갈색 바구니를 받아서 커다란 잎사귀 세 장을 깐 다음에, 벨트를 더듬어 꺼낸 조그만 주머니칼로 커다랗고 파란 포도송이의 줄기를 잘라서 잎사귀에 내려놓았는데, 어찌나 살며시 내려놓는지 키지어는 숨을 참고 지켜보았다. 남자는 체격이 매우 컸다. 갈색 벨벳 바지를 입었고, 갈색 턱수염을 길게 길렀다. 남자는 심지어 일요일에도 목깃이 달린 셔츠를 입지 않았다. 남자의 목뒤

* 쿼런틴 아일랜드(Quarantine Island): 웰링턴 사람들이 마티우섬에 붙인 별명이다.

는 새빨갛게 그을려 있었다.

"여기가 어디예요?" 아이들은 몇 분이 멀다 하고 물어보았다.

"아, 여기는 호크 스트리트다. 샬럿 크레센트라고도 부르지."

"그럴 줄 알았어요." 로티는 샬럿 크레센트라는 말에 귀를 쫑긋 세웠다. 로티는 샬럿** 크레센트가 특별히 자기 거라고 늘 생각했다. 세상 사람 가운데 몇 명이나 자기와 똑같은 이름의 길을 가졌겠는가.

"키지어 언니, 봐. 저기가 샬럿 크레센트야. 평소랑 달라 보이지 않아?" 이제 익숙한 모든 것들을 뒤로했다. 이제 커다란 짐차는 낯선 세상으로 덜커덩덜커덩 들어갔다. 양옆으로 흙담을 높이 쌓은 새 도로를 달려 가파른 언덕을 오르고 올라 덤불이 우거진 골짜기로 내려갔다가 얕고 너른 강을 건넜다. 멀리, 더 멀리. 로티가 고개를 꾸벅거렸다. 로티는 키지어의 무릎에 눕다시피 기대어 잠이 들었다. 그렇지만 키지어는 쟁반만큼 휘둥그레진 눈으로 주변을 둘러보고 있었다. 바람이 불자 몸이 떨렸지만 양쪽 볼과 귀는 뜨거웠다.

"별도 바람에 휘날려요?" 키지어가 물었다.

"글쎄다, 나는 본 적 없는데." 남자가 말했다.

"새로 이사하는 집 근처에 이모랑 이모부가 살아요." 키지어가 말했다. "아이가 두 명 있는데, 큰 애 이름은 핍이고 동생은 랙스예요. 랙스는 숫양을 키워요. 네나멜 찻주전자 부리에 장갑을 끼우고 밥을 먹인다고 했어요. 우리한테 보여줄 거예요. 숫양은 양이랑 어떻게 달라요?"

"흠, 숫양은 뿔이 달렸고 너한테 달려들걸."

키지어는 곰곰이 생각했다. "아주 많이 보고 싶지는 않아요." 키지

** 로티(Lottie)는 샬럿(Charlotte)의 애칭이다.

어가 말했다. "난 개나 앵무새처럼 나한테 달려드는 동물은 질색이에요. 동물이 나한테 달려드는 꿈을 자주 꿔요. 낙타도 꿈에 나온 적이 있어요. 동물들이 달려들면서 머리가 어어엄청나게 커졌어요."

남자는 아무 말도 하지 않았다. 키지어는 눈을 가늘게 뜨고 남자를 올려다봤다. 그리고 손가락을 뻗어 남자의 소매를 만져보았다. 북슬북슬했다. "거의 다 왔어요?" 키지어가 물었다.

"얼마 안 남았다." 남자가 대답했다. "졸리니?"

"아뇨, 하나도 안 졸려요." 키지어가 대답했다. "그런데 눈이 이상하게 자꾸 뒤로 넘어가요." 키지어는 길게 한숨을 내쉬고 눈이 뒤로 넘어가지 않게 감았다…. 다시 눈을 떴을 때 그들은 채찍처럼 휘어지는 길을 따라 정원을 달그락달그락 달리고 있었다. 길 중간을 불쑥 가로막고 있는 둥그런 녹색 화단을 돌아서 거의 바로 앞까지 가서야 집이 보였다. 집은 옆으로 길고 나지막했으며 기둥이 세워진 베란다와 발코니로 에워싸여 있었다. 은은한 흰색 덩어리가 녹색 정원에 길게 뻗어 있는 모습이 마치 가로누워 잠든 동물 같았다. 창문 하나에 불빛이 비쳤다가 잠시 후에 다른 창문에 빛이 들어왔다. 누군가 램프를 들고 빈방을 돌아다니고 있었다. 아래층 창문에서 벽난로의 불빛이 아른거렸다. 집에서 묘하고 아름다운 흥분감이 물결처럼 흘러나오는 것 같았다.

"여기가 어디예요?" 로티가 몸을 일으켜 앉으며 물었다. 자면서 선원 모자가 비뚤어졌고, 얼굴에는 단추의 닻 모양이 눌려 찍혀 있었다. 가게 남자는 로티를 조심스레 안아서 땅에 내려준 다음에 모자를 똑바로 고쳐주고 구겨진 옷을 펴주었다. 로티는 베란다 계단 밑에서 눈을 껌벅거리며, 날듯이 뛰어 올라가는 키지어를 쳐다봤다.

"아아아!" 키지어가 팔을 뻗으며 외쳤다. 할머니가 조그만 램프를 들고 어두운 현관에서 나왔다. 할머니는 웃고 있었다.

"어두운데 잘 찾아왔니?" 할머니가 물었다.

"잘 찾아왔어요."

그러나 로티는 둥지에서 떨어진 아기 새처럼 계단 밑에서 비틀거리고 있었다. 잠시라도 가만히 서 있으면 까무룩 잠이 들었다. 무언가에 기대기만 하면 눈이 절로 감겼다. 로티는 한 발짝도 더 내디딜 수 없었다.

"키지어." 할머니가 말했다. "너한테 램프를 맡겨도 되겠니?"

"네, 할머니."

노부인은 허리를 숙여 환한 빛을 내쉬는 램프를 아이의 손에 쥐여준 다음에 잠에 취한 로티를 안았다. "이쪽이다."

할머니를 따라 이삿짐과 앵무새 수백 마리가 와글거리는 정사각형 현관을 지나고(앵무새는 벽지에 그려진 무늬일 뿐이었지만) 비좁은 복도를 걸어갔다. 램프를 들고 걷는데 양옆으로 앵무새들이 줄줄이 날아갔다.

"아주 조용히 하자." 할머니가 로티를 내려주고 다이닝룸 문을 열며 말했다. "어머니가 딱하게도 두통이 심하단다."

린다 버넬이 벽난로 앞의 기다란 등나무 의자에 기대 누워 발을 두꺼운 쿠션에 올리고 체크무늬 담요를 덮고 있었다. 스탠리와 베릴은 다이닝룸 중앙에 있는 식탁에서 돼지 등뼈 구이를 먹고 갈색 사기 찻주전자의 차를 따라 마셨다. 이저벨은 어머니가 누워 있는 의자의 등받이에 기대 서서 어머니 이마에 드리운 곱슬머리를 집중해서 살살 빗겼다. 커튼을 달지 않아 썰렁한 창문을 포함해 방에서 램프나 벽난로의 불빛이 닿지 않는 곳은 전부 어둠에 묻혀 있었다.

"애들 왔어요?" 그렇지만 린다는 진심으로 궁금하진 않았다. 아이들이 왔나 보려고 눈을 뜨지도 않았다.

"램프 좀 내려놔, 키지어." 베럴 이모가 말했다. "이삿짐을 풀기도 전에 집에 불나겠다. 형부, 차 더 마실래요?"

"음, 8분의 5만 더 따라줘." 스탠리가 식탁 위로 몸을 기울이며 말했다. "고기 더 먹지, 처제. 고기 품질이 아주 훌륭해, 그렇지? 너무 기름지거나 퍽퍽하지 않고." 스탠리가 아내를 돌아보았다. "정말 안 먹을래, 여보?"

"먹는 생각만으로도 충분해." 린다는 자기만의 방식으로 한쪽 눈썹을 추어올렸다. 할머니는 아이들에게 빵과 우유를 가져다주었고, 아이들은 김이 모락모락 피어오르는 우유 뒤에서 빨갛게 상기된 얼굴로 꾸벅꾸벅 졸았다.

"나는 저녁으로 돼지 등뼈 구이 먹었어." 이저벨이 어머니 머리를 계속해서 살살 빗질하며 말했다.

"하나를 혼자 다 먹었어. 뼈가 붙어 있는 걸로. 우스터 소스를 뿌려 먹었어. 맞죠, 아버지?"

"아, 이저벨. 으스대지 좀 마." 베럴 이모가 꾸중했다.

이저벨은 놀란 표정을 지었다. "으스대지 않았어요. 그렇죠, 엄마? 난 으스대고 싶어 한 적도 없어요. 동생들이 알고 싶을 것 같아서 말해준 거예요."

"알았다. 그만해라." 스탠리가 말했다. 스탠리는 그릇을 앞으로 밀고 주머니에서 이쑤시개를 꺼내 튼튼하고 하얀 치아를 쑤시기 시작했다.

"프레드가 가기 전에 부엌에서 뭐라도 먹게 챙겨주시겠어요, 장모님?"

"그래야지." 노부인이 가려고 돌아섰다.

"아, 잠시만요. 내 슬리퍼가 어디 있는지 아무도 모르죠? 아마 한두 달은 못 찾을 거예요. 그렇죠?"

"당신 슬리퍼 어디 있는지 알아." 린다가 말했다. "'필수품'이라고 적어놓은 캔버스 여행가방에 있어."

"아, 그럼 슬리퍼도 좀 가져다주시겠어요, 장모님?"

"알았네, 스탠리."

스탠리는 의자에서 일어나 기지개를 한 번 쫙 펴고, 난롯불 앞으로 걸어가 불을 등지고 서서 코트 뒷자락을 들었다.

"아이고, 이사는 정말 성가셔. 그렇지, 처제?"

베럴은 식탁에 팔꿈치를 괴고 차를 홀짝이면서 찻잔 위로 웃어 보였다. 베럴은 처음 보는 분홍색 피나포어 원피스를 입었는데, 어깨까지 소매를 둘둘 말아 올려서 주근깨로 덮인 예쁜 팔이 드러났다. 머리는 하나로 묶어 등에 길게 늘어뜨렸다.

"집이 정리되는 데 얼마나 걸릴까? 적어도 몇 주는 걸리겠지?" 스탠리가 농담했다.

"아, 설마요." 베럴이 가볍게 말했다. "가장 힘든 일들은 끝났어요. 하녀랑 내가 종일 노예처럼 일했고, 어머니도 오신 다음에 얼마나 열심히 일했는데요. 잠깐 앉아서 숨을 돌릴 새도 없었어요. 정말 힘들었어요."

스탠리는 베럴의 어조에서 비난을 감지했다.

"글쎄, 내가 일하다가 도중에 나와서 카펫을 깔기를 기대한 건 아니겠지?"

"물론 안 했어요." 베럴이 웃음을 터뜨렸다. 베럴은 찻잔을 내려놓고 다이닝룸에서 달려나갔다.

"처제는 대체 뭘 바라는 거야?" 스탠리가 물었다. "내가 전문 청소부들을 잔뜩 불러서 일을 시키면 자기는 야자잎 부채로 부채질이나 하면서 앉아 있겠다는 거야? 세상에, 가끔씩 집안일 하면서 저토록 생색을 내야 하는지…."

스탠리는 예민한 위장에서 방금 마신 차와 돼지 구이가 싸우는 걸 느끼고 인상을 썼다. 그러자 린다는 손을 뻗어 남편을 가까이 끌어당겼다.

"자기한테 힘든 시기야, 여보." 린다가 말했다. 린다는 안색이 몹시 창백했지만 그래도 미소를 띠고, 자신이 잡고 있는 커다랗고 불그스름한 손에 손가락을 감았다. 그러자 스탠리가 조용해졌다. 갑자기 그는 휘파람을 부르기 시작했다. "백합처럼 순수하고 기쁘고 자유로워라." 기분이 좋아졌다는 뜻이었다.

"여보, 이 집을 좋아하게 될 것 같아?" 스탠리가 물었다.

"말하지 않으려고 했는데, 안 되겠어요, 어머니." 이저벨이 말했다. "키지어가 베럴 이모 찻잔으로 차를 마시고 있어요."

IV

할머니가 아이들을 방으로 데려갔다. 할머니는 양초를 들고 앞장섰다. 계단은 밟을 때마다 삐걱거렸다. 이저벨과 로티가 한 방에 들어갔고, 키지어는 할머니의 푹신한 침대에 몸을 둥글게 말고 누웠다.

"침대보는 안 깔아요, 할머니?"

"오늘은 없어."

"간지러워요." 키지어가 말했다. "하지만 꼭 인디언 같아요." 키지어는 할머니를 자기 쪽으로 잡아당기고 턱 밑에 뽀뽀했다. "얼른 와서 나랑 인디언 놀이 해요."

"우리 장난꾸러기." 노부인이 키지어가 좋아하는 방식으로 이불을 덮어주며 말했다.

"양초는 켜놓고 갈 거예요?"

"아니. 쉿. 이제 자라."

"음, 그럼 문 열어놔도 돼요?"

키지어는 몸을 둥글게 말았지만 잠이 오지 않았다. 집 안 곳곳에서 발소리가 울렸다. 집 전체가 삐걱거리고 덜컹거렸다. 아래층에서 속삭임이 크게 울렸다. 한번은 베릴 이모가 높은 목소리로 깔깔 웃었고, 뒤이어 아버지가 코를 푸는 소리가 우렁차게 울렸다. 창밖의 하늘에서 눈이 노란 검은 고양이 수백 마리가 그녀를 지켜보고 있었다. 그렇지만 키지어는 무섭지 않았다. 다른 방에서 로티가 이저벨에게 말하는 소리가 들렸다.

"오늘은 침대에 누워서 기도할 거야."

"안 돼, 로티." 이저벨이 엄격하게 말했다. "하느님은 열이 날 때만 누워서 기도하는 걸 용서하셔." 그래서 로티는 어쩔 수 없이 내려왔다.

"오뉴하신 예수님,
어린 영혼 돌보사

부지럽시 헤맬 때
불러주시옵소서"

그리고 아이들은 조그만 궁둥이가 닿을락 말락 등을 맞대고 누워 잠이 들었다.

베럴 페어필드는 달빛의 웅덩이 속에서 옷을 벗었다. 피곤했지만, 실제보다 훨씬 더 피곤한 척했다. 옷이 몸에서 스르르 미끄러지게 내버려두고, 따뜻하고 풍성한 머리칼을 힘없이 뒤로 넘겼다.

"아, 피곤해. 정말 피곤해."

베럴은 잠시 눈을 감았지만 입술에는 미소가 걸려 있었다. 가슴 속에서 숨결이 파닥거리는 날개처럼 오르내렸다. 창문은 활짝 열려 있었다. 온화한 밤이다. 정원 어딘가에서 늘씬한 검은 머리 청년이 장난스러운 눈빛으로 관목 사이를 살금살금 돌아다니며 꽃을 풍성히 그러모은 다음에 그녀의 창문 아래로 숨어들어 꽃다발을 바친다. 베럴은 창밖으로 몸을 내미는 자신을 보았다. 청년이 화사하게 빛나는 꽃다발 위로 고개를 들고 짓궂게 웃었다. "아니야. 안 돼." 베럴이 말했다. 베럴은 창가에서 뒤돌아서 잠옷을 머리 위로 뒤집어썼다.

'형부는 가끔 보면 정말 억지스러워.' 베럴은 단추를 채우며 생각했다. 침대에 몸을 누이는데 오랫동안 그녀를 괴롭혀온 생각이 머릿속에 떠올랐다. 아, 자기 소유 재산이 있으면 얼마나 좋을까. 어마어마한 부호 청년이 잉글랜드에서 막 도착했다. 두 사람의 시선이 우연히 마주친다…. 새 주지사는 아직 총각이다…. 주지사 저택에서 무도회가 열린다…. 나일강의 강물처럼 은은한 푸른색 새틴 드레스를 입은 아름다운 아가씨는 누구죠? 베럴 페어필드예요….

"정말 기분 좋은 건 말야." 스탠리가 잠자리에 들기 전에 침대 옆면으로 몸을 숙이고 어깨와 등을 풀어주며 말했다. "이 집을 헐값에 샀어, 린다. 오늘 윌리 벨이 그러더라고. 그 사람들이 내가 제안한 금액을 받아들였다는 사실이 믿기지 않는다고. 이 근방은 땅값이 점점 오를 거야…. 10년 뒤에는…. 물론 천천히 진행해야 하고 지출을 가능한 한 줄여야지. 당신, 잠든 거 아니지?"

"안 자, 여보. 다 들었어." 린다가 말했다. 스탠리는 침대로 펄쩍 뛰어들고 린다 위로 몸을 뻗어 촛불을 껐다.

"잘 자, 사업가 씨." 린다는 말하고 스탠리의 양쪽 귀를 잡아 머리를 가까이 끌어당긴 다음에 가볍게 입맞춤을 해주었다. 린다의 희미하고 아득한 목소리는 마치 깊은 우물에서 올라오는 것 같았다.

"잘 자, 여보." 스탠리는 한쪽 팔을 린다의 목 아래로 밀어 넣고 아내를 자기 쪽으로 끌어당겼다.

"그래, 나를 꼭 잡아." 깊은 우물에서 목소리가 아련풋이 울렸다.

일꾼 팻은 부엌 뒤쪽의 조그만 골방에서 몸을 쭉 폈다. 목욕 도구를 보관하는 방수 주머니와 코트, 바지가 방문 경첩에 교수형을 당한 사람처럼 대롱대롱 매달려 있었다. 이불 끝으로 팻의 구부러진 발가락이 튀어나왔다. 침대 옆 바닥에는 텅 빈 등나무 새장이 있었다. 팻은 꼭 만화에 나오는 인물처럼 보였다.

"컥컥." 하녀의 방에서 소리가 들려왔다. 하녀는 편도 쪽에 문제가 있었다.

할머니가 가장 늦게 잠자리에 들었다.

"아이고, 아직도 안 자고 있었니?"

"네. 할머니 기다렸어요." 키지어가 말했다. 노부인은 한숨을 내쉬고 아이 옆에 누웠다. 키지어는 할머니의 겨드랑이에 파고들어 조그맣게 꽥 소리를 냈다. 그렇지만 노부인은 아이를 살짝 안아주었다가 다시 한숨만 내쉬고, 의치를 빼서 바닥에 놓은 유리잔의 물에 담갔다.

정원에서는 조그만 올빼미들이 금송나무의 가지에 앉아서 우짖었다. "모어포크. 모어포크.***" 저 멀리 황야에서는 거친 목소리들이 빠르게 재잘거렸다. "후후후. 후후후, 후후후."

V

흐릿한 초록빛 하늘에서 구름이 붉게 물들고 잎사귀와 풀잎마다 이슬이 맺히며 싸늘한 새벽이 찌르듯이 다가왔다. 정원을 휘돌며 이슬과 꽃잎을 떨어뜨린 바람이 흠뻑 젖은 방목지에서 몸을 털고는 어둑어둑한 들판으로 사라졌다. 하늘에 아주 조그만 별들이 잠시 떠 있다가 거품처럼 톡, 터지듯 녹아버렸다. 이른 아침의 고요 속에서 방목지의 물소리가 또렷이 들렸다. 물줄기가 갈색 자갈 위로 흐르고 모래투성이 구덩이로 흘러들었다가 빠져나가고, 짙푸른 베리 덤불 아래 숨었다가 물꽃과 물냉이가 흐드러진 못으로 콸콸 쏟아졌다.

하루의 첫 햇살이 대지를 밝힘과 동시에 새들이 지저귀기 시작

*** 뉴질랜드에서 서식하는 작은 올빼미로, 울음소리가 '모어포크(More pork)'라고 들리는 데서 이름이 유래했다.

했다. 찌르레기와 구관조처럼 크고 대담한 새들은 뜰에서 울었고, 황금방울새와 홍방울새, 부채꼬리딱새 등 작은 새들은 나뭇가지 사이를 누비고 다녔다. 아름다운 물총새가 방목지의 울타리에 앉아서 영롱한 깃털을 부리로 다듬었다. 투이는 언제나처럼 세 음정으로 노래하다 삐리리 웃음을 터뜨리고 다시 노래했다.

"새들은 참 시끄러워." 린다가 꿈속에서 말했다. 린다는 데이지꽃이 점점이 피어 있는 푸른 방목지를 아버지와 거닐고 있었다. 아버지가 갑자기 허리를 구부리고 풀을 헤집더니 린다의 발치에 있던 조그만 털 뭉치를 집어서 보여주었다. "아, 아빠. 너무 귀여워요." 린다는 양손으로 조그만 새를 감싸고 손가락으로 머리를 쓰다듬었다. 새는 사람에게 길이 든 것 같았다. 그런데 우스운 일이 벌어졌다. 린다가 쓰다듬는 동안 새가 깃털을 퍼덕이고 몸을 둥글게 부풀렸다. 새가 점점 커졌다. 동그란 눈이 그녀를 알아보고 미소 짓는 것 같았다. 이제는 새가 너무 커서 양팔로 감쌀 수도 없었다. 린다는 새를 앞치마에 떨어뜨렸다. 새가 아기로 변했다. 커다란 머리에 머리털 한 올 없는 아기가 새처럼 입을 뻐금거렸다. 아버지가 드르륵드르륵 요란한 웃음을 터뜨렸다. 린다가 눈을 뜨자 스탠리가 창가에서 베니션 블라인드를 걷고 있었다.

"일어났어?" 스탠리가 말했다. "내가 깨운 건 아니지? 오늘 아침에는 날씨가 썩 나쁘지 않아."

스탠리는 굉장히 만족스러웠다. 화창한 날씨 덕분에 곱절로 이익을 본 기분이었다. 아름다운 날씨도 자신이 구매한 것처럼 생각되었다. 헐값으로 산 집과 땅에 딸려 온 것이다. 스탠리가 샤워하러 서둘러 나가자 린다는 돌아누워 팔꿈치를 괴고 몸을 일으킨 다음에 햇빛이 밝힌 방을 둘러보았다. 모든 가구가—린다가 잡동사니라 부르는 것들이—제자리에 있었다. 사진들도 벽난로 선반 위에 진열되어 있었고, 세면대 위 선반에는 약병들이 일렬로 늘어서 있었다. 보라색 망토와 깃털 장식이 달린 둥그런 모자 등 그녀의 외출복은 의자에 걸쳐져 있었다. 그것들을 보며 린다는 자신도 이 집을 떠날 준비를 하는 중이라면 참 좋겠다고 생각했다. 조그만 버기 마차를 타고 집과 가족들로부터 멀어지는 것을 상상해보았다. 손 흔들어 인사하지도 않을 것이다.

허리에 수건을 두른 스탠리가 얼굴을 빛내고 허벅지를 철썩철썩 두드리며 돌아왔다. 스탠리는 축축하게 젖은 수건을 린다의 모자와 망토 위로 던지고, 햇빛이 바닥에 그린 조그만 사각형의 정중앙에 서서 운동을 시작했다. 숨을 깊이 들이쉬고 내쉬면서, 허리를 구부리고 개구리처럼 쪼그려 앉아서 다리를 한쪽씩 옆으로 뻗었다. 자신의 탄탄하고 순종적인 몸에 만족해서 가슴팍을 철썩 치고 "아!" 하고 크게 기합도 내질렀다. 그렇지만 린다는 스탠리의 엄청난 기력을 볼 때마다 그가 천년만년 멀게만 느껴졌다. 구깃구깃한 흰색 침대에서 린다는 구름에서 내려다보듯이 남편을 바라봤다.

"아, 제길! 아, 이런!" 스탠리가 외쳤다. 빳빳한 흰색 셔츠를 머리에 꿰다가 웬 멍청이가 목깃 단추를 잠가놓은 바람에 머리가 걸렸다. 스탠리가 셔츠에 머리가 낀 채로 양팔을 휘저으며 비틀비틀 걸어왔다.

"여보, 그러고 있으니까 꼭 뚱뚱한 칠면조 같아." 린다가 말했다.

"뚱뚱하다니, 무슨 소리." 스탠리가 말했다. "내 몸엔 불필요한 지방이 1킬로그램도 없다고. 만져봐."

"어머, 단단해라. 무쇠 같네." 린다가 놀렸다.

"당신은 몰라." 스탠리는 흥미진진한 이야기를 시작하듯이 운을 뗐다. "내가 가는 클럽에 똥배가 나온 사람이 얼마나 많은데. 게다가 젊은 사람들이야. 내 또래라고." 스탠리는 동그랗게 뜬 파란 눈을 거울에 고정하고 부스스한 황갈색 머리를 빗기 시작했는데, 화장대가, 망할, 늘 그렇듯이 키 높이에 안 맞아서 무릎을 살짝 구부려야 했다. "예를 들어, 월리 벨만 해도 그래." 스탠리는 무릎을 펴고 꼿꼿이 서서 헤어브러시로 불룩 튀어나온 배를 그렸다. "생각만 해도 정말 끔찍해…."

"걱정하지 마, 여보. 당신은 절대 안 뚱뚱해질 거야. 그러기엔 너무 기운이 넘치는걸."

"맞아, 맞아. 그런 것 같아." 백 번째로 위로를 받은 스탠리는 주머니에서 진주가 달린 펜나이프를 꺼내 손톱을 다듬기 시작했다.

"형부, 아침 준비됐어요." 베릴이 문가에 있었다. "아, 언니. 어머니가 언니는 아직 일어나지 말래." 베릴은 문틈으로 고개를 빼꼼 내밀었다. 머리에 커다란 라일락 한 송이를 꽂고 있었다.

"어젯밤에 베란다에 내놓은 것들은 전부 흠뻑 젖었어. 딱한 어머니가 테이블이며 의자며 행주로 훔치고 물을 짜내느라 얼마나 고생하셨는지 몰라. 그래도 망가지진 않았어—" 베릴은 이 말을 하며 스탠리를 힐끔 쳐다봤다.

"팻한테 시간 맞추어 버기 마차를 대기하라고 말했나? 사무실까지 여섯 마일 반이나 가야 한다고."

'이렇게 일찍 출근하려면 얼마나 힘들까.' 린다는 생각했다. '정말 부담스럽겠지.'

"팻. 팻." 하녀가 부르는 소리가 들렸다. 팻이 좀체 보이지 않는지, 바보 같은 목소리가 정원에 계속 메메 울렸다.

린다는 현관문이 마지막으로 쾅 닫히며 스탠리가 정말로 갔다고 알리기 전까지는 다시 쉬지 못했다.

이윽고 정원에서 아이들이 노는 소리가 들려왔다. 로티가 언제나처럼 차분하고 야무진 목소리로 외쳤다. "키지어 언니! 이저벨 언니!" 로티는 늘 길을 잃거나 다른 아이들을 못 찾아서 당황하다가 바로 옆에 있는 나무나 모퉁이 너머에서 발견하고 놀라곤 했다. "아, 거기 있었구나." 아이들은 아침을 먹고 집에서 나가서 부를 때까지 들어오지 말라는 명령을 받았다. 이저벨은 헝겊 인형을 단정하게 첩첩이 눕힌 유모차를 밀고 다녔고, 로티는 밀랍 인형의 얼굴 위로 양산을 들어주는 영광스러운 임무를 맡았다.

"키지어, 어디 가?" 이저벨이 물었다. 키지어한테 무엇이든 간에 간단하고 하찮은 임무를 주어서 자신의 수하에 둘 속셈이었다.

"아, 그냥 아무 데나." 키지어가 말했다….

그러고서 아이들의 목소리가 끊겼다. 방 안이 눈부셨다. 린다는 하루 어느 때고 블라인드를 끝까지 걷는 것을 싫어했는데, 아침에는 그야말로 최악이었다. 린다는 벽 쪽으로 돌아눕고 손가락을 뻗어 벽지의 양귀비 이파리와 줄기, 터질 듯이 커다란 꽃송이를 멍하니 더듬었다. 고요한 방에서 벽지의 무늬가 그녀의 손길 아래 살아나는 것 같았다. 끈끈하면서도 부드러운 꽃잎과 구스베리 껍질처럼 털이 많은 줄기, 까칠한 잎사귀와 꽉 오므린 채로 반질거리는 꽃봉오리의 질감이 느껴졌다. 물체들은 그렇게 살아나곤 한다. 가구처럼 커다란 물건뿐만 아니라 커튼이나 천의 무늬, 또는 퀼트나 쿠션의 술 장식도 마찬가지다. 린다는 퀼트의 술 장식이 무희로 변신해 행진하는 것을 수차례 보았는데, 엄숙한 사제도 드문드문 섞여 있었다…. 어떤 술은 춤추는 대신 마치 기도를 하거나 찬송가를 부르듯이 고개를 숙이고 엄숙하게 걸었기 때문이다. 또 나란히 늘어서 있는 약병들은 갈색 원통형 모자를 쓴 조그만 신사들로 변신했다. 주전자는 둥그런 둥지 속의 새처럼 세면대 속에 웅크리고 있었다.

'꿈에 새가 나왔어.' 린다는 생각했다. 무슨 꿈을 꾸었지? 잊어버렸다. 물건들이 살아나서 하는 행동이야말로 정말 기이했다. 물건들은 귀를 기울이고 있었다. 어떠한 신비롭고 중요한 내용물로 자신들을 채우다가 꽉 차면 미소를 짓는 듯했다. 그렇지만 그들의 은밀한 미소는 린다를 위한 것이 아니었다. 비밀 단체에 속하는 그들은 자기들끼리만 웃었다. 이따금 린다는 낮잠에서 깨어났을 때 손가락 하나 까딱하거나 눈동자를 굴릴 수도 없었는데, 그들이 거기 있었기 때문이었다. 어떨 때는 방에서 나가며 문을 달칵 닫는 순간 그들이 빈방을 채우는 것을 알았다. 가족 모두가 아래층에 있고 린다 홀로 위층에 있는 그런 저녁에는 그들로부터 달아나기가 어려웠다. 부지런히 움직이거나, 흥얼거릴 수도 없었다. 아무렇지 않은 척 "성가신 골무 같으니."라고 중얼거려도 그들은 속지 않았다. 그녀가 겁에 잔뜩 질려 있다는 것을 알았다. 거울 앞을 지나칠 때 시선을 피하는 것도 알았다. 그들이 자신의 무언가를 원한다고 린다는 항상 느꼈다. 포기하고 가만히, 미동도 하지 않고 소리 없이 가만히 있으면, 정말로 무슨 일이 벌어질 것이다.

'참 조용하네.' 린다는 생각했다. 린다는 눈을 크게 뜨고, 무한한 거미줄을 부드럽게 짜는 침묵의 소리를 들었다. 린다의 숨결은 더

없이 가벼웠다. 숨을 쉴 필요조차 거의 느끼지 못했다.

그래, 가장 작은 입자까지 모든 것이 살아났다. 린다는 자신이 누워 있는 침대를 느끼지 않았다. 허공에 둥둥 떠 있었다. 오직 그녀의 크게 뜬 눈만이 주의를 기울이며, 절대 오지 않는 누군가를 기다리고, 절대 일어나지 않는 일을 예상하는 것 같았다.

VI

부엌에서는 페어필드 부인이 창가에 있는 길쭉한 소나무 테이블에서 아침 식사 그릇을 설거지하고 있었다. 창밖으로 넓은 풀밭과 그 너머의 텃밭과 대황밭이 보였다. 풀밭 한쪽 끝에는 잡다한 집안일을 할 수 있는 다용도실 겸 세탁실이 있었는데, 비스듬하게 기울어지고 하얗게 바랜 천장에 담쟁이덩굴이 무성했다. 어제 페어필드 부인이 가보니 조그만 나선형 덩굴손 몇 개가 천장의 틈새로 들어왔고, 벽의 창문은 전부 녹색 담쟁이로 두껍게 가려져 있었다.

"나는 포도 덩굴을 참 좋아해." 페어필드 부인이 중얼거렸다. "하지만 여기선 포도가 잘 안 익을 거야. 호주처럼 햇볕이 강해야지." 그러자 문득 옛날 생각이 났다. 베릴이 아기였을 때 태즈메이니아 집의 후면 베란다에서 청포도를 따 먹다가 커다란 불개미에 다리를 물렸다. 빨간 어깨끈이 달린 체크무늬 원피스를 입고 있던 베릴의 모습이 눈에 선했다. 아기의 비명에 동네 사람 절반이 놀라서 달려왔다. 아이 다리가 어찌나 크게 부었는지! "쯧쯧." 페어필드 부인은 그 기억에 숨을 잠시 멈추었다. "불쌍한 것이 얼마나 무서웠을까." 그러고서 페어필드 부인은 입을 꽉 다물고 스토브로 가서 뜨거운 물을 더 받았다. 양동이의 비눗물에 물이 쏟아지며 거품이 일자

비눗방울이 파란색과 분홍색으로 빛났다. 소매를 팔꿈치까지 걷어 붙인 페어필드 부인의 팔은 선명한 분홍색으로 물들어 있었다. 부인은 커다란 보라색 팬지꽃 무늬가 그려진 회색 얇은 비단 드레스를 입었고, 그 위로 하얀 리넨 앞치마를 둘렀다. 머리에는 하얀색 젤리 틀처럼 보이는 높은 모슬린 모자를 썼다. 목에는 조그만 올빼미 다섯 마리가 앉아 있는 초승달 모양의 은 브로치를 달았고, 검은색 구슬 목걸이를 했다.

페어필드 부인이 이 부엌에서 오늘 처음 일한다는 사실이 놀라웠다. 부인은 부엌의 일부처럼 너무나 자연스레 어우러져 있었다. 넓은 보폭으로 느긋하게 스토브에서 수납장 사이를 오가며 자신감 있고 정확한 손길로 토기 그릇들을 정리했고, 찬장과 저장고를 속속들이 알고 있다는 눈빛으로 둘러보았다. 부인이 일을 끝마치자 부엌의 모든 것이 일련의 무늬처럼 조화를 이루었다. 페어필드 부인은 부엌 한가운데에 서서 체크무늬 행주로 손을 닦았다. 입술에 웃음꽃이 피었다. 매우 보기 좋았고, 만족스러웠다.

"어머니! 어머니! 여기 계세요?" 베럴이 불렀다.

"그래, 얘야. 내가 갈까?"

"아니에요, 제가 갈게요." 얼굴이 빨갛게 상기된 베럴이 커다란 그림 두 점을 끌고 급히 들어왔다.

"어머니, 이 흉한 그림들 어떻게 하죠? 청 와가 파산했을 때 형부한테 넘긴 중국 그림이에요. 귀한 거라고 했다는데, 말도 안 돼요. 형부한테 넘기기 전에 몇 달이나 청 와네 과일 가게에 걸려 있었거든요. 형부가 대체 왜 이걸 가지고 있으려는지 모르겠어요. 아마 자기도 속으로는 보기 싫다고 생각하는데, 액자 때문에 가지고 있으려는 거겠죠." 베럴이 질린다는 듯이 말했다. "언젠가 액자가 값이 나갈 거라고 생각하나봐요."

"복도에 걸어놓지?" 페어필드 부인이 말했다. "거기에 걸어놓으면 눈에 잘 안 띄잖아."

"안 돼요. 자리가 없어요. 형부네 사무실 건물 시공 전후 사진이랑 사업 동료들이 사인한 사진이랑, 또 이저벨이 아기 때 민소매 옷만 입고 요에 누워 있는 사진을 보기 싫게 확대한 게 전부 거기 걸려 있어요." 베럴은 성난 눈빛으로 평온하기 그지없는 부엌을 둘러보았다. "좋은 생각이 났어요. 여기 걸게요. 이사하면서 습기가 차서 잠시만 여기에 걸어놓겠다고 형부한테 말할게요."

베럴은 의자를 벽 앞으로 끌어다 놓고 올라섰고, 망치와 커다란 못을 앞치마 주머니에서 꺼내 쾅쾅 못을 박기 시작했다.

"됐다! 이 정도면 되겠지! 어머니, 그림 주세요."

"잠깐 기다리렴." 페어필드 부인은 세공된 에보니 액자의 먼지를 닦고 있었다.

"아, 어머니. 그걸 무엇하러 닦아요. 그 조그만 구멍에 낀 먼지를 빼내려면 평생 걸릴 거예요." 베럴은 어머니의 정수리를 내려다보며 조바심에 아랫입술을 깨물었다. 어머니가 정성스레 꼼꼼히 닦는 모습이 짜증을 돋우었다. 나이가 들어서 그렇겠지, 베럴은 거만하게 생각했다.

마침내 그림 두 점이 나란히 걸렸다. 베럴은 조그만 망치를 다시 앞치마에 넣고 의자에서 뛰어내렸다.

"여기 걸어놓으니까 그리 흉해 보이지 않죠?" 베럴이 말했다. "어쨌든 팻이랑 하녀 말고는 볼 사람도 없으니까요. 어머니, 내 얼굴에 거미줄 있어요? 아까 계단 아래 벽장을 들여다봤는데, 코에 뭐가 붙었는지 자꾸 간지러워요."

그렇지만 페어필드 부인이 봐주기도 전에 베럴은 뒤돌아섰다. 누군가 창문을 두드렸다. 창밖에서 린다가 미소를 띠고 고개를 끄덕거리고 있었다. 식기실의 걸쇠가 들리는 소리가 나고 린다가 들어왔다. 린다는 맨머릿바람이었다. 머리 타래를 둘둘 말아 정수리에 올렸고, 몸에는 낡은 캐시미어 숄을 두르고 있었다.

"배고파요." 린다가 말했다. "어머니, 먹을 거 없어요? 여기 부엌에 처음 들어와요. 어디를 봐도 '어머니'라고 쓰여 있는 것 같네요. 모든 게 짝을 이루고 있는 걸 보니."

"차랑 간식 좀 차려주마." 페어필드 부인은 테이블 한쪽에 냅킨을 펼쳤다. "베럴이랑 같이 마셔."

"베럴, 내 진저브레드 반쪽 먹을래?" 린다가 빵 써는 칼을 흔들며 물었다. "여기 오니까 집이 마음에 들어?"

"아, 물론이야. 집이 아주 마음에 들고 정원이 참 아름다워. 하지만 세상에서 너무 동떨어져 있는 기분이야. 누가 그 덜컹거리는 버스를 타고 우리를 만나러 오겠어? 게다가 이 근처에는 어울릴 만한 사람이 없을 것 같아. 확실해. 물론 언니한테는 상관없겠지. 왜냐하면—"

"버기 마차가 있잖니." 린다가 말했다. "팻이 네가 원할 때마다 시내에 데려다줄 수 있어."

그건 확실히 다행이었지만 베럴의 마음속 깊은 곳에는 다른 생각이 도사리고 있었는데, 그게 무엇인지 자기 자신도 정확히 알지 못했다.

“아, 설마 죽기야 하겠어.” 베럴은 빈 찻잔을 내려놓으며 무덤덤하게 말하고, 기지개를 켜면서 일어났다. “커튼 달러 갈 거야.” 베럴은 노래하면서 뛰어갔다.

수천 마리의 새가
나무마다 앉아서 크게 노래해

“나무마다 앉아서 크게 노래해….” 그러나 베럴은 다이닝룸에 도착하자 노래를 뚝 멈추었다. 표정이 싹 바뀌었다. 어둡고 침울해졌다.

“여기서 썩든 어디서 썩든 매한가지지.” 베럴은 사납게 중얼거리며 빨간색 서지 커튼에 딱딱한 놋쇠 안전핀을 마구 찔러 넣었다.

부엌에 남은 두 사람은 잠시 조용히 있었다. 린다는 손바닥으로 빰을 괴고 어머니를 바라보았다. 창밖의 푸른 잎사귀를 배경으로 앉아 있는 어머니가 무척 아름다워 보였다. 린다는 어머니를 보기만 해도 마음이 안정되었고, 이런 안정감 없이는 살 수 없을 것 같았다. 어머니의 향긋한 살 내음과 부드러운 볼과 팔, 더욱 부드러운 어깨가 꼭 필요했다. 어머니의 구불거리는 머리칼도 사랑했다. 이마선에서는 은빛이고 목덜미의 뿌리도 하얗게 세고 있었지만 모슬린 모자 아래 커다랗게 말아 올린 머리칼은 여전히 밝은 갈색이었다. 어머니의 손은 무척 고왔다. 손가락에 낀 반지 두 개가 크림색 피부로 녹아드는 것 같았다. 어머니는 늘 싱싱하고 달콤했다. 노부인은 피부에 직접 닿는 옷은 리넨 원단만 입었고, 계절을 가리지 않고 찬물로 샤워했다.

“내가 할 일은 없어요?” 린다가 물었다.

"아니, 없어. 네가 정원에 나가서 애들을 좀 봐줬으면 좋겠지만, 안 할 거잖니."

"할게요. 하지만 이저벨이 우리 집에서 제일 어른스러운 건 아시죠?"

"그래, 하지만 키지어는 그렇지 않잖니." 페어필드 부인이 말했다.

"오, 키지어는 한참 전에 황소한테 받혀서 날아갔을 거예요." 린다는 숄로 어깨를 다시 감싸며 말했다.

하지만 아니, 키지어는 테니스장과 방목지를 분리하는 울타리의 나무 옹이에 난 구멍으로 황소를 보았다. 그렇지만 황소가 썩 마음에 들지 않아서 과수원으로 돌아가 풀이 무성한 언덕을 오르고 참느릅나무 옆으로 난 길을 따라 넓은 미로 같은 정원에 들어왔다. 이곳에 아무리 오래 살아도 정원에서는 늘 길을 잃을 것 같았다. 벌써 두 번이나 전날 밤에 지나친 커다란 철제 대문으로 갔다가 뒤돌아서 집으로 가는 진입로를 올라왔다. 진입로 양옆으로 수많은 샛길이 나 있었다. 한쪽으로 가면 샛길들이 전부 얽히고설킨 커다랗고 어두운 나무들과 기이한 덤불로 이어졌는데, 납작한 덤불 잎사귀는 벨벳처럼 부드러웠고, 깃털처럼 가벼운 크림색 꽃잎을 흔들면 파리 떼가 앵앵거리며 솟아올랐다. 무시무시한 곳이었다. 정원이라고 부를 수도 없었다. 이쪽 샛길들은 진흙투성이에 축축했고, 나무뿌리가 커다란 새의 발자국처럼 이리저리 뻗어나갔다.

그렇지만 반대쪽에는 높다란 울타리 관목이 있었고, 샛길들을 따라 회양목이 반듯하게 늘어서 있었다. 이 길들을 따라가면 점점 더 많은 꽃에 둘러싸였다. 동백나무에는 하얀 꽃, 검붉은 꽃, 흰 줄무늬가 있는 꽃이 활짝 피었고 나뭇잎은 반들반들 빛났다. 흰 라일락 꽃송이가 어찌나 풍성한지 잎사귀 하나 보이지 않았다. 장미꽃도 피었는데, 남자들이 단춧구멍에 꽂는 조그만 백장미는 벌레가 너무 많아서 향기를 맡아볼 수 없었다. 분홍색 월계화 덤불은 땅에 떨어진 꽃잎에 둥글게 에워싸여 있었다. 서양장미가 두꺼운 줄기 위에서 꽃망울을 터뜨렸고, 봉오리가 잔뜩 맺힌 이끼장미는 분홍빛 보드라운 꽃잎을 한 장씩 펼쳤으며, 붉은 장미는 색이 어찌나 짙은지 떨어지면서 검게 변하는 것 같았다. 꽃잎은 우아한 크림색에 줄기는 빨갛고, 잎사귀는 선명한 진홍색인 장미도 있었다.

한쪽에 윤판나물이 무리 지어 자랐고, 온갖 종류의 제라늄, 조그만 버베나 관목, 파르스름한 라벤더 덤불이 우거졌으며, 꽃의 중앙이 벨벳처럼 부드럽고 잎사귀는 나방의 날개를 연상시키는 펠라르고늄도 있었다. 목서초만 있는 꽃밭과 팬지 꽃밭이 따로 있었는데, 겹꽃 흰색 목마가렛과 데이지, 그리고 키지어가 처음 보는 덥수룩한 식물이 꽃밭의 테두리를 이루었다.

횃불나리는 키지어보다 키가 컸다. 나무마리골드가 조그만 밀림처럼 빽빽했다. 키지어는 길의 가장자리에 늘어선 조경용 관목 하나에 앉았다. 앉기 전에 손으로 꾹 누르니까 편하게 앉을 수 있었다. 하지만 안쪽은 먼지투성이였다! 키지어는 허리를 숙이고 안을 들여다보다가 재채기를 하고 코를 문질렀다.

어느새 키지어는 아래쪽 과수원으로 부드럽게 이어지는 푸르른 언덕 꼭대기에 와 있었다…. 언덕 아래를 잠시 내려다보았다. 키지어는 등을 대고 눕고, 꺅 소리를 한 번 지른 다음에 데굴데굴 굴러서 폭신폭신하고 꽃이 흐드러진 과수원의 풀밭으로 내려갔다. 풀밭에 누운 채로 하늘이 회전을 멈추기를 기다리는 동안 키지어는 집에 가면 하녀에게 다 쓴 성냥갑을 하나 달라고 부탁하겠다고 생각했다. 할머니한테 깜짝 선물을 만들어주고 싶었다…. 먼저 성냥갑 속에 잎사귀를 깔고 커다란 제비꽃을 넣은 다음에, 아주 작은 하얀색 피코티 꽃을 넣을 생각이었다. 제비꽃 양옆에 놓아도 예쁘겠지. 그 위에 라벤더를 흩뿌릴 건데, 물론 제비꽃을 가리면 안 된다.

키지어는 이런 깜짝 선물을 할머니에게 자주 만들어주었고, 그때마다 멋지게 성공했다.

"할머니, 성냥 필요해요?"

"아, 그래, 아가. 내가 지금 성냥이 딱 필요한 것 같구나."

할머니가 천천히 성냥갑을 열고 그 속의 예쁜 선물을 발견한다.

"아이고, 키지어! 할머니가 깜짝 놀랐구나!"

'여기서는 매일매일 할머니 선물을 만들 수 있어.' 키지어는 미끈거리는 신발에 묻은 풀을 떼어내며 생각했다.

그러나 집으로 돌아가는 길에 키지어는 진입로 중간에 있는, 섬처럼 보이는 둥근 화단을 보고 걸음을 멈추었다. 여기서 진입로는 양쪽으로 갈라지며 섬을 반 바퀴 돌아 뒤에서 다시 합쳐졌다. 섬은 높이 쌓은 풀 더미로 이루어져 있었다. 꼭대기에 거대한 식물 하나가 있었는데, 두꺼운 회녹색 이파리는 가시처럼 뾰족하고, 중앙에서 굵은 줄기 하나가 높이 치솟았다. 어떤 잎사귀는 너무 늙어서 더는 바깥으로 말리지 않고 반대쪽으로 고부라진 채 갈라지거나 부러져 있었다. 시들어서 땅에 납작하게 떨어진 것도 있었다.

이게 대체 뭘까? 키지어는 이런 것을 난생처음 보았다. 키지어는 가만히 서서 쳐다보았다. 그때 어머니가 진입로를 따라 내려왔다.

"어머니, 이게 뭐예요?" 키지어가 물었다.

린다는 커다랗게 부푼 식물의 매서운 잎사귀와 번쩍이는 줄기를 올려다보았다. 그들 위로 치솟은 줄기는 마치 허공에 고정된 것 같으면서도 땅을 어찌나 강하게 붙잡고 있는지, 뿌리가 아니라 발톱이 달린 건 아닐까 생각마저 들었다. 구부러진 잎사귀 속에 무언가 숨겨져 있을 듯했다. 꽃이 달리지 않은 줄기는 아무리 바람이 세게 불어도 흔들리지 않을 것처럼 꼿꼿했다.

"알로에야, 키지어." 어머니가 말했다.

"이것도 꽃을 피워요?"

"그래, 키지어." 린다는 미소를 지으며 키지어를 내려다보고 반쯤 눈을 감았다. "백 년에 한 번."

VII

스탠리 버넬은 퇴근하는 길에 잡화점 앞에 버기 마차를 잠깐 세우고 굴을 큰 것으로 한 통 샀다. 옆에 있는 중국인 가게에서는 잘 익은 파인애플을 하나 샀고, 싱싱한 검은 체리를 보고서는 존에게 체리도 1파운드 달라고 했다. 굴과 파인애플은 마차의 앞좌석 아래 상자에 넣고 체리 바구니는 들고 탔다.

일꾼 팻이 운전석에서 훌쩍 뛰어내려 스탠리의 무릎에 갈색 담요를 덮어주었다.

"발을 들어보세요, 버넬 씨. 담요를 접어서 넣게요." 팻이 말했다.

"그래! 그래! 좋군!" 스탠리가 말했다. "이제 곧장 집으로 가게."

팻이 회색 암말을 살짝 치자 버기 마차가 덜컹거리며 앞으로 나아갔다.

'정말 훌륭한 일꾼 같아.' 스탠리는 생각했다. 옆자리에서 팻이 말끔한 갈색 코트와 갈색 중산모로 차려입고 있는 모습이 마음에 들었다. 담요를 덮어준 것도 좋았고, 눈빛도 마음에 들었다. 팻은 굽신거리지 않았다. 스탠리는 비굴한 태도를 그 무엇보다 싫어했다. 게다가 팻은 일자리가 꽤 마음에 드는지, 벌써 즐겁고 만족한 낌새였다.

회색 암말은 겅중겅중 잘 달렸다. 버넬은 한시바삐 시내를 벗어나고 싶었다. 집에 가고 싶었다. 아, 시골에 사는 건 정말 멋지다. 퇴근하면 곧바로 갑갑한 타운을 벗어날 수 있다. 여정의 끝에 집이 기다리고 있다는 걸 알면서 싱그럽고 따뜻한 공기를 들이마시며 달리는 기분이란! 게다가 집에는 정원은 물론 일등급 암소와 닭과 오리를 키우는 방목지까지 딸려 있다.

마침내 마차가 타운을 벗어나 텅 빈 길을 쏜살같이 달리기 시작하자 스탠리는 기쁨에 심장이 두근거렸다. 스탠리는 바구니를 뒤적여 체리를 한 번에 서너 개씩 입에 넣고 씨앗은 마차 옆으로 뱉었다. 통통하고 시원하고, 반점이나 멍 하나 없는 체리는 완벽하고 맛있었다.

어라, 이 체리 좀 봐라. 한 꼭지에 달린 체리 하나는 검고 다른 하나는 하얗다. 멋지군! 완벽한 샴쌍둥이다. 스탠리는 체리 꼭지를 코트의 단춧구멍에 끼워 넣었다…. 사실은 팻에게 체리를 한 주먹 주고 싶었다. 하지만 그러지 않는 편이 낫다. 이 친구를 좀더 잘 알게 될 때까지 기다리자.

스탠리는 토요일 오후와 일요일을 어떻게 보낼지 계획하기 시작했다. 토요일에는 퇴근하고 클럽에서 점심을 먹지 않을 것이다. 아니, 가능한 한 빨리 빠져나와 집에서 냉육 몇 점과 상추를 조금 차려달라고 하자. 그다음에 시내 친구들을 몇 명 불러서 테니스를 치면 어떨까. 너무 많아도 정신없으니까 세 명까지만. 베릴도 테니스를 잘 친다…. 스탠리는 오른팔을 쭉 뻗었다가 근육을 의식하며 천천히 구부렸다…. 샤워하고 몸을 말린 다음에 저녁 식사를 하고 베란다에서 시가를 하나 피우기로 하자….

일요일 아침에는 아이들까지 가족 모두 교회에 간다. 교회에서 신도석을 한 줄 지정해서 맡아야겠다는 생각이 들었다. 가능하면 햇볕이 잘 들고, 예배실 뒷문의 외풍이 들지 않는 앞자리가 좋겠지. 스탠리는 상상 속에서 멋지게 기도를 읊었다. '예수님께서 죽음을 극복하시고 믿음이 있는 모든 자에게 천국의 문을 여셨사오니.' 그러고는 신도석 한쪽 끝에 황동으로 테두리를 두른 반듯한 명패를 떠올렸다—스탠리 버넬 씨 일가…. 교회가 끝나면 종일 린다와 빈둥거리며 하루를 보낼 것이다…. 이제 스탠리의 상상 속에서 두 사람은 팔짱을 끼고 정원을 거닐고 있었고, 스탠리는 자신이 그다음 주에 사무실에서 처리해야 하는 업무를 린다에게 세세히, 장황하게 설명하고 있었다. 린다의 목소리가 귓전에 맴돌았다. '여보, 정말 좋은 생각 같아….' 린다와 이야기하다보면 종종 삼천포로 빠지는 건 사실이지만, 심적으로 큰 도움을 받았다.

이런! 마차가 좀더 빨리 못 달리나. 팻이 다시 속도를 줄였다. 으! 정말 답답하군. 답답함이 뱃속 깊은 곳에서부터 느껴졌다.

스탠리는 집에 가까워질 때마다 무엇이라고 정의할 수 없는 불안함에 안절부절못했다. 마차가 대문을 지나기도 전에 그는 눈에 띄는 사람 아무에게나 외칠 것이다. '별일 없었어?' 그 불안감은 린다가 이렇게 말하는 것을 들어야만 사라졌다. '안녕, 여보. 잘 다녀왔어?' 시골에 살아서 가장 힘든 점이다. 집에 돌아가는 데 한참이 걸린다. 그래도 이제 거의 다 왔다. 마차는 마지막 언덕 꼭대기를 막 지나고 있었다. 이제 완만한 언덕 능선을 타고 내려갔고, 반 마일만 더 가면 집에 도착한다.

팻은 암말의 등을 채찍으로 살짝 훑으며 달랬다. "착하다, 착해. 옳지, 잘한다."

해가 지기 몇 분 전이었다. 눈부신 금속빛에 물든 세상은 온통 고요했고, 도로 양옆으로 펼쳐진 방목지의 싱그러운 잔디에서 우유 비린내가 풍겨왔다. 철제 대문이 열렸다. 마차는 진입로로 접어들어 달리다가 섬을 돌아서 베란다 중앙 앞에 멈췄다.

"말 달리는 속도가 흡족하셨습니까, 버넬 씨?" 팻이 마차에서 내려서 웃으며 물었다.

"아주 좋네, 팻." 스탠리가 답했다.

린다가 유리문을 열고 나왔다. 고요한 그늘 속에서 린다의 목소리가 울렸다. "안녕, 여보. 잘 다녀왔어?"

린다의 목소리를 듣자 스탠리는 심장이 너무 거세게 뛰어서 계단을 한달음에 달려 올라가 아내를 끌어안아야만 했다.

"응, 다녀왔어. 별일 없었지?"

팻은 버기 마차를 마당으로 통하는 옆문으로 끌고 가기 시작했다.

"아, 잠깐 기다리게." 버넬이 말했다. "그 바구니 두 개를 주고 가야지." 스탠리는 린다에게 말했다. "당신 주려고 굴이랑 파인애플을 사왔어." 이 세상의 모든 작물을 수확해 온 듯한 말투였다.

두 사람은 복도로 들어갔다. 린다는 한 손에는 굴을, 다른 손에는 파인애플을 들었다. 버넬은 유리문을 닫고 모자를 벗었다. 그러고서 린다를 바짝 끌어안은 다음에 정수리와 귀와 입술과 눈에 입을 맞추었다.

"아, 여보! 잠깐!" 린다가 말했다. "좀 기다려봐. 이것들 좀 치우고." 린다는 굴과 파인애플을 작은 세공 의자에 내려놓았다. "단춧구멍에 뭐를 끼웠어, 체리?" 린다는 체리를 빼서 스탠리의 귀에 걸었다.

"아냐, 여보. 당신 주려고 가져온 거야."

그래서 린다는 체리를 귀에서 다시 뺐다. "내가 나중에 먹어도 괜찮지? 좀 있으면 저녁 먹어야 하는데 이걸 먹으면 입맛이 없어질 거야. 애들한테 다녀왔다고 인사해. 차 마시고 있어."

아이들 방에 램프가 켜져 있었다. 페어필드 부인이 빵을 잘라 버터를 발라주었다. 어린 소녀들은 본인의 이름이 수놓인 커다란 턱받침을 하고 있었다. 아버지가 들어오자 다들 입맞춤을 받으려고 입을 닦았다. 창문은 활짝 열어놓았다. 벽난로 선반의 꽃병에 야생꽃 한 다발이 꽂혀 있었고, 램프가 천장에 커다랗고 부드러운 빛을 뿌렸다.

"편안해 보이시네요, 장모님." 스탠리가 램프 불빛에 눈을 껌벅이며 말했다. 직사각형 식탁의 기다란 양쪽에 이저벨과 로티가 각각 앉아 있었고, 키지어는 끝에 혼자 앉아 있었다. 키지어가 마주 보는 자리는 비어 있었다.

'내 아들이 앉을 자리야.' 스탠리는 생각했다. 그리고 린다의 어깨를 감싸 안은 팔에 힘을 주었다. 세상에, 바보가 아니고서야 이토록 행복할 수 있을까!

"맞아, 스탠리. 우리 모두 아주 편하게 있어." 페어필드 부인이 키지어의 빵을 손가락 너비로 잘라주며 말했다.

"시내에 사는 것보다 좋지, 얘들아?" 스탠리가 물었다.

"네, 아버지." 세 소녀가 말했고, 이저벨이 이제야 생각난 것처럼 덧붙였다. "고맙습니다, 아버지."

"위층으로 올라가자." 린다가 말했다. "슬리퍼 꺼내줄게."

계단은 너무 좁아서 두 사람이 팔짱을 끼고 올라갈 수 없었다. 방 안은 어둑어둑했다. 린다가 성냥을 찾아 어둠을 더듬자 반지가 대리석 선반에 부딪히는 소리가 울렸다.

"나한테 성냥 있어, 여보. 내가 불을 붙일게."

그렇지만 스탠리는 성냥을 꺼내는 대신 린다 뒤로 다가가 다시 끌어안고, 아내의 머리를 자신의 어깨에 묻었다.

"정신을 잃을 정도로 행복해." 스탠리가 말했다.

"그래?" 린다가 뒤돌아서 스탠리의 가슴을 손으로 짚고 올려다봤다.

"내가 왜 이러는지 몰라." 스탠리가 중얼댔다.

이제 창밖에서는 어둠이 깔리고 묵직한 이슬이 내리고 있었다. 린다가 문을 닫는데 차가운 이슬 한 방울이 손가락 끝에 닿았다. 어딘가 멀리서 개가 짖었다. "달이 뜰 것 같아." 린다가 말했다.

손가락 끝에 차가운 이슬방울을 느끼며 그렇게 말한 순간 린다는 달이 실제로 떠오른 것처럼, 차갑게 쏟아지는 달빛이 자신을 훤히 드러낸 것처럼 느꼈다. 린다는 몸을 부르르 떨고, 창가에서 물러나 나지막한 사각 쿠션에 앉아 있는 스탠리 옆에 앉았다.

다이닝룸에서는 베럴이 두툼한 방석에 앉아 벽난로의 불빛을 받으며 기타를 치고 있었다. 목욕을 하고 옷을 전부 갈아입은 베럴은 검은색 점무늬가 있는 하얀 모슬린 드레스를 입었고, 머리에는 검은색 비단으로 만든 장미꽃 장식을 달았다.

세상은 잠들었어요, 내 사랑
봐요, 우리 둘밖에 없어요
당신의 손을 잡게 해줘요, 내 사랑
살며시 잡고 있을게요

베럴은 기타를 치면서 자기 자신에게 노래를 불러주는 격이었다. 기타를 치고 노래하는 자신의 모습을 줄곧 보고 있었기 때문이다. 난롯불이 신발과 기타의 불그스름한 몸체와 베럴의 흰 손가락에서 은은하게 빛났다….

'창밖을 지나가다 이런 모습을 보았으면 나라도 반했을 거야.' 베럴은 생각했다. 그리고 더욱 부드럽게 기타 줄을 튕겼다. 이제 노래를 멈추고 기타의 선율에 귀 기울였다.

…'내가 처음 당신을 보았을 때, 오, 내 사랑, 당신은 누가 자기를 보고 있는 줄 전혀 몰랐지. 쿠션에 작은 발을 올리고 앉아서 기타를 치고 있었어. 아, 그 모습을 평생 잊지 못할 거야….' 베럴은 고개를 홱 들고 다시 노래하기 시작했다.

달마저 지쳐 보이는데…

그러나 그때 문이 쿵쿵 울렸다. 하녀가 빨간 얼굴을 내밀었다.

"실례해요, 미스 베럴. 자러 왔어요."

"알았어, 앨리스." 베럴은 얼음장처럼 차가운 목소리로 말하고 기타를 구석에 내려놓았다. 앨리스가 검은색 무거운 철제 쟁반을 들고 잰걸음으로 들어왔다.

"오븐이 제대로 작동하지 않아서 온종일 힘들었어요." 앨리스가 말했다. "아무것도 구워지지 않는 거예요."

"저런!" 베럴이 말했다.

하지만 아니, 베럴은 멍청한 하녀 아이를 도저히 참아줄 수 없었다. 베럴은 어두운 응접실로 달려가 초조히 서성였다…. 아, 너무너무 초조했다. 벽난로 선반에 거울이 하나 걸려 있었다. 베럴은 거울로 손을 뻗고 자신의 창백한 그림자를 바라보았다. 이토록 아름다운데 봐줄 사람 하나 없다니. 단 한 사람도.

'네가 왜 그렇게 힘들어야 해?' 거울 속의 얼굴이 물었다. '너는 힘들게 살 사람이 아니야… 웃어!'

베럴은 웃었다. 그 미소가 과연 너무나 사랑스러워서 베럴은 다시 웃었다. 이번에는 미소를 짓지 않을 수 없었다.

VIII

"안녕하세요, 존스 부인."

"아, 안녕하세요, 스미스 부인. 잘 지내시죠. 아이들을 데리고 오셨나요?"

"네, 우리 쌍둥이를 데려왔어요. 지난번에 뵌 이래 아이를 한 명 더 낳았어요. 그런데 애가 너무 갑자기 나오는 바람에 옷을 지어 입힐 시간이 없었어요. 아직은 말이에요. 그래서 두고 나왔어요…. 신랑은 잘 지내시죠?"

"아, 네, 아주 잘 지내요. 고마워요. 지도칸 감기에 걸렸었는데, 빅토리아 여왕님이 파인애플을 한 상자 보내주셔서 그걸 먹고 곧바로 나았어요. 여왕님이 저희 대모인 거 아시죠? 하녀를 새로 고용하셨나봐요?"

"네, 이름은 그웬이에요. 일한 지 이틀밖에 안 되었어요. 아, 그웬. 여기 내 친구 스미스 부인에게 인사해."

"안녕하세요, 스미스 부인. 저녁은 10분 정도 더 있어야 준비될 거 같아요."

"나한테 하녀를 소개할 필요는 없을 거 같아. 그냥 내가 말을 걸면 될 거 같은데."

"하지만 하녀보다는 레이디 헬프****에 가까워. 그리고 레이디 헬프는 원래 인사시키는 거야. 새뮤얼 조지프 부인네 집에도 한 명 있었잖아."

"괜찮아, 상관없어." 하녀는 털털하게 말하고 망가진 옷걸이 끄트머리로 초콜릿 커스터드를 휘휘 저었다. 저녁은 콘크리트 계단에서 잘 익어가고 있었다. 하녀는 분홍색 정원 벤치에 천을 깔기 시작했다. 자리마다 제라늄 이파리 접시를 두 개 놓고, 솔잎 포크와 잔가지 칼을 놓았다. 월계수 이파리에 올린 데이지 꽃송이 세 개는 반숙 달걀이었고, 푸크시아 꽃잎 냉육, 민들레 씨와 물과 흙을 반죽해서 빚은 예쁜 고기전을 차렸다. 초콜릿 커스터드는 전복 껍데기에 익힌 그대로 대접하기로 했다.

"우리 애들 음식은 안 차려도 돼요." 스미스 부인이 너그럽게 말했다. "그냥 이 병을 가져가서 수돗물 좀 담아 와요. 아니, 우유 말이에요."

"아, 알았어요." 그웬이 대답하고 존스 부인에게 귓속말했다. "앨

**** 고용인과 동격의 사회적 신분을 인정받는 대신 적은 임금을 받고 일하는 여자를 뜻한다.

리스한테 진짜 우유를 좀 달라고 할까?"

그렇지만 누군가 집 앞에서 아이들을 부르는 바람에 오찬 파티는 중간에 무산되고 예쁜 상차림과 고기전과 반숙 달걀은 개미와 늙은 달팽이의 차지가 되었다. 달팽이는 정원 벤치 구석에서 촉수를 흔들며 기어나와 제라늄 접시를 깨작깨작 먹기 시작했다.

"집 앞으로 오렴, 얘들아. 핍이랑 랙스가 왔다."

키지어가 가게 남자에게 말했던 외가 사촌들이 왔다. 트라우트네 가족은 버넬네 집에서 1마일가량 떨어진, 몽키트리 코티지라고 불리는 집에 살았다. 핍은 나이에 비해 키가 컸고, 흐늘흐늘한 검은 생머리가 흰 얼굴을 덮었다. 랙스는 형과 달리 체격이 왜소하고 깡말라서 옷을 벗으면 날갯죽지가 조그만 날개처럼 튀어나왔다. 잡종개가 언제나처럼 소년들을 따라왔는데, 눈동자가 하늘색이고 기다란 꼬리가 위로 말려 있었다. 개의 이름은 스누커였다. 트라우트네 아이들은 거의 하루 종일 스누커의 털을 빗겨주고 핍이 제조한 온갖 끔찍한 것을 발라주며 놀았다. 핍은 자신이 제조한 것을 망가진 병에 담고 낡은 주전자 뚜껑으로 덮어놓았는데, 심지어 충실한 랙스에게도 제조법을 전부 알려주지는 않았다…. 그 제조법이라 하면, 석탄산 치약 가루에 잘게 빻은 황가루를 한 꼬집 섞고, 스누커의 털이 빳빳해지도록 전분을 어쩌면 좀 추가했을지도 모른다…. 하지만 그게 전부가 아니었다. 핍이 끝까지 비밀에 부치는 재료가 화약 가루일 거라고 랙스는 혼자 짐작했다. 게다가 핍은 위험하다며 랙스가 멀리서 구경만 하도록 허락했다…. "이게 조금이라도 눈에 튀면 평생 장님으로 살게 될 거야." 핍은 쇠숟가락으로 재료를 섞으며 말했다. "게다가 폭발할 가능성이 있어. 가능한 일이지. 자칫 너무 세게 저으면…. 이걸 등유 통에 두 숟가락만 넣으면 빈대 몇천 마리를 죽일 수 있어." 그런데도 스누커는 툭하면 빈대를 잡느라 자기 몸을 물고 헉헉거렸다. 스누커에게서는 고약한 냄새가 났다.

"스누커가 일급 투견이라서 그래." 핍은 이렇게 설명했다. "원래 투견은 냄새가 많이 나는 법이야."

트라우트네 아이들은 버넬네 가족이 시내에 살 때도 종종 놀러 왔었는데, 이제 사촌들이 끝내주는 정원이 딸린 멋진 집에 살게 되자 더 친하게 지내고 싶었다. 게다가 두 소년은 여자아이들과 노는 것을 좋아했다. 핍의 이유는, 여자아이들을 놀리는 게 재밌어서였다. 특히 로티를 놀래는 건 식은 죽 먹기였다. 한편 랙스에게는 다소 창피한 이유가 있었다. 랙스는 인형을 좋아했다. 랙스는 애정이 그득한 눈으로 잠든 인형에게 속삭이며 소심하게 미소를 짓곤 했고, 인형을 안아볼 때마다 너무 행복했다.

"팔을 굽혀서 제대로 안아줘. 뻣뻣하게 펴고 있지 말고. 그러다 떨어뜨린단 말야." 이저벨이 엄하게 주의를 주었다.

지금 소년들은 베란다에서 자꾸 집 안으로 들어가려는 스누커를 막고 있었다. 왠지 몰라도 베릴 이모는 착한 개도 싫어해서, 절대 집에 못 들어오게 했다.

"엄마랑 버스 타고 왔어." 소년들이 말했다. "오늘 여기서 놀 거야. 린다 이모 주려고 진저브레드도 가져왔어. 우리 미니가 만든 거야. 아몬드가 엄청 많아."

"내가 아몬드 껍질 벗겼어." 핍이 말했다. "냄비에서 끓는 물에 손을 쑥 넣고 꺼내서 살짝 꼬집으면 껍질에서 아몬드가 피융피융 빠져나와. 어떤 건 천장까지 솟구쳐. 맞지, 랙스?"

랙스가 고개를 끄덕거렸다. "우리 집에서는 케이크 구울 때," 핍이 말을 이었다. "우리가 부엌에 꼭 있어. 랙스랑 내가 말이야. 내가 접시를 가져오고 랙스가 달걀 젓개랑 숟가락을 가져와. 스펀지케이크가 최고로 맛있어. 생크림을 잔뜩 바르거든."

그러고서 핍은 베란다 계단을 뛰어 내려가 풀밭을 손으로 짚고 몸을 앞으로 굴러 물구나무를 서려고 했지만 실패했다.

"여기 땅이 울퉁불퉁해." 핍이 말했다. "물구나무서기를 하려면 땅이 평평해야 해. 우리 집에서는 거꾸로 서서 몽키트리를 한바퀴 돌 수 있어. 맞지, 랙스?"

"거의." 랙스가 조용히 말했다.

"그럼 베란다에서 해봐. 거긴 평평해." 키지어가 말했다.

"안 돼, 바보야." 핍스가 말했다. "땅이 푹신푹신해야 해. 잘못해서 넘어졌다가 목에서 뭐가 삐걱하면 부러져. 우리 아빠가 말해줬어."

"아, 이제 놀자." 키지어가 말했다.

"좋아." 이저벨이 얼른 끼어들었다. "병원 놀이 하자. 내가 간호사 하고 핍은 의사 하고 너랑 로티랑 랙스는 아픈 사람 해."

로티는 병원 놀이가 하기 싫었다. 지난번에 핍스가 목에 무언가를 짜 넣었는데 엄청 아팠다.

"아프긴." 핍이 코웃음쳤다. "그냥 귤껍질에서 즙을 조금 짠 거였어."

"그럼 귀부인 놀이 해." 이저벨이 말했다. "핍이 아빠를 하고, 너희는 귀여운 아이들을 하면 되잖아."

"난 귀부인 놀이 싫어." 키지어가 말했다. "맨날 똑같잖아. 손잡고 교회 갔다가 집에 와서 자라고 하잖아."

돌연 핍이 주머니에서 더러운 손수건을 꺼냈다. "스누커! 이리 와." 그렇지만 스누커는 언제나처럼 꼬리를 다리 사이에 감추고 슬금슬금 도망치려 했다. 핍은 펄쩍 뛰어 스누커를 잡고 무릎으로 고정했다.

"머리 잘 잡아, 랙스." 핍은 말하고 손수건을 스누커의 머리에 두른 다음에 정수리에서 우스꽝스럽게 매듭을 지었다.

"그건 왜 한 거야?" 로티가 물었다.

"귀가 머리에 딱 붙게 길들이는 거야. 보여?" 핍이 말했다. "투견들은 전부 귀가 납작하잖아. 그런데 스누커는 귀가 좀 흐늘흐늘해."

"맞아." 키지어가 말했다. "맨날 거꾸로 뒤집혀 있어. 징그러워."

스누커는 엎드려서 앞발로 손수건을 떼어내려 맥없이 한 번 시도했다가 불가능하다는 것을 깨닫고, 비참함에 몸을 떨며 아이들을 터덜터덜 따라갔다.

IX

팻이 팔을 흔들며 어슬렁어슬렁 걸어왔다. 팻이 쥐고 있는 손도끼가 햇빛을 반사하며 반짝 빛났다.

"따라와라." 팻이 아이들에게 말했다. "아일랜드 왕이 오리 대가리를 어떻게 자르는지 보여주마."

아이들은 뒤로 물러났다. 팻의 말이 못 미더웠다. 더구나 트라우트네 소년들은 팻을 처음 봤다.

"자, 같이 가자니까." 팻이 웃으면서 키지어에게 손을 내밀었다.

"진짜 오리요? 방목지에 있는?"

"그렇대도." 팻이 말했다. 키지어는 팻의 꺼칠하고 단단한 손에 자기 손을 넣었고, 팻은 손도끼를 벨트에 차고 다른 손을 랙스에게 내밀었다. 팻은 어린아이들을 사랑했다.

"피 터지는 상황이 벌어지면 스누커 머리를 꽉 잡고 있어야 해." 핍이 말했다. "스누커는 피를 보면 엄청 흥분하거든." 핍은 스누커의 머리를 싸맨 손수건을 잡아당기며 앞으로 뛰어갔다.

"가도 될까?" 이저벨이 속삭였다. "어른들한테 허락도 안 받았잖아. 안 그래?"

과수원 아래쪽의 나무 울타리에 입구가 나 있었다. 울타리 너머로 가파른 언덕을 내려가면 개울을 가로지르는 다리가 나왔고, 언덕 위로 올라가면 방목지의 가장자리에 다다랐다. 첫 번째 방목지에 있는 조그만 마구간을 개조해서 닭과 오리를 키웠다. 닭은 방목지 멀리 우묵하게 파인 쓰레기 처리장까지 가 있었지만, 오리들은 다리 아래로 흐르는 개울 근처에 모여 있었다.

개울 위로 가지를 뻗은 높다란 덤불에 붉은 잎사귀와 노란 꽃, 블랙베리가 주렁주렁 달려 있었다. 개울은 너른 곳에서는 얕게 흐르다가 이따금 조그맣고 깊은 웅덩이로 거품을 일으키며 콰르르 쏟아졌다. 하얗고 커다란 오리들이 이런 웅덩이 하나에 자리를 잡고 둑에 무성한 잡초를 욕심껏 먹으며 수영하고 있었다.

오리들은 화려한 가슴팍을 이따금 부리로 다듬고 수면 아래로 들어갔다가 나오기를 반복했다. 똑같이 아름다운 가슴과 노란 부리를 지닌 다른 오리들이 거꾸로 헤엄치고 있었다.

"저 녀석들이 아일랜드 해군이다." 팻이 말했다. "저기 목은 초록색이고 꼬리에 멋진 깃대를 꽂은 제독을 보렴."

팻은 주머니에서 곡물을 한 주먹 꺼내고, 정수리 부분이 해진 밀짚모자를 눈 위로 푹 눌러쓴 채로 느긋하게 걸어갔다.

“리리리리리.” 팻이 새들을 불렀다.

“콰콰콰콰콰.” 오리들이 대답했다. 오리들은 날개를 퍼덕거리고 후다닥 강둑으로 올라와 한 줄로 뒤뚱뒤뚱 팻을 따라왔다. 팻은 곡물을 던져주는 척 손안에서 흔들고 부르면서, 오리들이 자신을 하얀 원으로 둘러쌀 때까지 기다렸다.

그 야단법석이 멀리까지 들렸는지 닭들이 고개를 앞으로 쑥 내밀고 날개는 펼친 닭들만의 우스꽝스러운 자세로 시끄럽게 울면서 달려왔다.

팻이 곡물을 뿌리자 욕심 많은 오리들이 쪼아 먹기 시작했다. 그때 팻은 순식간에 두 마리를 잡아 양팔에 하나씩 끼고 아이들 쪽으로 성큼성큼 돌아왔다. 오리들이 눈을 둥그렇게 뜬 채로 고개를 미친 듯이 휘젓는 모습에 아이들은 겁을 먹었다—핍만 빼고.

“무서워하지 마, 바보같이.” 핍이 외쳤다. “물지 못해. 이빨이 없잖아. 부리에 숨을 쉴 수 있는 구멍 두 개뿐이야.”

“내가 한 마리 잡는 동안 니가 얘를 들고 있을래?” 팻이 물었다. 핍은 스누커를 놓았다. “들겠냐고요? 들겠냐고요? 얼른 줘요. 이 녀석이 아무리 발버둥을 쳐도 난 안 무서워요.”

팻이 하얀 깃털 뭉치를 안겨주었을 때 핍은 너무 기뻐서 울음을 터뜨릴 뻔했다.

닭장 문 옆에 고목 그루터기가 하나 있었다. 팻은 다리를 잡고 오리를 그루터기에 눕히는 것과 거의 동시에 조그만 손도끼로 대가리를 잘랐다. 오리의 목에서 피가 뿜어져 나와 하얀 깃털과 팻의 손을 적셨다.

피를 보자 아이들은 더는 두렵지 않았다. 아이들이 팻을 둘러싸고 소리 지르기 시작했다. 심지어 이저벨도 펄쩍펄쩍 뛰면서 외쳤다. "피다! 피다!" 핍은 들고 있던 오리는 까맣게 잊어버린 채 손에서 떨어뜨리고 소리쳤다. "나 피 봤어. 봤어." 그러고는 그루터기를 빙빙 돌며 뛰었다.

백지처럼 얼굴이 하얗게 질린 랙스는 땅에 떨어진 오리 대가리로 뛰어가 만지고 싶은 것처럼 손가락 하나를 내밀었다가 주춤 물러났고, 잠시 후 다시 손가락을 뻗었다. 아이는 온몸을 떨고 있었다.

겁쟁이 로티마저 웃음을 터뜨리고 오리를 가리키며 외쳤다. "봐. 키지어 언니. 봐!"

"이거 봐라!" 팻이 외쳤다. 팻이 오리 몸통을 내려놓자 머리 없는 오리가 목에서 기다랗게 핏줄기를 쏟으며 뒤뚱뒤뚱 걸었다. 오리는 개울로 이어지는 가파른 언덕을 소리 없이 올라가기 시작했다. 입이 떡 벌어지게 신기했다.

"봤어? 봤어?" 핍이 외쳤다. 핍은 여자아이들 사이를 정신없이 뛰어다니며 앞치마를 잡아당겼다.

"기관차 같은 거야. 조그맣고 우스운 철도 기관차 같아." 이저벨이 새되게 외쳤다.

그런데 키지어가 갑자기 팻에게 달려들어 양팔로 그의 다리를 감싸고 온 힘을 다해서 머리를 팻의 무릎에 들이박았다.

"머리 붙여놔! 머리 다시 붙여!" 키지어가 귀가 찢어지게 외쳤다.

팻이 키지어를 떼어내려고 했지만 키지어는 다리를 놓지도, 머리를 치우지도 않았다. 있는 힘껏 매달린 채로 흐느꼈다. "붙여! 붙여!" 끊임없는 외침이 끝에 가서는 이상한 딸꾹질 소리처럼 들렸다.

"오리가 멈췄어. 넘어졌어. 죽었어." 핍이 말했다.

팻은 키지어를 안아 올렸다. 햇빛 차단용 보닛이 머리 뒤로 넘어갔지만 키지어는 얼굴을 숨기고 보여주지 않았다. 아니, 키지어는 팻의 어깨에 얼굴을 파묻고 양팔로 그의 목을 감쌌다.

아이들은 소리를 지르기 시작했을 때와 마찬가지로 갑작스레 조용해졌다. 아이들이 죽은 오리의 머리를 가운데 놓고 둘러섰다. 랙스는 이제 무서워하지 않고 꿇어앉아 잘려나간 머리를 쓰다듬었다.

"머리는 아직 안 죽은 거 같아." 랙스가 말했다. "내가 마실 걸 주면 계속 살아 있을까?"

핍이 신경질을 냈다. "참 나, 어린애 같긴." 핍은 멀리 걸어가며 휘파람으로 스누커를 불렀다.

이저벨이 로티에게 다가섰지만 로티는 손을 뿌리쳤다.

"언니는 왜 맨날 나를 만지고 그래?"

"됐다." 팻이 키지어에게 말했다. "씩씩하게 뚝 그쳐야지."

키지어는 팻의 목을 놓아주고 귀를 만졌다. 손에 무언가 닿았다. 키지어는 천천히 얼굴을 들고 팻의 귀를 봤다. 조그맣고 동그란 금 귀고리가 달려 있었다. 키지어는 남자가 귀고리를 한 것을 처음 보고 깜짝 놀랐다.

"이거 귀에 끼었다 뺐다 할 수 있어요?" 키지어가 쉰 목소리로 물었다.

X

한편 집에서는 깨끗하고 후덥지근한 부엌에서 앨리스가 오후 찻상을 준비하고 있었다. 앨리스는 '정식'으로 차려입고 있었다. 겨드랑이에서 퀴퀴한 냄새가 나는 검은색 누빔 원피스에 커다란 도화지 같은 흰색 앞치마를 맸고, 검은 핀 두 개로 레이스 리본을 머리에 고정했다. 편한 실내화를 벗고 새끼발가락의 굳은살을 아프게 조이는 검은색 가죽 구두로 갈아신었다….

부엌 안은 더웠다. 검정파리가 앵앵거리며 날아다니는 가운데 주전자 부리에서는 희끄무레한 김이 올라오고, 주전자 뚜껑은 물이 끓고 있다고 소리치며 달그락거렸다. 더운 공기 속에서 시계가 째깍째깍, 노부인이 뜨개바늘을 놀리는 소리처럼 느리고 신중하게 울렸다. 바람 한 줄기 일지 않는데도 이상하게 블라인드가 이따금 밖으로 휙 날렸다가 다시 떨어지며 창틀에 부딪혔다.

앨리스는 물냉이 샌드위치를 만들고 있었다. 테이블에는 버터 한 토막, 생선과 닮았다는 이유로 꼬치고기라고 불리는 빵 한 덩이, 흰 천에 대충 쌓아둔 물냉이가 있었다.

그런데 버터 접시 옆에는 귀퉁이가 말리고 이음새는 반쯤 떨어진 기름투성이 책도 한 권 기대어 세워져 있었다. 앨리스는 버터를 으깨면서 책을 읽었다.

"바퀴벌레가 영구차를 끌고 가는 꿈은 흉몽이다. 아버지나 남편, 형제, 아들, 혹은 약혼자처럼 소중한 사람의 죽음을 뜻한다. 바퀴벌레가 당신이 보는 앞에서 뒤로 기어갔으면, 불에 타 죽거나 계단이나 공사장의 가설물처럼 높은 곳에서 떨어져 죽는 것을 뜻한다."

"거미. 거미가 몸을 기어다니는 꿈은 길몽이다. 가까운 시일 내에 큰돈을 얻게 될 것을 뜻한다. 임신한 사람은 순산할 것이다. 그렇지만 여섯 달째에는 갑각류를 조심해야 한다…."

수천 마리의 새가

아, 이런. 미스 베럴이 오네. 앨리스는 칼을 내려놓고 해몽 책을 버터 접시 아래 숨겼다. 그렇지만 제대로 숨길 시간이 없었다. 베럴은 부엌으로 뛰어 들어오자마자 테이블로 왔고, 시선이 기름때 묻은 책장의 귀퉁이로 곧장 향했다. 미스 베럴이 과연 무슨 책인지 상상도 안 된다는 듯이 눈을 찡그린 채로 눈썹을 추켜세우고 의미심장한 미소를 지었다. 앨리스는 베럴을 주시하고 있었다. 무슨 책이냐고 물어보면 이렇게 답하겠노라 결심했다. '어쨌든 아가씨 책은 아니죠.' 하지만 미스 베럴이 묻지 않으리라는 걸 알았다.

앨리스는 사실 순한 성격이었지만, 아무도 자신에게 하지 않을 질문에 놀랄 만큼 신랄한 대답을 준비해놓고 있었다. 실제로 입 밖으로 내진 않더라도 그렇게 대답한다고 상상하는 것만으로도 기분이 나아졌다. 정말이지, 똑같은 잔소리를 하도 많이 들어서, 잠결에 자기가 무슨 짓을 할지 몰라 의자에 있는 성냥을 침대로 가져가기가 망설여지는 날에 이런 상상은 마음에 적잖이 위로가 되었다.

"아, 앨리스." 미스 베럴이 말했다. "한 사람이 더 오기로 했으니까 어제 남은 스콘도 따뜻하게 데워줘. 커피 케이크랑 빅토리아 샌드위치도 같이 내오고. 접시 아래 레이스 깔개 까는 것 잊지 마. 알았지? 어제 잊어버렸잖아. 찻상이 너무 흉하고 값싸 보였어. 그리고 앨리스, 도자기 찻주전자에는 그 흉측한 분홍색이랑 녹색 싸개를 씌우지 마. 그건 아침에 쓰는 찻주전자에만 씌우는 거야. 사실 그건 부엌에서만 쓰는 게 좋겠어. 낡아빠진 데다가 냄새도 나잖아. 일본산 싸개를 씌워. 무슨 말인지 알지?"

미스 베럴이 잔소리를 끝마쳤다.

나무마다 앉아서 크게 노래해

베럴은 앨리스를 엄중하게 교육했다는 생각에 매우 뿌듯한 기분으로 노래하며 부엌에서 나갔다.

아, 앨리스는 화가 머리끝까지 치밀었다. 이래라저래라 명령을 들어서가 아니었다. 그건 괜찮다. 다만 미스 베럴의 말투를 견딜 수 없었다. 이것만큼은 참아줄 수 없었다. 흔히들 쓰는 표현대로 속이 뒤집혔고, 몸까지 떨릴 지경이었다. 자기 자신을 하찮은 사람처럼 느끼게 만드는 말투였다. 미스 베럴은 늘 앨리스를 조금 모자란 사람 대하듯 이상한 목소리로 말했고, 절대 화를 내지 않았다. 단 한 번도. 앨리스가 무언가를 떨어뜨리거나 중요한 것을 깜박해도 베럴은 그럴 줄 알았다는 듯이 반응했다.

'버넬 부인, 말씀 좀 드릴게요.' 앨리스가 스콘에 버터를 바르며 상상 속에서 말했다. '전 미스 베럴한테 명령을 듣기 싫어요. 제가 비록 하녀로 일하고 기타도 못 치지만…'

기타에 대한 비아냥거림이 마음에 쏙 들어서 앨리스는 거의 평정을 되찾았다.

"방법은 하나뿐이에요." 앨리스가 다이닝룸 문을 열고 들어가는데 목소리가 들려왔다. "소매를 통째로 잘라내고 어깨에 넓은 검은색 벨벳 끈을 덧대야겠어요…."

XI

그날 밤 앨리스가 스탠리 버넬 앞에 내려놓았을 때 흰 오리는 애초에 머리가 없었던 것처럼 보였다. 육즙을 끼얹으며 촉촉하고 노릇노릇하게 익힌 오리가 체념한 자세로 파란색 접시에 누워 있었다. 두 다리는 실로 동여 묶었고, 각종 야채와 빵을 섞은 스터핑 주머니를 화환처럼 다리에 끼웠다.

앨리스와 오리는 막상막하로 잘 익었다. 둘 다 진한 색으로 익은 피부에 기름이 좔좔 흐르고 팽팽해 보였다. 그러나 앨리스는 새빨갛게 익은 반면에 오리는 스페인산 마호가니 나무처럼 따뜻한 갈색이었다.

스탠리는 칼날을 죽 한번 훑어보았다. 고기 써는 솜씨에 자신이 있었다. 여자가 고기를 써는 것은 질색이었다. 여자들은 느려터진 데다가 살점의 모양에는 신경도 쓰지 않는 것처럼 마구 썰었다. 스탠리는 세심한 주의를 기울였다. 냉육을 얇게 저미고 양고기를 적당한 두께로 먹음직스럽게 썰고 닭이나 오리를 정확하게 분배하는 것에 대단한 자부심을 느꼈다.

"집에서 잡아먹는 건 처음이지?" 스탠리는 그렇다는 걸 알면서도 물었다.

"응. 오늘 정육점에서 사람이 안 왔어. 일주일에 두 번만 온대."

그렇지만 아쉬워할 필요는 없었다. 오리고기는 훌륭했다. 고기가 아니라 최고급 젤리처럼 보일 정도였다. "아버지라면 이렇게 말했을 거야." 스탠리가 말했다. "이 오리는 어릴 때부터 엄마 오리가 독일산 플루트를 불어준 모양이구나. 음악의 달콤한 선율이 아기들의 마음에 큰 영향을 끼치는 법이니까…. 처제, 좀더 먹지그래? 이 집에서 음식을 진정 사랑하는 사람은 처제랑 나뿐인 거 같아. 나는 필요하다면 법정에서 맹세할 수 있어. 훌륭한 음식을 사랑한다고."

찻상은 응접실에 차렸다. 무슨 연유에서인지 스탠리가 퇴근하고 왔을 때부터 더없이 사근사근하게 대하던 베럴이 크리비지 카드 게임을 하자고 제안했다. 두 사람은 열어놓은 창문 근처의 작은 테이블에 앉았다. 페어필드 부인은 어디론가 사라졌고, 린다는 흔들의자에 기대 누워 팔을 머리 위로 뻗고 몸을 흔들었다.

"언니는 램프 필요 없지?" 베럴이 말했다. 베럴은 키가 큰 램프를 옮겨서 부드러운 불빛을 자기 위에 드리웠다.

린다가 앉아서 몸을 흔들고 있는 자리에서 남편과 동생이 아득히 멀게 느껴졌다. 녹색 테이블, 반들거리는 카드. 스탠리의 커다란 손과 베럴의 조그만 손. 이 모든 것이 하나의 신비로운 움직임으로 어우러지는 듯했다. 스탠리는 풍채 좋은 몸에 짙은 색 양복을 입고 편히 쉬고 있었고, 베럴은 금발을 흔들며 입술을 비죽 내밀었는데, 목에 처음 보는 벨벳 리본을 묶었다. 리본을 다니까 느낌이 새로웠다. 얼굴형이 평소와 달라 보였는데, 무척 매력적이라고 린다는 생각했다. 응접실에 백합 향이 자욱했다. 난롯가의 커다란 꽃병 두 개에 가득 꽂은 백합에서 풍기는 향이었다.

"52, 54, 그리고 식스페어랑 이어지는 숫자 세 개니까 9점." 스탠리는 양의 머릿수를 세는 것처럼 신중했다.

"나는 투페어밖에 없어요." 베럴은 스탠리가 이기는 것에 희열을 느끼는 걸 알고 일부러 더 아쉬워하며 말했다.

크리비지 게임 보드에서 말이 움직이는 모습을 보면 길을 함께 걸어가는 두 사람이 떠올랐다. 모퉁이를 휙 꺾고, 다시 걸음을 옮겨 놓는다. 두 사람은 앞서거니 뒤서거니 서로를 쫓으며 걸었다. 먼저 가려고 서두르는 것이 아니라, 대화를 나눌 수 있는 거리에서 걸으려는 듯했다. 어쩌면 그저 서로 가까이 있고 싶은지도 모른다.

하지만 아니, 성미가 급한 사람은 늘 있기 마련이다. 상대가 가까이 오면 이야기를 들어주지 않고 폴짝폴짝 뛰어간다. 흰 말은 빨간 말이 두려운 걸까. 아니면 그냥 심보가 고약해서 빨간 말이 이야기할 기회조차 안 주는 걸까….

베럴은 드레스 앞섶에 팬지꽃을 몇 송이 꽂고 있었는데, 흰 말과 빨간 말이 나란히 섰을 때 앞으로 몸을 숙이자 꽃다발이 떨어져 말들을 덮었다.

"안타깝네요." 베럴이 꽃다발을 들며 말했다. "서로를 끌어안으려던 참인데."

"잘 있어요, 아가씨." 스탠리가 웃었다. 빨간 말이 앞으로 훌쩍 뛰어갔다.

길고 좁은 응접실에서 유리문을 열면 베란다로 나갈 수 있었다. 벽에는 금빛 장미 무늬가 들어간 크림색 벽지를 발랐고, 한때 페어필드 부인이 쓰던 색이 어둡고 투박한 가구가 방을 채웠다. 조그만 피아노가 벽 앞에 있었는데, 노란색 비단 주름 덮개가 세공된 앞면을 깔끔하게 덮고 있었다. 피아노 위에 걸린 유화는 베럴이 그린 것으로, 놀란 표정의 클레마티스가 풍성하게 무리 지어 있었다. 꽃 하나하나가 찻잔 받침만큼 컸고, 꽃의 중앙에는 놀라서 동그랗게 뜬 눈 주변으로 속눈썹이 달려 있었다. 그렇지만 응접실은 아직 정리가 끝나지 않았다. 스탠리는 팔걸이에 푹신한 쿠션이 달린 체스터필드 소파와 의자 두 개를 더 들이겠다고 마음먹고 있었다. 린다는 지금 이대로가 더할 나위 없이 좋았지만….

커다란 나방 두 마리가 창문으로 들어와 램프 불빛을 빙빙 돌았다.

'늦기 전에 날아가. 다시 날아가.'

둥글게 둥글게 나방이 날았다. 소리 없이 파닥거리는 날개에 고요와 달빛을 이고 들어온 듯했다.

"난 킹 원페어야." 스탠리가 말했다. "패가 어때?"

"좋아요." 베럴이 말했다.

린다는 흔들거리던 움직임을 멈추고 자리에서 일어났다. 스탠리가 건너다보았다. "괜찮아, 여보?"

"응. 어머니 찾으러 가보려고."

린다는 응접실에서 나가 계단 위를 보며 불렀지만 어머니의 목소리는 베란다에서 들려왔다.

로티와 키지어가 가게 남자의 짐차에서 본 달이 이제 둥글게 여물어 집과 정원, 노부인과 린다를 휘황한 달빛으로 흠뻑 적셨다.

"알로에를 보고 있었어." 페어필드 부인이 말했다. "올해 꽃이 필 것 같구나. 저기 알로에 꼭대기를 보렴. 저게 봉오리니, 아니면 달빛 때문에 그렇게 보이는 거니?"

모녀는 계단에 서서 알로에를 보았다. 알로에를 받들고 있는 높다랗고 푸른 풀 더미가 파도처럼 너울거리자 알로에는 노를 치켜들고 물살을 타는 배처럼 보였다. 치켜든 노에 환한 달빛이 물방울처럼 맺혔고, 녹색 너울에서 이슬이 반짝였다.

"어머니도 그렇게 느껴요?" 린다가 말했다. 린다는 밤에 여자들끼리 대화할 때 쓰는 목소리로 어머니에게 말했다. 잠꼬대 같기도 하고, 깊은 동굴에서 울려 퍼지는 목소리 같기도 했다. "꼭 우리에게 오고 있는 것 같지 않아요?"

린다는 차디찬 물에서 배 위로 안전히 구출되는 꿈을 꾸었다. 배는 돛을 부풀리고 노를 저으며, 빠르게 빠르게 물살을 갈랐다. 정원의 나무들 우듬지 위를 지나 방목지와 그 뒤로 펼쳐진 어두운 들판

으로 멀리멀리 나아갔다. 아, 린다는 노를 젓는 사람들에게 외치고 있었다. '더 빨리! 더 빨리!'

린다는 이 꿈이 훨씬 더 진짜라고 느꼈다. 자신이 집으로 돌아가야 한다는 사실보다, 아이들이 자고 있고 스탠리와 베럴이 카드를 치고 있는 집으로 돌아가야 한다는 사실보다 훨씬, 훨씬 더 진짜였다.

"봉오리 같아요." 린다가 말했다. "어머니, 우리 정원에 나가봐요. 저 알로에가 좋아요. 이 집에서 제일 좋아요. 다른 모든 것을 잊어도 저 알로에는 오랫동안 기억할 것 같아요." 린다는 어머니의 팔을 잡고 계단을 내려갔고, 섬을 돌아서 대문으로 이어지는 진입로를 걸었다.

알로에 밑에서 올려다보자 이파리의 가장자리를 따라 기다랗고 뾰족한 가시가 돋아나 있었다. 이것을 본 린다는 가슴에 방패를 두른 기분이었다…. 기다랗고 뾰족한 가시가 특히 좋았다…. 감히 아무도 배에 접근하거나 쫓아오지 못할 것이다.

'나의 뉴펀들랜드 개도 가까이 오지 못할 거야.' 린다는 생각했다. '내가 낮에는 좋아하지만 말이야.'

과연 린다는 그를 무척 좋아했다. 온 마음을 다해 사랑하고 존경하고 존중했다. 아, 세상 그 누구보다 좋아했다. 그를 속속들이 이해했다. 그의 영혼은 진실하고 선량했으며, 세상살이에 빠삭하면서도 참으로 소탈하고, 소소한 것들에 기뻐하고 상처받았다.

그녀에게 좀 달려들지만 않으면, 시끄럽게 짖어대고 열정과 애정이 가득한 눈으로 매 순간 지켜보지 않으면 얼마나 좋을까. 그는 너무 강해서 감당이 안 되었다. 어렸을 때부터 린다는 자신에게 매달리는 건 무엇이든 질색이었다. 그가 두려울 때도 있었다. 정말 너무 두려웠다. 비명을 가까스로 삼켰다. '당신이 나를 죽이고 있어.' 그럴 때면 이보다 훨씬 더 심술궂고 못된 말을 내뱉고 싶었다….

'내가 몸이 약한 걸 알잖아. 심장이 안 좋다는 걸 나만큼이나 잘 알잖아. 내가 언제 죽을지 모른다고 의사도 말했잖아. 게다가 벌써 아이를 셋이나 낳았는데….'

그래, 그래, 사실이다. 린다는 어머니의 팔에 끼고 있던 손을 홱 빼냈다. 그토록 사랑하고 존경하고 존중하지만, 동시에 그를 증오했다. 그런 시간이 지나면 그가 어찌나 부드럽고 고분고분하고 사려 깊은지. 그는 그녀를 위해서 무엇이든 할 것이다. 절대적으로 헌신했다…. 린다는 자신의 가냘픈 목소리를 들었다.

'스탠리, 양초에 불 좀 켜줄래?'

그리고 기쁨으로 충만한 그의 목소리를 들었다. '물론이야, 여보.' 스탠리는 달이라도 따다 줄 기세로 침대에서 펄쩍 일어났다.

지금 이 순간 처음으로 모든 것이 극명해졌다. 그녀가 그에게 느끼는 모든 감정이 뚜렷하고 명백하고 진실하게 모습을 드러냈다. 이 증오심은 다른 감정들과 마찬가지로 진짜였다. 이 감정들을 조그만 주머니에 담아서 스탠리에게 건네줄 수도 있을 것이다. 그 마지막 감정은 깜짝 선물로 주고 싶었다. 그것을 열었을 때 그의 얼굴에 떠오를 표정이 눈에 선했다.

린다는 팔짱을 끼고 있던 팔에 힘을 주어 자기 자신을 꽉 끌어안고 소리 없이 웃음을 터뜨렸다. 삶이란 어찌나 어처구니없는지—그저 웃음만 나왔다. 우습기만 했다. 그런데 왜 이토록 삶에 집착하는 걸까? 아무리 생각해도 집착이라고 린다는 씁쓸하게 웃었다.

'내가 무엇하러 이토록 몸조심하는 거지? 나는 계속해서 아이를 낳을 거고 스탠리는 계속해서 돈을 벌고 아이들과 정원은 점점 더 커지고 내가 고를 수 있는 알로에가 줄줄이 늘어서겠지.'

지금껏 린다는 고개를 떨구고 아무것도 보지 않으며 걷고 있었다. 문득 린다는 고개를 들고 주변을 둘러보았다. 린다와 어머니는 빨갛고 하얀 꽃이 핀 동백나무 가까이 있었다. 둥그스름한 꽃들이 윤기 나는 암녹색 잎사귀에 새처럼 앉아 있는 모습이 사랑스러웠다. 린다는 버베나 꽃잎을 하나 따고 손바닥으로 비빈 다음에 어머니에게 손을 내밀었다.

"향기롭구나." 노부인이 말했다. "춥니? 몸을 떠는 것 같네. 그래, 손도 차구나. 얼른 집에 가자."

"어머니, 무슨 생각 하고 있었어요?" 린다가 물었다. "말해줘요."

"별생각 안 하고 있었어. 아까 과수원을 지나치면서 과실수가 뭐가 있고 이번 가을에 잼을 얼마나 만들 수 있을지 생각했지. 텃밭에 커런트 덤불이 아주 싱싱하더구나. 오늘 그걸 봤어. 우리가 직접 만든 잼으로 찬장을 가득 채우면 참 좋겠다…."

XII

"친애하는 낸,

내가 더 일찍 편지하지 않았다고 나쁜 친구라고 생각하진 말아줘. 그럴 시간이 없었단다. 너무 지쳐서 펜을 들기도 힘들어.

음, 가장 힘든 일들은 다 끝났어. 우리는 요란한 시내를 진짜 떠났고, 언젠가 다시 돌아갈지는 잘 모르겠어. 형부 표현을 빌리자면, 이 시골집을 '총대부터 총부리까지' 싹 다 샀으니까.

물론 한편으로는 마음이 놓여. 내가 언니네 가족이랑 같이 살기 시작했을 때부터 형부는 시골에 집을 사겠다고 벼르면서 늘 그 말을 입에 달고 살았거든. 게다가 집이랑 정원이 참 아름다워. 시내에 있던 그 구멍 같은 집과는 비교도 안 돼.

하지만 나는 여기에 파묻힌 기분이야. 아니, 파묻혔다는 표현도 부족해.

이웃이 있긴 하지만 한낱 농부들이야. 온종일 우유를 짜는 듯한 남자애들이 바글거려. 앞니가 꼭 토끼 같은 끔찍한 여자 두 명이 이삿날에 스콘을 가져와서 자기들이 도울 일이 있으면 말하라고 했어. 이 집에서 1마일 떨어진 곳에 사는 우리 큰언니는 동네 사람들이랑 전혀 교류를 안 하는데, 우리도 당연히 그럴 거야. 시내 친구들이 우리를 만나러 여기까지 오지는 않을 거라고 확신해. 버스가 한 대 다니지만 조금이라도 정신이 있는 사람이라면 덜컹거리는 버스의 검은색 가죽 좌석에 앉아서 6마일을 달리느니 차라리 죽는 편을 택할 거야.

삶이 그런 거지, 뭐. 불쌍한 B는 안타깝게도 이렇게 끝장났단다. 1~2년 후에는 꼴사나운 촌뜨기가 되어서 우비를 걸치고 하얀색 중국산 비단 베일을 선원 모자 아래 드리우고 너를 찾아가겠지. 참으로 보기 좋겠구나.

형부 말로는 이제 우리가 자리를 잡았으니까—내 평생 제일 고달픈 일주일이 지나고서야 우리는 자리를 잡았어—토요일 오후에 사교 클럽 남자들을 불러서 같이 테니스를 칠 거래. 사실, 두 사람이 오늘 오기로 했다면서 좋아하더라. 하지만 친구야, 네가 형부의 친구들을 봤다면…. 뱃살이 두둑해서 재킷을 안 입으면 도저히 봐줄 수가 없는 데다가 흰색 테니스화를 신으면 흰 발가락이 특히 눈에 띄어. 그리고 왠지 몰라도 자꾸만 바지춤을 추켜올리지. 너도 그런 남자들이 어떤지 알잖니. 괜히 라켓을 이리저리 휘두르고 말이야.

지난여름에 그 사람들이랑 클럽에서 테니스를 쳤는데, 내가 거기 세 번째 갔을 때 다들 나를 미스 베럴이라고 부르기 시작했다고 하면 어떤 사람들인지 짐작이 가겠지. 삶은 참 괴로워. 물론 어머니는 이곳을 좋아하셔. 어머니처럼 나이가 들면 볕바른 곳에 앉아서 콩 껍질을 까기만 해도 만족스럽겠지. 하지만 난 아냐—아냐—아냐.

린다 언니는 여기로 온 것에 대해 어떻게 생각하는지 모르겠어. 늘 그렇듯이 자기 감정을 꼭꼭 숨기고 있으니까….

친구야, 내 흰색 새틴 드레스 기억나지? 소매를 통째로 잘라내고 검은색 벨벳 끈을 어깨에 단 다음에 언니 모자에서 커다란 빨간 양귀비 두 송이를 떼어내서 붙였어. 정말 예쁜데 이걸 입을 기회가 언제 올지는 모르겠네."

베럴은 자기 방의 작은 테이블에서 이 편지를 썼다. 편지는 어떤 면에서는 전부 사실이었지만 또 한편으로는 완전히 헛소리였다. 베럴은 자신이 적은 말 중 한마디도 진심으로 믿지 않았다. 아니, 그런 게 아니다. 그런 것들을 느끼긴 했지만, 그런 방식으로 느끼진 않았다.

편지를 쓴 사람은 베럴이 아니라 베럴의 또 다른 자아다. 베럴의 진정한 자아는 그 다른 자아가 몹시 따분하며 역겨웠다.

'경박하고 어리석어.' 베럴의 진실한 자아가 말했다. 그러면서도 베럴은 자신이 그 편지를 보낼 것이며, 앞으로도 낸 펌한테 늘 그런

식으로 편지를 쓸 것을 알았다. 사실, 베럴이 평소에 쓰는 편지들과 비교하면 이번 편지는 그나마 무난했다.

베럴은 테이블에 팔꿈치를 괴고 편지를 다시 읽었다. 편지지에서 목소리가 흘러나오는 것 같았다. 그 목소리는 벌써 희미해졌고, 수화기로 듣는 것처럼 새되고 거칠었으며, 듣기에 거슬렸다. 오, 그 목소리가 이날따라 견디기 어렵게 싫었다.

"너는 늘 생기발랄해." 낸 핌이 말했다. "그래서 남자들이 널 좋아하나봐." 낸은 다소 서글프게 덧붙였다. 남자들은 낸을 좋아하지 않았기 때문이다. 낸은 뚱뚱하고 얼굴에 홍조가 짙은, 건장한 아가씨였다. "네가 어떻게 늘 생기가 넘치는지 모르겠어. 아마 성격을 그렇게 타고났겠지…."

헛소리. 어처구니없어. 베럴은 전혀 그런 성격이 아니었다. 세상에, 베럴이 한 번이라도 진정한 자기 모습을 보였으면 낸은 놀라 자빠졌을지도 모른다…. 친구야, 내 흰색 새틴 드레스 기억나지…. 베럴은 편지함을 탁 소리 나게 닫았다.

베럴은 자리에서 벌떡 일어나, 반쯤은 아무 생각 없이, 반쯤은 자기 자신을 의식하면서 거울 앞으로 미끄러지듯이 다가갔다.

흰색으로 차려입은 날씬한 아가씨가 서 있었다. 하얀색 서지 치마에 하얀색 비단 블라우스를 입고, 검은색 벨트로 잘록한 허리를 꽉 조였다.

베럴의 얼굴은 눈썹 부위가 넓고 턱이 좁은 하트 모양이었지만, 턱이 지나치게 뾰족하지는 않았다. 베럴의 눈. 베럴의 눈은 어쩌면 얼굴에서 가장 아름다운 부위였다. 매우 희귀하고 신비로운 색으로, 녹색이 감도는 파란색에 금빛이 흩뿌려져 있었다.

검은 눈썹은 보기 좋고 속눈썹이 길었다. 속눈썹이 워낙 길어서 눈을 내리깔면 속눈썹에 흐르는 윤기까지 보인다고 누군가 말했었다.

입은 좀 큰 편이었다. 너무 큰가? 아니, 그렇진 않다. 아랫입술이 살짝 튀어나왔다. 베럴이 아랫입술을 깨무는 모습이 무척 매력적이라고 또 다른 누군가 말했었다.

베럴은 코가 가장 마음에 안 들었다. 밉지는 않았다. 하지만 린다의 코처럼 섬세하지 않았다. 린다의 코는 완벽하게 조각되어 있었다. 베럴의 코는 콧방울이 살짝 옆으로 퍼졌다—심하지는 않지만. 십중팔구 베럴은 자기 코라서 너무 넓다고 느끼는 것이다. 베럴은 자기 자신에게 몹시 엄격했다. 베럴은 엄지와 검지로 코를 잡고 우스운 표정을 지어 보였다….

머리칼은, 아, 정말 아름답다. 게다가 숱이 엄청나게 풍성했다. 빛깔은 막 떨어진 낙엽을 떠올리게 했다. 갈빛과 붉은빛이 섞이고 노랗게 빛났다. 머리를 길게 땋아 내리면 척추께에서 기다란 뱀이 기어다니는 것 같았다. 베럴은 고개가 뒤로 젖혀질 정도로 무거운 머리 타래의 무게를 느끼길 좋아했고, 풀어헤쳐서 팔에 닿는 감촉도 좋아했다. '그래, 정말이야. 의심의 여지가 없어. 너는 정말 아름다워.'

이런 말을 떠올리자 가슴이 두근거렸다. 베럴은 기쁨에 눈을 살며시 감으며 크게 숨을 내쉬었다.

그렇지만 그녀가 자신을 보고 있는 동안에 눈과 입에서 미소가 가셨다. 오, 세상에. 저기 또 그녀가 돌아와서 언제나처럼 똑같은 게임을 하고 있다. 거짓됐다. 지독하게 거짓됐다. 낸 핌한테 편지를 쓸 때처럼 거짓됐다. 지금처럼 혼자 있을 때도 자기 자신일 수 없다니.

거울 속에 있는 존재가 그녀와 무슨 상관이며 왜 저렇게 빤히 보는 걸까? 베럴은 침대 한쪽에 털썩 앉아 팔에 얼굴을 묻었다.

"아." 베럴이 외쳤다. "너무 비참해. 끔찍하게 비참해. 내가 어리석고 심술궂고 허영덩어리라는 걸 알아. 난 언제나 연기하고 있어. 단 한 순간도 진실하지 못해." 또렷이, 마치 눈앞에서 벌어지는 일처럼 또렷이 보였다. 자신의 거짓된 자아가 계단을 뛰어 내려가고, 손님들이 왔을 때만 내보이는 간드러진 웃음소리를 내고, 저녁 식사에 남자 손님이 오면 자신의 빛나는 머리칼을 보여주려고 일부러 램프 아래 서 있고, 기타를 쳐달라는 부탁이라도 받으면 어린 소녀처럼 입술을 비죽이는 모습. 왜 그러는 걸까? 가끔은 심지어 스탠리를 상대로 연기를 펼치기도 했다. 불과 어젯밤만 해도 베럴의 거짓된 자아는 신문을 읽고 있는 스탠리 옆에 서서 그의 어깨에 일부러 기댔다. 자기 손이 얼마나 백옥 같은지 보여주려고 그의 갈색 손에 포개고 무언가를 가리키지 않았던가.

역겹다! 끔찍해! 베럴의 가슴이 분노로 차갑게 굳었다. "어쩜 그렇게 계속하는지, 너는 참 대단하다." 베럴은 거짓된 자아에게 말했다. 그렇지만 이 모든 것이 그녀가 너무 불행해서이다. 너무너무 불행했다. 행복했다면, 자신의 삶을 살 수 있다면 거짓된 자아는 사라질 것이다. 베럴은 진실한 베럴을 보았다. 그림자다…. 그림자. 실체가 없이 희미한 존재가 아스라이 빛났다. 빛나는 것 말고는 그녀에게 무엇이 있을까? 이따금 찰나의 순간에 베럴은 자신의 진실한 모습을 찾았다. 그 순간들을 전부 기억할 수 있었다. 그럴 때면 이렇게 느꼈다. '삶은 풍요롭고 신비롭고 아름다워. 나는 풍요롭고 신비롭고 아름다워.' 영원히 진정한 베럴로 살 수는 없을까? 언젠가는 그렇게 될까? 어떻게 하면 그렇게 살 수 있을까? 내가 거짓된 자아를 품고 있지 않은 순간이 있기는 할까…? 하지만 이 정도로 깊이 성찰했을 때 복도에서 조그만 발소리가 울리더니 문손잡이가 흔들거렸다. 키지어가 들어왔다.

"이모, 어머니가 내려올 수 있냐고 물어보라고 하셨어요. 아버지가 손님을 데려왔고 점심이 준비됐어요."

성가셔라! 멍청하게 꿇어앉아 있는 동안 괜히 치마만 구겨졌다.

"알았어, 키지어." 베럴은 화장대로 가서 얼굴에 분을 두드렸다.

키지어가 따라와서 조그만 크림 통을 열고 냄새를 맡았다. 아이는 꼬질꼬질한 무명 천으로 만든 고양이 인형을 팔 아래 끼고 있었다.

베럴이 방에서 나가자 키지어는 고양이를 화장대에 내려놓고 크림 뚜껑을 고양이 귀에 얹었다.

"네가 어떤 모습인지 봐." 키지어가 엄하게 말했다.

고양이는 자신의 모습에 너무 놀란 나머지 거꾸로 나자빠져 바닥에서 데굴데굴 굴렀다. 크림 뚜껑이 날아가 리놀륨 바닥에서 동전처럼 데구루루 굴렀지만—깨지지는 않았다.

그렇지만 키지어에게는 뚜껑이 날아간 순간 깨진 것이나 다름없었다. 얼굴이 뜨거워진 키지어는 뚜껑을 집어 다시 화장대에 내려놓았다.

그러고는 발끝으로 걸어 살금살금 방에서 나갔다. 너무 급하게, 너무 가볍게….

독일인들과의 식사

빵을 넣은 수프가 나왔다. "아," 래트 씨가 고개를 앞으로 쑥 내밀고 접시를 들여다보며 말했다. "딱 내게 필요한 거예요. 최근 며칠간 속이 영 안 좋았거든요. 이럴 땐 빵을 넣은 수프가 최고지요. 적당히 뭉근하게 끓였군요. 나도 요리를 꽤 하는데—" 래트 씨가 고개를 돌려 나를 보았다.

"아, 그렇군요." 적당히 흥미를 느끼는 척하며 내가 말했다.

"오, 물론이에요. 총각은 요리를 할 줄 알아야 해요. 나로 말하자면, 결혼하지 않고서도 여자한테 필요한 건 다 얻고 있어요." 래트 씨는 냅킨을 셔츠 앞섶에 쑤셔넣고 수프를 후후 불었다. "아침 9시에 난 영국식 아침을 만들어 먹어요. 하지만 양은 적당하게 조절하죠. 빵 네 조각, 달걀 두 개, 차가운 슬라이스 햄 두 장, 수프 한 접시, 차 두 잔—물론 당신들 영국인은 이런 식사가 성에 안 차겠죠."

래트 씨가 몹시 격정적으로 말하는 바람에 나는 감히 반대 의견을 제기할 수 없었다.

순간 모든 시선이 내게 날아와 꽂혔다. 나는 조국의 어처구니없는 아침 식사 풍습에 대한 책임을 두 어깨에 짊어진 기분이었다—막상 나는 아침에 블라우스 단추를 채우면서 커피 한 잔으로 때우는데.

"배에 기별도 안 가겠죠." 베를린 출신 호프만 씨가 외쳤다. "아, 영국에 있을 때 내가 아침에 얼마나 많이 먹었는지."

호프만 씨는 눈알을 굴리고 콧수염 양끝을 위로 올린 뒤에 코트와 조끼에 흘린 수프를 닦았다.

"영국인들이 그렇게 많이 먹어요?" 스티글러 양이 물었다. "수프랑 빵과 돼지고기, 차, 커피, 끓인 과일, 꿀, 달걀, 차가운 생선 요리와 콩팥, 뜨거운 생선 요리와 간? 숙녀분들도 다 먹죠, 그렇죠? 아니, 특히 숙녀분들이 많이 먹죠?"

"맞습니다. 레스터 스퀘어 호텔에서 머무를 때 나도 봤어요." 래트 씨가 외쳤다. "호텔은 훌륭한데 차를 영 못 끓이더군요. 그러니까—"

"아, 저는 차 하나는 아주 잘 끓여요." 내가 환하게 웃으며 말했다. "차를 정말 맛있게 끓여요. 비법은, 찻주전자를 미리 따뜻하게 덥혀 놓는 거예요."

"찻주전자를 덥혀놓는다고요." 래트 씨가 수프 접시를 밀어내며 말허리를 잘랐다. "무엇하러 찻주전자를 덥힙니까? 하! 하! 재밌네요! 설마 찻주전자를 먹는 건 아니죠?"

래트 씨의 차가운 파란 눈이 내게 내리꽂혔는데, 마음속으로는 나를 수천 번 공격하고 있는 표정이었다.

"그게 영국식 다도의 대단한 기밀이었습니까? 찻주전자를 덥힌다고요."

찻주전자를 덥히는 것은 다도에서 일종의 몸풀기에 지나지 않지만, 독일어로 어떻게 표현하면 좋을지 몰라서 잠자코 있었다.

웨이터가 송아지 고기와 양배추절임과 감자를 가져왔다.

"난 양배추절임을 정말 좋아해요." 독일 북부에서 온 여행자가 말했다. "하지만 최근에 너무 많이 먹어서 속에서 가만히 있지를 않아요. 먹으면 곧바로—"

"날씨가 참 좋아요." 내가 스티글러 양을 보며 말했다. "오늘 일찍 일어났어요?"

"5시에 일어나서 젖은 잔디를 10분가량 걷고 다시 침대에 누웠어요. 5시 반에 잠들었다가 7시에 일어났죠. 그다음에 목욕을 했어요. 다시 침대에 누웠다가 8시에 일어나서 냉수로 찜질을 했고, 8시 반에 민트 차를 한 잔 마셨어요. 9시에는 몰트 커피를 마시고, '치유'를 시작했죠. 양배추절임 좀 건네줄래요? 안 먹어요?"

"아뇨, 괜찮아요. 고마워요. 나한테는 아직도 맛이 너무 강해요."

"정말인가요?" 과부가 헤어핀으로 이를 쑤시며 물었다. "당신은 채식주의자라고 하던데?"

"아, 맞아요. 고기를 끊은 지 3년 됐어요."

"그럴 수가! 아이가 있나요?"

"아뇨."

"바로 그거예요. 알겠죠. 바로 그렇게 되는 거예요! 채소만 먹고 애를 낳을 수 있다는 말을 들어봤나요? 불가능해요. 요즘 영국엔 대가족이 없다고 하더군요. 여자들이 선거권 시위에 바빠서 그런가보죠? 난 애가 아홉 명인데, 하늘에 감사하게도 전부 살았어요. 건강하고, 아름다운 애들이에요. 물론 첫 애를 낳고서는 어쩔 수 없이—"

"훌륭하네요!" 내가 외쳤다.

"훌륭하다고요." 과부가 경멸조로 말하고, 정수리에 말아 올린 머리에 헤어핀을 다시 찔러 넣었다. "전혀 그렇지 않아요! 내 친구는 한번에 네 쌍둥이를 낳았어요. 남편이 너무 기뻐서 만찬을 열고 아이들을 테이블에 올려놓았지요. 물론 내 친구도 무척이나 자랑스러워했어요."

"독일이야말로," 여행자가 몸에 지니고 다니는 칼로 감자를 푹 찔러 한입 베어 물며 말했다. "가정적인 나라죠."

과연 그렇다고 말하는 듯한 침묵이 뒤따랐다.

웨이터가 접시를 치우고 소고기와 레드커런트와 시금치 요리를 새로 내왔다. 그들은 흑빵에 포크를 문질러 닦고 다시 식사에 돌입했다.

"여기에 얼마나 머무르나요?" 래트 씨가 물었다.

"정확히는 몰라요. 9월에는 런던에 돌아가야 해요."

"물론 뮌헨에 들렀다 가죠?"

"안타깝지만 그럴 시간이 없을 것 같아요. 제 '치유'를 도중에 중단하면 안 될 것 같아요."

"하지만 뮌헨에는 반드시 가야 해요. 뮌헨에 가본 적이 없다면 독일을 못 본 거나 다름없다고요. 독일의 온갖 전시회가 열리죠. 예술과 영혼이 뮌헨에 깃들어 있어요. 8월에는 바그너 축제가 열린답니다. 뮌헨은 모차르트의 도시이기도 하고요. 일본 그림을 볼 수 있는 미술관들이 있고, 또 맥주는 어떻고요! 뮌헨에 가보지 않았다면 진정한 맥주의 맛을 모르는 거예요. 왜, 날마다 오후에 숙녀들이, 그러니까, 지체 높은 숙녀들이 이만큼 커다란 잔으로 맥주를 마십니다." 그가 세면대에서 쓰는 물주전자 높이만큼 손을 들어 보였다. 나는 미소를 지었다.

"뮌헨 맥주를 마시면 난 땀을 엄청 흘려요." 호프만 씨가 말했다. "여기서는 들판에서 걷거나 목욕하기 전에 땀을 흘리지만, 그건 기분 좋게 땀을 빼는 거죠. 하지만 도시에서는 느낌이 달라요."

그 말을 하자 문득 생각났는지 호프만 씨는 냅킨으로 목과 얼굴을 훔치고 귓속을 청소했다.

웨이터가 끓인 살구를 담은 유리 접시를 테이블에 놓았다.

"아, 과일이네요!" 미스 스티글러가 외쳤다. "과일은 건강에 필수예요. 오늘 아침에도 의사가 과일을 많이 먹을수록 건강에 좋다고 말했어요."

미스 스티글러가 눈에 띄게 열심히 조언을 실천했다.

여행자가 말했다. "아마 당신은 공습을 두려워하고 있겠죠? 아, 좋네요. 신문에서 영국 연극에 대해 읽었어요. 그 연극을 보았나요?"

"네." 나는 허리를 곧추세웠다. "말씀드리건대, 우리는 전혀 두렵지 않아요."

"글쎄요, 두려워해야 할 겁니다." 래트 씨가 말했다. "당신들에게는 군대라고 부를 만한 게 없잖아요. 니코틴에 피가 오염된 남자아이들만 몇 명 있지."

"겁내지 마요." 호프만 씨가 말했다. "우리는 영국을 원하지 않습니다. 원했다면 이미 오래전에 우리 것으로 만들었을 거예요. 정말 원하지 않아요."

호프만 씨가 숟가락을 가볍게 흔들며 나를 건너다보았는데, 자기 뜻대로 부르거나 내보낼 수 있는 아이를 보는 눈빛이었다.

"확실히 우리는 독일을 원하지 않아요." 내가 말했다.

"오늘 아침에 반신욕을 했어요. 오후에는 무릎 목욕을 하고, 그다음엔 팔 목욕을 할 거예요." 래트 씨가 자신해서 알려주었다. "그다음에 운동을 한 시간 하면 일과가 끝나요. 다 끝나고 포도주 한 잔과 정어리를 곁들인 롤빵 몇 개—"

생크림을 올린 체리 케이크의 순서가 찾아왔다.

"당신 남편은 어떤 고기를 제일 좋아하나요?" 과부가 물었다.

"잘 모르겠어요." 내가 답했다.

"정말 몰라요? 결혼한 지 얼마나 되었어요?"

"3년요."

"농담이겠죠! 그걸 모르고서 어떻게 일주일이라도 아내로서 살림을 했을까요."

"물어본 적이 없어요. 그이는 음식을 안 가리고 잘 먹어서요."

침묵이 흘렀다. 그들 모두 나를 보고 있었고, 체리 케이크로 불룩 튀어나온 얼굴을 설레설레 저었다.

"파리에서 벌어지고 있다는 끔찍한 일이 영국에서 되풀이되고 있는 것이 무리가 아니에요." 과부가 냅킨을 접으며 말했다. "3년이나 같이 살고도 좋아하는 고기를 모르면 어떻게 남자를 붙들어놓을 수 있겠어요?"

"Mahlzeit!*"

"Mahlzeit!"

나는 나가면서 문을 닫았다.

* 식사 맛있게 하세요!

피곤한 로저벨

로저벨은 옥스퍼드 서커스의 길모퉁이에서 제비꽃을 한 다발 샀다. 꽃에 돈을 쓰는 바람에 끼니를 제대로 챙겨 먹지 못했다. 라이언스 티룸에서 스콘과 삶은 달걀, 코코아 한 잔을 먹었는데, 모자 가게에서 힘들게 종일 일하고 먹는 첫 끼로서 터무니없이 부족했다. 로저벨은 한 손으로는 치맛자락을, 다른 손으로는 난간을 붙들고 아틀라스 버스의 계단을 휘청휘청 올라갔다. 배부르게 먹을 수만 있다면 영혼이라도 팔겠다는 생각이 들 정도로 허기가 졌다. 구운 오리와 청완두, 밤을 채워 넣은 스터핑, 브랜디 소스를 끼얹은 푸딩 등 뜨끈하고 자극적이고 포만감을 주는 음식이 떠올랐다. 로저벨은 또래로 보이는 여자 옆자리에 앉았는데, 여자는 저렴한 페이퍼백『애나 롬바드』를 삼킬 듯이 읽고 있었다. 책장에 뚝뚝 떨어진 빗방울이 마치 눈물 자국 같았다. 로저벨은 창밖으로 시선을 옮겼다. 거리는 안개에 젖어 흐릿했지만 우중충한 거리의 가로등 불빛이 차창에 부닥치며 오팔색과 은색을 뿌려서, 이를 통해 본 보석 가게는 마법의 성 같았다. 로저벨은 발이 불쾌하게 흠뻑 젖었다. 치마와 페티코트의 끝자락이 시꺼멓고 미끈거리는 진흙에 더럽혀졌을 거라는 사실은 굳이 보지 않아도 뻔했다. 인간의 더운 몸에서 풍기는 역한 체취가 버스를 가득 채우고 있었다. 냄새가 승객 전원의 땀구멍에서 흘러나오는 것 같았다. 승객들은 똑같은 표정으로 앞만 보며 꼿꼿이 앉아 있었다. 지겹도록 많이 본 광고 문구들이 눈에 들어왔다. '사폴리오는 시간과 노동을 아껴줍니다.' '하인즈 토마토 소스.' '램플루 해열 식염수'의 놀라운 효능을 찬양하는 의사와 판사의 같잖고 거슬리는 대화. 로저벨은 열중해서 책을 읽고 있는 옆자리 여자를 힐끔 보았다. 여자는 로저벨이 질색하는 방식으로 모든 글자를 입속말로 중얼거리며 책을 읽었고, 엄지와 검지에 침을 묻혀가며 책장을 넘겼다. 책의 내용은 잘 보이지 않았다. 열정적이고 황홀한 밤에 악단이 연주하고 사랑스러운 흰 어깨를 지닌 아가씨가 어쩌고저쩌고. 아, 정말 싫다! 돌연 로저벨은 황급히 코트의 맨 위 단추를 두 개 풀었다—순간 숨을 못 쉴 것처럼 답답했다. 눈을 반쯤 감고 건너편 자리 사람들을 바라보자니 이쪽을 멍청하니 응시하는 하나의 얼굴로 뒤섞였고—아, 이제 내려야 한다. 로저벨은 일어나다 중심을 잃는 바람에 옆자리 여자에게 부딪쳤다. "미안합니다." 로저벨이 말했지만 여자는 시선을 들지도 않고 미소를 띤 채 책만 보고 있었다.

웨스트본 그로브는 로저벨이 베네치아의 야경을 상상할 때마다 떠올린 어둡고 신비로운 모습이었다. 심지어 이륜마차도 서로를 스쳐 지나가는 곤돌라를 연상시켰다. 가스등에서 타오르는 불빛이 비에 젖은 거리를 핥듯이 부드럽게 쓸고 지나가며 길게 이어졌고, 그랜드 커널 운하에서는 마법 물고기들이 너울너울 헤엄쳤다. 로저벨은 드디어 리치먼드 로드에 도착해서 한숨 놓았지만 길모퉁이에서 26번지 건물로 걸어가는 길 내내 자신을 기다리는 계단을 머릿속에서 떨쳐낼 수 없었다. 아, 왜 4층이나 올라가야 할까? 사람에게 그토록 높은 곳에 살라고 하는 건 범죄나 다름없다. 모든 건물에 간단하게 작동하는 저렴한 승강기가 있거나, 아니면 얼스 코트에서 보곤 하는, 전기로 움직이는 계단이 있어야 한다. 4층이나 올라가야 한다니! 건물 입구의 홀로 들어서서 첫 번째 층계와 가스등의 불빛을 받아 유령처럼 가물거리는 박제된 앨버트로스의 대가리를 본 순간 로저벨은 울음을 터뜨릴 뻔했다. 그렇지만 피할 수 없다. 이것은 마치 자전거를 타고 가파른 언덕을 올라가는 것과 비슷하다. 다만 반대쪽 내리막길을 신나게 내려가는 즐거움은 기다리고 있지 않다….

드디어 방에 도착했다! 로저벨은 방문을 닫고 가스등에 불을 붙인 뒤에 모자와 코트, 치마, 블라우스를 차례로 벗었고, 방문 뒤쪽의 고리에 걸려 있던 낡은 플란넬 가운을 걸치고 부츠의 끈을 풀었다. 스타킹은 갈아신어야 할 정도로 젖지는 않은 듯했다. 그러고는 세면대 앞으로 갔다. 오늘도 하숙집에서 주전자에 물을 채워놓지 않아서 스펀지를 가까스로 적실 만큼의 물이 전부였다. 대야의 에나멜 코팅이 벗겨져서 로저벨은 세수하다가 벌써 두 번째로 턱을 긁혔다.

7시 정각이었다. 로저벨은 블라인드를 걷어 올리고 가스등을 껐다. 그러는 편이 훨씬 편하게 쉴 수 있다! 책을 읽을 기분이 아니라서 그 대신 바닥에 무릎을 대고 앉아 창턱에 팔꿈치를 괴었다…. 축축하게 젖은 아름다운 바깥세상과 그녀 사이에 얇디얇은 유리창 한 장뿐이었다!

로저벨은 이날 하루를 돌이켜보기 시작했다. 회색 비옷을 입은 끔찍한 여자는 평생 잊지 못할 것이다. 그 여자는 장식이 달리고 베일로 얼굴 전체를 가릴 수 있는 여행용 모자를 원한다면서 '양쪽에 장미 같은 것이 달린 보라색 모자'를 요구했다. 또 상점에 있는 모자를 하나도 빠짐없이 써본 다음에 이튿날 다시 와서 결정하겠다고 한 젊은 여자는 또 어떤가. 너무 뻔한 핑계라서 웃지 않을 수 없었다.

기억에 남는 손님이 한 명 더 있었다. 아름다운 붉은 머리에 피부가 새하얗고, 눈동자는 지난주에 파리에서 수입한, 금빛이 도는 녹색 리본과 같은 빛깔이었다. 상점 문 앞에 여자가 타고 온 브로엄 전기 자동차가 보였다. 말쑥하게 빼입은 젊은 남자가 여자와 함께 들어왔다.

"해리, 내가 정확히 어떤 모자를 원하는 걸까?" 여자가 물었다. 로저벨은 여자가 쓰고 온 모자에서 핀을 빼고 베일의 매듭을 푼 다음에 손거울을 건네주었다.

"당신은 검은 모자가 필요해." 남자가 말했다. "깃털이 모자를 한 바퀴 감고 내려가서 목을 또 감고 턱에서 리본으로 묶은 다음에 끝자락을 벨트에 넣을 수 있는 거 말야. 깃털이 그 정도 크기는 되어야지."

여자가 웃음 띤 눈으로 로저벨을 보았다. "그런 모자 있어요?"

그들 마음에 드는 물건을 찾아주기가 여간 힘든 것이 아니었다. 해리라는 남자는 황당한 요구를 계속 했다. 로저벨은 포기하기 일보 직전에 가게 위층에 보관하고 있는, 아직 열지도 않은 커다란 상자를 기억해냈다.

"아, 잠시만요, 손님." 로저벨이 말했다. "더 마음에 들 물건을 보여드릴 수 있을 것 같아요." 로저벨은 위층으로 헐레벌떡 뛰어 올라가 상자의 끈을 자르고 포장지를 헤집었다. 그래, 바로 이 모자다. 꽤 크고 부드러운 모자에 멋지게 구부러진 커다란 깃털과 검은 벨벳으로 만든 장미가 다른 군더더기 없이 달려 있었다. 두 사람은 매우 흡족해했다. 여자는 모자를 한번 써보더니 로저벨에게 건네주며 말했다.

"당신이 쓴 모습을 보고 싶어요." 여자는 살짝 눈살을 찌푸리며 매우 진지한 표정으로 말했다.

로저벨은 거울로 돌아서서 모자를 갈색 머리에 얹고서는 다시 그들을 돌아보았다.

"아, 해리! 정말 예쁘지!" 여자가 외쳤다. "저건 꼭 사야겠어!" 여자는 로저벨을 보고 다시 웃었다. "당신한테 잘 어울리네요. 아주 예뻐요."

순간 로저벨은 터무니없는 분노에 휩싸였다. 그 아름답고 연약한 물건을 여자의 얼굴에 집어 던지고 싶은 충동을 억누르고 새빨개진 얼굴을 모자 위로 숙였다.

"안감도 말끔하게 마무리되어 있습니다, 손님." 로저벨이 말했다. 여자는 계산과 상자를 가져오는 일은 해리에게 맡기고 가게에서 휙 나가 자동차로 갔다.

"집에 곧장 갔다가 점심 먹으러 나갈 때 쓸 거야." 여자의 목소리가 들려왔다.

로저벨이 청구서를 쓰는데 남자가 가까이 몸을 기울이더니 지폐를 한 장씩 세어 건네주며 물었다. "화가 모델 해봤어요?" 남자가 물었다. "아뇨." 로저벨은 딱 잘라 말했다. 남자의 목소리가 달라진 걸 느꼈기 때문이었다—살짝 도를 넘게 스스럼없고 무례했다.

"한번 해보면 어때요." 해리가 말했다. "몸매가 참 예쁜데요."

로저벨은 못 들은 척 무시했다. 참 잘생긴 남자였다! 하루 종일 로저벨은 남자 생각을 멈출 수 없었다. 얼굴이 무척 매력적이었다. 반듯한 일자 눈썹과 아주 살짝 굽이치며 이마 뒤로 단정하게 넘어가는 머리칼. 조소를 띤 입술. 지폐를 세어 한 장씩 건네주는 남자의 모양 좋은 손이 다시 눈앞에 아른거렸다…. 갑자기 로저벨은 머리칼을 얼굴 뒤로 넘겼다. 이마가 뜨거웠다…. 그 늘씬한 손이 잠시만 멈춰준다면! 그 여자는 운도 좋지!

두 사람의 입장이 바뀌었다고 상상해보자. 로저벨이 남자와 차를 타고 집에 간다. 두 사람은 물론 서로를 사랑하지만, 아직 약혼하지는 않았다. 사실, 약혼하기 일보 직전이다. 로저벨이 말한다. "금방 나올게." 남자가 차에서 기다리는 동안 하녀가 모자 상자를 들고 로저벨을 따라 방으로 올라간다. 커다란 방은 흰색과 분홍색으로 꾸며졌으며, 무광 은빛 꽃병에 장미꽃이 빽빽하다. 로저벨이 거울 앞에 앉자 프랑스인 하녀가 모자의 끈을 묶어주고 얇고 촘촘한 베일과 흰색 스웨이드 장갑을 찾아준다. 그날 아침에 끼고 나간 장갑의 단추가 떨어졌으니까. 모피와 장갑과 손수건에 향수를 뿌리고 커다란 머프를 챙겨서 아래층으로 뛰어 내려간다. 집사가 문을 열어준다. 해리는 기다리고 있었다. 두 사람은 차를 타고 즐겁게 드라이브를 한다…. 이게 바로 삶이지! 로저벨은 생각한다. 칼턴 호텔에 가는 길에 제럴드 식당에 들른다. 해리가 커다란 파르마 제비꽃 다발을 품에 안겨준다.

"향기가 달콤해." 로저벨이 꽃을 얼굴에 가까이 가져가며 말한다.

"당신은 항상 이런 모습이어야 해." 해리가 말한다. "제비꽃을 한아름 안고 있어야 해."

(로저벨은 무릎이 저리기 시작해서 바닥에 엉덩이를 대고 앉아 머리를 벽에 기댔다.) 아, 점심 식사는 또 어떤가! 테이블에 꽃이 가득하고, 야자수 뒤로 모습을 감춘 밴드가 연주하는 곡이 포도주처럼 그녀의 피를 뜨겁게 달군다. 수프, 굴, 비둘기 요리, 크림을 얹은 감자와 샴페인. 그리고 물론 커피와 담배로 식사를 마무리한다. 로저벨은 테이블에서 앞으로 몸을 기울인 채로 한 손으로 유리잔을 만지작거리고 해리가 매우 좋아하는 그녀 특유의 명랑한 말투로 재잘거린다. 그다음엔 극장에 가서 두 사람 모두 공연에 한껏 빠져들었다가 '코티지'에서 차를 마신다.

"설탕, 우유, 크림은?" 사소하고 일상적인 질문들이 두 사람 사이의 훈훈한 친밀감을 암시한다. 황혼이 깔리기 시작할 무렵 집에 돌아가는데, 온 세상이 파르마 제비꽃의 향기에 젖어 있는 듯하다.

"9시에 데리러 올게." 해리가 떠나며 말한다.

커튼을 드리운 내실에는 난롯불이 타고 있다. 수북이 쌓인 편지가 그녀를 기다리고 있다. 오페라, 만찬, 무도회, 강가에서 보내는 주말, 자동차 여행 들에 대한 초대장이다. 로저벨은 무심히 그것들을 훑어보면서 옷을 갈아입으러 위층에 올라간다. 침실의 난로에도 불을 지펴놓았다. 눈부시게 빛나는 아름다운 드레스가 침대에 펼쳐져 있다. 하얀 망사가 달린 은빛 드레스, 은빛 구두, 은빛 스카프, 조그만 은빛 부채. 무도회에서 로저벨은 모두가 자기를 선망하고 있음을 느낀다. 남자들이 찬사를 바친다. 외국 왕자는 이 아름다운 영국 여자를 소개받고 싶어 한다. 그래, 열정적이고 황홀한 밤이다. 악단이 음악을 연주하고, 그녀의 사랑스러운 흰 어깨는….

그렇지만 로저벨은 몹시 피곤하다. 해리가 그녀를 집에 데려다주고 잠시 같이 들어온다. 응접실의 난롯불은 꺼졌지만 내실에서 하인이 꾸벅꾸벅 졸면서 대기하고 있다. 로저벨은 망토를 벗고 하인을 내보낸 다음에 벽난로 앞으로 가서 장갑을 벗는다. 벽난로의 불빛이 그녀의 머리칼에서 빛난다. 해리가 내실을 가로질러 와서 끌어안는다. "로저벨, 로저벨, 로저벨!" …아, 그 품이 어찌나 포근한지. 또 그녀는 어찌나 피곤한지.

(어두운 방에서 바닥에 쪼그려 앉아 있는 진짜 로저벨은 자기도 모르게 소리 내어 웃다가 뜨거운 입술을 손으로 막았다.)

물론 두 사람은 이튿날 아침에 드라이브를 간다. 사교계와 왕실의 소식을 전하는 〈왕실 행사 일보〉에 그들의 약혼이 발표되어 온 세상에 알려지고, 모두가 그녀에게 축하의 인사를 전한다….

얼마 안 가 두 사람은 하노버 광장의 세인트 조지 교회에서 결혼식을 올린다. 신혼여행으로는 해리네 가문이 소유한 성에 자동차를 타고 간다. 마을의 소농민들이 그들을 정중히 무릎 인사로 반긴다. 해리가 담요 밑에서 그녀의 손을 무심결에 꽉 잡는다. 그날 밤에 로저벨은 흰색 망사가 달린 은빛 드레스를 다시 입는다. 여행에 지쳤기 때문에 위층 침실로 일찌감치 올라간다….

진짜 로저벨은 바닥에서 일어나 천천히 옷을 벗고 의자 등받이에 걸쳤다. 까끌까끌하고 투박한 무명 천으로 만든 잠옷을 머리 위로 뒤집어쓰고 머리핀을 뺐다. 부드러운 갈색 머리칼이 따뜻하게 몸을 감쌌다. 로저벨은 촛불을 끄고 꾸물꾸물 잠자리에 누운 뒤에 벌집무늬가 들어간 퀼트와 담요를 목까지 바짝 올리고 어둠 속에서 끌어안았다….

그렇게 잠든 로저벨은 꿈결에 미소를 지었다. 한 번은 손을 뻗어 그곳에 있지 않은 것을 찾았다. 그녀는 여전히 꿈을 꾸고 있었다.

밤이 지나갔다. 곧 새벽의 차가운 손이 이불 밖으로 나온 로저벨의 손을 감쌌다. 우중충한 잿빛 새벽이 음울한 방을 채웠다. 로저벨은 몸을 떨고 밭은 숨을 들이쉬며 일어났다. 아, 젊음은 너무도 인색하여라. 젊음으로부터 비극적인 낙관 단 하나만을 물려받은 로저벨은 잠이 덜 깬 채로 미소를 지었다. 그녀의 입매가 살짝 불안하게 떨렸다.

레지널드 피콕 씨의 하루

그는 하고많은 것 중에서도 아내가 아침에 깨우는 방식이 특히나 싫었다. 물론 아내는 의도적으로 그러는 것이다. 그날 하루 자신이 토해낼 불평불만의 시작점을 찍겠다는 수작인데, 얼마나 성공적인지 절대 티 내지 않겠다고 레지널드는 다짐했다. 하지만 정말로, 진짜 너무하지 않은가! 가뜩이나 예민한 사람을 그런 식으로 깨우다니! 위험천만한 일이다! 일어나고 한참 후에야, 정말 몇 시간이 지나고서야 간신히 불쾌감을 가라앉힐 수 있었다. 아내는 자신이 아침 댓바람부터 일어나 힘들게 일했다는 것을 알리려고 굳이 겉옷까지 꿰입고 머리에 손수건을 두른 채로 들어와 나직이 경고하듯 불렀다. "레지널드!"

"어? 뭐야? 무슨 일이야?"

"일어날 시간이야. 8시 반이야." 아내는 나가면서 문을 조용히 닫았다. 승리감을 실컷 만끽하러 가는 걸 테지, 레지널드는 생각했다.

레지널드는 커다란 침대에서 돌아누웠다. 심장이 아직도 둔탁하고 빠르게 쿵쿵거렸고, 쿵쿵 뛸 때마다 몸에서 기운이 쫙쫙 빠져나가는 것 같았다. 그 둔탁한 방망이질에 그날 하루의 창조력이 힘을 잃었다. 아내는 그러지 않아도 고달픈 그의 삶을 더욱 힘들게 만들며 사악한 즐거움을 느끼는 모양이었다. 그의 예술가로서의 권리를 무시하고 자신의 수준으로 끌고 내려가려고 했다. 그 여자는 무엇이 문제일까? 대체 뭘 바라는 거야? 그는 결혼했을 당시보다 세 배로 제자가 늘었고 따라서 돈을 세 배로 벌었다. 가족이 소유한 모든 것을 구매했고, 이제는 에이드리언을 유치원에 보낼 돈도 내야 한다…. 그녀가 자기 재산 한푼 없는 빈털터리라는 사실을 그가 한 번이라도 원망한 적 있나? 아니, 단 한마디도 하지 않았다. 그런 기색은 내비치지도 않았다! 그저 여자들이란 결혼한 후에는 당최 만족을 모르는 법이고, 결혼은 예술가의 발목을 치명적으로 잡을 수 있다는 것이 세상의 진리일 뿐이다. 어쨌든 예술가가 마흔 살을 한참 넘기기 전에는 말이다…. 대체 왜 결혼했을까? 레지널드는 하루에 평균 세 번 이 문제로 고민했는데, 만족스러운 답을 좀처럼 찾을 수 없었다. 그가 심약한 상태였을 때 아내가 덥석 물은 것이 분명하다. 그가 처음으로 세상을 경험하고 한동안 얼이 빠져 어찌할 바를 모르고 불안해했을 때였다. 지금에 와서 돌이켜보니 그때의 자신은 너무나 어리고 무력한, 절반은 어린아이고 나머지 절반은 길들지 않은 야생 새나 다름없어서, 대출업자나 청구서 따위 세상살이의 지저분한 문제들을 당연히 감당할 수 없었다. 글쎄, 아내는 온갖 수를 동원하여 그의 날개를 잘라버렸으니 무척 만족스럽겠지.
이른 아침에 잠을 깨우는 이 수법 또한 얼마나 성공적인지 자축할 만하다. 레지널드는 따뜻한 침대에서 마지못해 빠져나오며 사람은 자고로 행복에 겨운 기분으로 깨어나야 한다고 생각했다. 그는 매혹적인 장면을 연달아 머릿속에 그리기 시작했다. 가장 최근에 노래를 배우기 시작했으며 최고로 매력적인 제자가 훤히 드러난 향긋한 맨팔로 자신의 목을 끌어안고 치렁치렁하고 부드러운 머리칼로 몸을 덮으며 이렇게 속삭이는 것으로 상상을 끝마쳤다. '일어나요, 내 사랑!'

레지널드는 습관대로 욕조에 물을 받는 동안 목을 풀었다.

깔깔대는 거울 앞에서 어머니가 그녀를 꾸며주었지
레이스의 매듭을 짓고 머리를 묶어주었어

처음에는 부드럽게, 음색에 귀를 기울이고 목을 풀어주면서 부르다가 세 번째 소절에 이르렀다.

자주 그녀는 생각했지, 이 철없는 것이 결혼하면 어쩌려나.

레지널드가 결혼이라는 단어에서 어찌나 힘차게 소리를 내질렀는지 화장실 선반 위의 칫솔을 꽂아놓은 유리컵이 흔들리고 심지어 수도꼭지도 폭풍 같은 박수갈채를 보내듯 물을 쏟아냈다.

목소리는 문제 없군. 레지널드는 생각하고 욕조에 첨벙 들어가 물고기 모양의 목욕 수세미로 부들부들한 분홍빛 몸에 비누칠을 하기 시작했다. 자신의 노랫소리로 로열 오페라 하우스를 가득 채울 수 있을 것 같았다! "결혼!" 레지널드는 다시 크게 내지르고 오페라 가수처럼 극적으로 수건을 낚아챈 다음에 몸을 문질렀는데, 마치 전설의 로엔그린이 백조가 놀라는 바람에 물에 빠졌다가 잔소리쟁이 엘자가 오기 전에 얼른 몸을 닦는 것 같았다….

침실로 돌아온 레지널드는 블라인드 끈을 홱 잡아당겨 올리고 크림색 흡묵지처럼 카펫에 네모나게 찍힌 창백한 햇볕 속에서 운동하기 시작했다. 심호흡하고 몸을 앞으로 숙였다가 뒤로 젖히고 개구리처럼 쪼그려 앉아서 한쪽씩 다리를 뻗었다. 같은 직종에 있는 남자들 대부분처럼 비만이 되는 건 딱 질색이었다. 어쨌든 그럴 가능성이 아직은 보이지 않았다. 레지널드는 자신의 몸이 적당하고 비율이 알맞다고 결론을 지었다. 사실을 말하자면, 모닝코트 아래 진회색 바지를 입고 회색 양말과 은빛 줄이 들어간 검은 넥타이를 맨 모습이 무척 흡족했다. 그가 허영심이 강하다는 말은 아니다. 레지널드는 허영덩어리 남자들을 질색했다. 아니, 거울에 비친 모습은 순수히 예술적인 의미로 만족스러웠다. "voila tout!*" 레지널드는 매끄럽게 빗은 머리를 손가락으로 훑으며 말했다.

그 간단한 프랑스어 구절이 입술에서 연기처럼 가볍게 흘러나온 순간 레지널드는 전날 밤에 어떤 사람이 자신에게 영국인인지 다시 한번 물어봤던 것이 기억났다. 그에게 남부 유럽인의 피가 흐르지 않는다는 사실을 사람들은 믿기 어려워했다. 그렇다. 과연 그의 노래에는 영국인에게서는 찾아보기 힘든 감성이 실려 있었다…. 문손잡이가 달그락거리며 돌아갔다. 에이드리언이 머리를 쏙 내밀었다.

"아버지, 어머니가 아침밥이 준비되었다고 제발 좀 오시래요."

"알았다." 레지널드가 말했다. 그러고는 나가려 하는 에이드리언을 불렀다. "에이드리언!"

"네, 아버지."

"아침 인사를 안 했잖니."

몇 달 전에 레지널드는 매우 품위 있는 집에서 주말을 보내면서 그 집 아버지가 아침에 어린 아들들과 일일이 악수하는 것을 보았다. 고상해 보인다고 생각해서 곧바로 자기 집에서도 실행했는데, 에이드리언은 매일 아침 자기 아버지와 악수하는 것이 바보스럽다

---

* 그게 다야!

고 생각했다. 게다가 왜 아버지는 그냥 평범하게 말하는 대신 노래하듯 말하는 걸까?

레지널드는 무척 좋은 기분으로 다이닝룸에 들어가 편지 더미와 『타임스』 신문, 그리고 뚜껑이 달린 작은 접시 앞에 앉았다. 그는 편지들을 힐끔 보고 아침 식사로 시선을 돌렸다. 얇은 베이컨 두 장과 달걀이 하나 있었다.

"당신은 베이컨 안 먹어?" 레지널드가 물었다.

"응, 차갑게 식힌 구운 사과를 먹으려고. 나는 아침마다 베이컨을 먹지 않아도 돼."

자, 그러니까 아내는 그 역시 아침마다 베이컨을 먹을 필요는 없으며, 그가 혼자 먹을 베이컨을 튀겨야 해서 성가셨다는 뜻인가?

"아침을 만들기 싫으면," 레지널드가 말했다. "하녀를 고용하지? 우리가 하녀 한 명 고용할 여유는 있다는 걸 알잖아. 당신이 일하는 모습을 내가 보기 언짢아 한다는 것도 알고. 전에 고용했던 여자들이 하나같이 형편없어서 내 하루를 망쳐놓고 제자들을 집으로 부를 수도 없게 만들었다는 이유 하나로 당신은 이제 성실한 하녀를 구할 노력도 안 하지. 하녀를 교육하는 게 불가능하지는 않잖아, 안 그래? 내 말은, 어떤 특별한 재능이 필요하진 않잖아?"

"하지만 나는 내가 직접 하는 게 좋아. 그러는 편이 여러모로 훨씬 편해…. 에이드리언, 아가, 학교 갈 준비하렴."

"아, 그게 아니지!" 레지널드는 거짓 미소를 지었다. "당신이 왜 직접 일하려는지 나는 알아. 어떤 황당한 이유인지는 몰라도 당신은 나한테 창피를 주는 걸 즐겨. 객관적으로 스스로는 못 깨달았을지 몰라도, 주관적으로 봤을 때, 바로 그게 진실이야." 이 마지막 말을 하고 기분이 날아갈 듯이 후련해진 레지널드는 무대에 선 것처럼 우아하게 봉투를 뜯었다.

"친애하는 피콕 씨,

오늘 저녁에 선생님의 노래를 듣고 얼마나 행복했는지 다시 감사드리지 않으면 도저히 잠을 잘 수 없을 것 같아요. 정말 잊지 못할 경험이었어요. 어렸을 때 이후로 오랜만에 이런 생각이 들었어요. 과연 우리의 삶이 이게 전부인가 고민하게 되더군요. 그러니까, 일상으로 이루어진 평범한 생활이 과연 삶의 전부일까 의문이 들었어요. 만약 이것이 전부가 아니라면, 거룩한 아름다움과 풍요로운 경험이 우리가 눈을 뜰 용기를 내서 자신을 찾아주기를 기다리고 있을지도 몰라요. 지금 집이 고요해요. 선생님께서 여기 계셔서 직접 감사의 인사를 드릴 수 있다면 얼마나 좋을까요. 선생님께서는 위대한 일을 하고 계세요. 세상 사람들에게 일상에서 탈출하는 법을 가르치고 있으니까요!

마음을 다해,

애이오네 펠

추신. 이번 주에는 매일 오후 집에 있어요…."

편지는 두꺼운 수제 종이에 보랏빛 잉크로 휘갈겨 썼다. 허영심, 그 화려한 새가 다시 한번 날개를 펼쳤다. 가슴이 찢어질 것같이 느껴질 때까지 날개를 활짝 펼쳤다.

"오, 됐어. 싸우지 말자고." 레지널드는 아내에게 손을 불쑥 내밀기까지 했다.

그러나 아내는 그런 제스처에 적절히 반응할 만큼 특출나지 못했다.

"얼른 준비하고 에이드리언 학교에 데려다줘야 해." 아내가 말했다. "당신 방 청소는 끝났어."

좋아, 좋다고. 대놓고 전쟁을 하겠다, 이거지! 무슨 일이 있어도 먼저 화해를 청하지는 않으리라!

레지널드는 방에서 서성였다. 아내와 에이드리언이 나가며 문을 닫는 소리가 날 때까지 도무지 진정할 수가 없었다. 물론, 이런 생활이 계속된다면 어떤 다른 방법을 찾아야 할 것이다. 그건 확실하다. 이토록 손발이 묶이고 구속된 채로 어떻게 세상 사람들에게 일상에서 탈출하는 법을 가르칠 수 있겠는가? 레지널드는 피아노 뚜껑을 열고 이날 아침에 오기로 한 제자들의 이름을 훑어보았다. 미스 베티 브리틀, 윌코스카 백작 부인, 그리고 미스 메리언 모로. 세 명 다 무척 매력적인 여성이다.

정확히 10시 30분에 초인종이 울렸다. 레지널드가 문을 열었다. 온통 흰색으로 차려입은 미스 베티 브리틀이 파란색 비단 악보 가방을 들고 서 있었다.

"죄송하지만 좀 일찍 온 것 같아요." 미스 브리틀이 빨개진 얼굴로 수줍어하며 말하고, 커다란 파란 눈을 크게 떴다. "제가 너무 일찍 왔나요?"

"전혀 그렇지 않아요, 친애하는 숙녀분. 저는 그저 기쁠 따름입니다." 레지널드가 말했다. "들어오시죠."

"오늘 아침은 날씨가 정말 좋아요." 미스 브리틀이 말했다. "공원을 가로질러 왔어요. 꽃이 참 아름답더군요."

"노래를 연습할 때 꽃을 생각해봐요." 레지널드가 피아노 앞에 앉으며 말했다. "목소리에 빛깔과 온기가 스며들 거예요."

아, 정말 멋진 말이다! 피콕 씨는 천재가 틀림없어. 미스 브리틀은 예쁜 입술을 살짝 벌리고 팬지꽃처럼 노래하기 시작했다.

"아주 좋아요, 훌륭해요." 레지널드는 냉혈한 범죄자마저 천국으로 둥실 띄워 보낼 화음을 연주하며 말했다. "음을 둥글게 굴려요. 겁내지 마요. 한 음에 오랫동안 머물러요. 향수의 향기를 맡듯이 들이마셔요."

흰 드레스를 입고 조그만 금빛 머리를 뒤로 젖혀 우윳빛 목을 드러내고 있는 자태가 어찌나 어여쁜지.

"거울 앞에서 연습한 적 있어요?" 레지널드가 물었다. "효과적인 방법이에요. 입술이 더 유연하게 움직이거든요. 여기로 와요."

두 사람은 거울 앞에 가서 나란히 섰다.

"이제 노래해봐요. 아에이오우!"

그렇지만 미스 브리틀은 얼굴을 새빨갛게 붉히며 얼어붙었다.

"아." 미스 브리틀이 외쳤다. "못하겠어요. 제가 너무 바보 같아요. 웃음이 터져 나와요. 우스꽝스러워요."

"아뇨, 그렇지 않아요. 겁내지 말아요." 레지널드는 말하고 웃었지만, 친절한 웃음이었다. "다시 해봐요."

수업 시간이 쏜살같이 빠르게 지나갔고, 베티 브리틀은 부끄러움을 제법 잊었다.

"언제 또 연습하러 올 수 있어요?" 미스 브리틀이 파란색 비단 가방에 악보를 다시 넣으며 물었다. "가능한 한 수업을 많이 듣고 싶어요. 아, 피콕 선생님, 저는 노래를 배우는 게 정말 좋아요. 내일모레 또 와도 괜찮을까요?"

"친애하는 숙녀분, 저는 기쁠 따름이에요." 레지널드가 말하며 그녀를 배웅했다.

사랑스럽기도 하지! 두 사람이 거울 앞에 나란히 섰을 때 미스 브리틀의 흰 소매가 그의 검은 소매와 아주 살짝 맞닿았다. 레지널드는 느꼈다. 그래, 따뜻하게 빛나는 부분을 느끼고 쓰다듬었다. 미스 브리틀은 노래 수업을 진정 좋아했다. 그때 아내가 방에 들어왔다.

"레지널드, 돈 좀 줄 수 있어? 우유배달부한테 돈을 줘야 해. 오늘 저녁은 집에서 먹을 거야?"

"그래. 이따가 저녁 9시 30분쯤에 팀벅 경 댁에서 노래하기로 한 거 알잖아. 맑은 수프 좀 끓여줘. 달걀 넣고."

"알았어. 어쨌든 방금 말한 돈 좀 줘, 레지널드. 8파운드 6펜스야."

"너무 비싼 거 아냐?"

"아니, 원래 그 정도 해. 에이드리언한테 우유는 꼭 먹여야 해."

또 시작이다. 아내는 이제 에이드리언을 이용해서 그에게 반발하고 있었다.

"내 자식한테 우유를 양껏 먹이는 걸 반대할 생각은 전혀 없어." 레지널드가 말했다. "여기 10실링이야."

초인종이 울렸다. 레지널드가 문으로 갔다.

"아." 윌코스카 백작 부인이 말했다. "계단 때문에, 숨이 차네요." 그러고서 백작 부인은 한 손을 가슴에 올리고 그를 따라 노래 수업을 하는 방으로 갔다. 온통 검은색으로 차려입은 백작 부인은 짧은 베일이 달린 검은 모자를 썼으며 가슴에는 제비꽃을 꽂았다.

"오늘은 음정 연습 안 할래요." 백작 부인이 외국인들 특유의 매력적인 몸짓으로 손을 내밀며 말했다. "안 되겠어요. 오늘은 그냥 편하게 노래나 할래요. 제비꽃을 여기에 놓아도 될까요? 이 꽃은 참 빨리 시들어요."

"참 빨리 시들어요. 참 빨리 시들어요." 레지널드가 피아노를 연주했다.

"여기에 꽂아도 될까요?" 백작 부인이 제비꽃을 레지널드의 사진 앞에 있는 꽃병에 꽂으며 말했다.

"친애하는 숙녀분, 저는 기쁠 따름입니다!"

백작 부인이 노래하기 시작했다. 순조롭게 부르다가 이 구절에서 막혔다. "당신은 나를 사랑해요, 그래요, 나를 사랑하는 걸 알아요!" 레지널드는 건반에서 손을 떼고 빙그르르 돌아앉아서 백작 부인을 보았다.

"아니, 아니. 방금 한 부분은 조금 아쉬웠어요. 더 잘할 수 있어요." 레지널드가 열정적으로 외쳤다. "사랑에 빠진 것처럼 노래해야 해요. 들어봐요. 내가 시범을 보일게요." 그리고 레지널드는 노래했다.

"아, 네, 네. 무슨 뜻인지 알겠어요." 젊은 백작 부인이 더듬거렸다. "내가 다시 해봐도 돼요?"

"물론이에요. 겁내지 말아요. 자기 자신을 풀어줘요. 자신을 고백해요. 당당하게 항복해요!" 레지널드가 피아노 소리 위로 들리도록 크게 외쳤다. 백작 부인이 노래를 시작했다.

"그래요, 많이 나아졌어요. 하지만 승리감에 도취되어 도전하는 자세로요. 느껴지나요?" 두 사람은 같이 노래했다. 아! 이제 그녀는 확실히 이해했다. "한번 더 해봐도 될까요?"

"당신은 나를 사랑해요. 나를 사랑하는 걸 알아요."

그 구절을 완벽하게 숙달하기 전에 수업이 끝났다. 조그만 이국적인 손이 살짝 떨면서 악보를 정리했다.

"제비꽃을 잊은 것 같군요."

"네, 그냥 잊어버리기로 했어요." 백작 부인이 아랫입술을 깨물며 말했다. 외국 여자들은 참으로 매력적이다!

"일요일에 우리 집에 와서 공연하기로 하셨죠?" 백작 부인이 물었다.

"친애하는 숙녀분, 저는 기쁠 따름입니다." 레지널드가 말했다.

더는 울지 말아라, 슬픈 분수야
왜 그리 빨리 흐르니

미스 메리언 모로는 노래하면서도 눈에는 눈물이 그렁그렁하고 턱이 바들바들 떨렸다.

"일단은 노래하지 마요." 레지널드가 말했다. "내가 먼저 연주해줄게요." 그는 무척 부드럽게 연주했다.

"무슨 일 있어요?" 레지널드가 물었다. "오늘 아침에는 기분이 좋지 않은 것 같군요."

그랬다. 미스 모로는 기분이 좋지 않았다. 몹시 비참했다.

"무슨 일인지 나한테 이야기하지 않을래요?"

딱히 특별한 일이 있어서가 아니다. 삶이 견디기 어려울 때 이따금 이런 기분에 빠진다.

"아, 무슨 뜻인지 압니다." 레지널드가 말했다. "제가 도와드릴 수 있으면 좋을 텐데요!"

"도와주고 계세요. 정말이에요. 아, 노래 수업이 없었다면 어떻게 살았을까요."

"저기 안락의자에 앉아서 제비꽃 향기를 맡고 내 노래를 들어요. 수업하는 것만큼이나 좋은 효과가 날 거예요."

왜 모든 남자가 피콕 씨 같지 않을까?

"지난밤에 선생님 공연을 듣고 집에 와서 시를 썼어요. 그냥 제가 느낀 것에 대해서요. 물론 개인적인 내용은 아니고요. 제가 보내드려도 될까요?"

"친애하는 숙녀분, 저는 그저 기쁠 따름입니다!"

오후가 저물 즈음에 레지널드는 꽤 피곤해져서 옷을 갈아입기 전에 소파에 누워 목을 쉬기로 했다. 방문이 열려 있었다. 에이드리언과 아내가 다이닝룸에서 도란도란 이야기하는 소리가 들려왔다.

"어머니, 저 찻주전자를 보면 뭐가 생각나는지 알아요? 웅크리고 있는 조그만 고양이 같아요."

"그랬구나, 우리 엉뚱이?"

레지널드는 까무룩 잠이 들었다. 전화벨 소리가 그를 깨웠다.

"애이오네 펠이에요, 피콕 씨. 오늘 밤에 팀벅 경네서 노래를 부르신다고 방금 들었어요. 저랑 식사하고 같이 가면 어때요?" 레지널드의 입에서 대답이 꽃잎처럼 수화기로 떨어졌다.

"친애하는 숙녀분, 저는 그저 기쁠 따름입니다."

정말 성공적인 저녁이었다! 애이오네 펠과 오붓하게 저녁을 먹으며 나눈 대화는 즐겁기 그지없었고, 미스 펠의 하얀색 자동차를 타고 팀벅 경의 저택으로 가는 길에 그녀는 잊지 못할 만큼 즐거웠다며 다시 한번 감사를 표했다. 성공이 줄줄이 뒤따랐다! 팀벅 경은 샴페인을 넘칠 듯이 따랐다.

"피콕, 샴페인 더 들게." 팀벅 경이 말했다. 눈치챘는가? 피콕 씨가 아니라, 그냥 피콕이라고, 친구를 대하듯이 불렀다. 사실이 그렇지 않나. 그는 예술가다. 그들 모두를 휘두를 수 있다. 게다가 그들에게 일상에서 탈출하는 법까지 가르치고 있지 않나? 아, 그의 노래! 노래를 하면서 레지널드는 마치 꿈을 꾸는 것처럼 사람들이 깃털과 부채와 꽃을 하나의 거대한 부케로 자신에게 바치는 것을 보았다.

"피콕, 포도주 한 잔 더하게."

'나는 손가락 하나만 까닥하면 누구나 내 걸로 만들 수 있어.' 피콕이 비틀비틀 집으로 걸어가며 생각했다.

그런데 어두컴컴한 아파트에 들어가자 들뜬 흥분감이 가라앉기 시작했다. 피콕은 침실의 불을 켰다. 아내는 침대 한쪽 구석 자기 자리에 꼭 붙어 자고 있었다. 그가 저녁을 먹으러 나간다고 했을 때 아내가 한 말이 문득 기억났다. "일찍 말해줄 수 있었잖아!" 그는 이렇게 답했다. "나한테 좀 상냥하게 말할 수 없어?" 아내가 이렇게 자신을 무시하는 것이 기가 막혔다. 그의 성공과 예술가로서의 커리어에 털끝만치도 관심이 없다는 사실 역시 믿기지 않았다. 다른 여자들 같았으면…. 그래, 레지널드는 알았다…. 왜 인정하지 않는가? 잠들어 있을 때마저 숙적이나 다름없는 여자가 저기 침대 구석에 누워 있었다…. 이렇게밖에 살 수 없을까? 아직 샴페인의 취기가 가시지 않은 레지널드가 생각했다. 아, 우리가 단순히 친구 사이였으면 지금 얼마나 많은 이야기를 나눌 수 있을까? 이날 저녁이 얼마나 성공적이었는지, 팀벅이 나를 얼마나 친근하게 대했는지, 또한 사람들이 얼마나 찬사를 바쳤는지 등에 관하여 대화할 수 있었을 것이다. 아내가 늘 여기 있을 거라고 믿고 모든 이야기를 터놓을 수 있다면….

감정이 격앙된 레지널드는 구두를 벗어 방구석에 세게 집어던졌다. 그 소리에 아내가 화들짝 놀라 일어났다. 아내가 몸을 일으켜 앉고 머리를 뒤로 넘겼다. 갑자기 레지널드는 마지막으로 다시 한 번 아내를 친구로 대하고 모든 것을 이야기하여 자신의 매력에 굴복시키겠다고 마음먹었다. 그는 침대 끄트머리에 앉아서 아내의 손을 잡았다. 그러나 입속에서 맴도는 수많은 달콤한 말 가운데 하나도 입 밖으로 나오지 않았다. 어떤 잔인한 이유에서인지 그는 이 말만 가까스로 내뱉을 수 있었다. "친애하는 숙녀분, 저는 그저 기쁠 따름입니다. 기뻐요!"

최신 유행 결혼생활

역으로 가는 길에 윌리엄은 아이들에게 줄 선물이 없다는 사실에 다시 한번 가슴이 아렸다. 불쌍한 녀석들! 얼마나 실망할까. 아이들은 그를 맞이하러 달려 나오며 언제나 이 질문부터 했다. "선물 뭐 사 왔어요, 아빠?" 그런데 그는 빈손으로 가는 것이다. 기차역에서 사탕이라도 사야겠다. 그렇지만 지난 4주간 토요일마다 그렇게 했다. 저번 토요일에 똑같은 상자를 또 꺼내자 아이들의 얼굴빛이 어두워졌다.

그리고 패디는 말했다. "쩌어번에도 빨간 리봉 달려 있었는데!"

그리고 조니는 말했다. "내 건 맨날 분홍색이에요. 난 분홍색 싫단 말이에요."

하지만 어쩌겠는가? 간단히 해결할 수 있는 문제가 아니다. 물론 한때는 그가 택시를 타고 적당한 장난감 가게에 가서 5분 안에 아이들 선물을 골랐다. 하지만 최근에 아이들은 러시아제, 프랑스제, 세르비아제 등 별의별 나라에서 온 장난감을 가지고 있었다. 예전에 아이들이 가지고 놀던 당나귀나 기차 인형을 이저벨이 '소름 끼치게 감성적'이며 '아이들이 형태 감각을 기르는 데 악영향을 끼친다'라며 버린 지 벌써 1년이 지났다.

"어려서부터 올바른 취향을 발달시키는 게 정말 중요해." 새로워진 이저벨이 말했다. "그래야 나중에 교육하는 시간을 아낄 수 있어. 딱한 애들이 저런 촌스러운 장난감을 가지고 놀며 유년을 보내면 나중에 커서 왕립예술원이나 가겠다고 할 건 안 봐도 뻔하지."

이저벨은 아이들이 왕립예술원에 가면 곧바로 죽기라도 할 것처럼 말했다….

"글쎄, 난 잘 모르겠어." 윌리엄이 느릿느릿 말했다. "내가 애들 나이였을 때는 낡은 수건을 동여 묶은 것을 안고 잤어."

새로워진 이저벨은 눈살을 찌푸리고 입술을 살짝 벌린 채 그를 빤히 보았다.

"아, 윌리엄, 여보! 딱 그랬을 거 같아!" 이저벨이 새로운 방식으로 웃었다.

군것질거리나 사주는 수밖에 별다른 도리가 없구나, 윌리엄은 침울하게 생각하며 택시운전사에게 줄 잔돈을 찾아 주머니를 뒤적였다. 아이들이 사탕 상자를 넘겨주는 모습이 눈에 선했다. 어린 녀석들이 어찌나 마음이 넓은지. 이저벨의 소중한 친구들은 그걸 냉큼 받아 먹었다….

과일을 사주면 어떨까? 윌리엄은 기차역 입구에 있는 판매대 앞을 서성였다. 멜론을 하나씩 먹으라고 사줄까? 아니면 그것도 나눠주게 될까? 패드에게는 파인애플을, 조니한테는 멜론을 사줄까? 이저벨의 친구들이 설마 아이들 밥 먹는 시간에 아이방에 들어가겠어? 그런데도 멜론을 사면서 윌리엄은 이저벨과 어울리는 젊은 시인 중 한 명이 왠지 몰라도 아이방의 방문 뒤에서 얼쩡대다가, 얼씨구나 하며 멜론 한 조각을 가져가는 모습이 그려졌다.

거추장스러운 봉지 두 개를 들고 윌리엄은 기차로 성큼성큼 걸어갔다. 기차가 와 있었고, 역이 북적거렸다. 문들이 벌컥벌컥 열리고 쾅쾅 닫혔다. 귀청이 떨어지게 시끄러운 기적 소리에 사람들은 얼빠진 표정으로 걸음을 옮겼다. 윌리엄은 일등석 흡연칸으로 곧장 가서 여행가방과 짐을 넣고, 재킷 안쪽 주머니에서 커다란 서류 뭉치를 꺼낸 뒤에 구석에 털썩 앉아 읽기 시작했다.

'저희 고객은 특히나 확신하는데… 새롭게 고려할 의사가… 이러한 경우에—' 아, 훨씬 낫군. 윌리엄은 납작하게 눌린 뒷머리를 좌석에 기대고 다리를 쭉 폈다. 가슴속의 둔탁한 욱신거림이 차츰 사그라들었다. '우리의 결정에 대해서…' 윌리엄은 파란색 연필로 문단에 줄을 그어 지웠다.

두 남자가 객차에 들어와 윌리엄을 지나쳐 더 안쪽 구석에 앉았다. 한 젊은이가 골프채를 선반에 휙 던져 올리고 반대편에 앉았다. 열차가 살짝 흔들리더니 출발했다. 윌리엄은 시선을 들었다. 햇빛에 빛나는 뜨거운 기차역이 시야에서 물러났다. 얼굴이 빨갛게 상기된 소녀가 기차를 따라 달리면서 애가 타는 듯 절박함에 가까운 태도로 손을 열심히 흔들고 이름을 불렀다. '아주 감정적이군!' 윌리엄은 멍하니 생각했다. 검댕과 기름에 찌든 노동자가 플랫폼 한쪽 끝에서 지나가는 기차를 보고 싱긋 웃었다. 윌리엄은 생각했다. '밑바닥 인생이야!' 그러고서 다시 서류를 읽기 시작했다.

윌리엄이 다시 시선을 들자 이제 창밖으로 들판이 펼쳐졌다. 어둑어둑한 나무 사이에서 짐승들이 한가로이 쉬고 있었다. 너른 강의 얕은 물가에서 벌거벗은 아이들이 물을 튀기며 노는 모습이 시야에 미끄러져 들어왔다가 사라졌다. 엷게 빛나는 하늘 높이 나는 새 한 마리가 보석의 검은 반점처럼 보였다.

'저희 고객의 서신을 검토한 결과…' 방금 읽은 문장이 머릿속에 맴돌았다. '저희 고객의…' 윌리엄은 집중해서 읽으려고 노력했지만 소용없었다. 생각이 도중에 뚝뚝 끊겼다. 들판과 하늘과 날고 있는 새와 강이 모두 말했다. '이저벨.' 매주 토요일 오후마다 윌리엄은 이런 상태에 빠져들었다. 이저벨을 만나러 가는 길에 상상 속에서 그녀와 수차례 미리 만났다. 때로는 이저벨이 기차역에서 인파로부터 조금 떨어져 있었고, 가끔은 역 밖에서 지붕 없는 택시에 앉아 있었다. 정원 대문에 기대어 있기도 했고, 푸석한 잔디밭을 거닐기도 했다. 문가에 서 있거나, 현관 바로 안쪽에 있을 때도 있었다.

그리고 이저벨의 맑고 가벼운 목소리가 울렸다. "윌리엄이구나." 아니면, "안녕, 윌리엄!" "윌리엄이 왔어!" 윌리엄은 이저벨의 서늘한 손과 서늘한 볼을 어루만졌다.

싱그러운 이저벨! 어린 소년이었을 때 윌리엄은 비가 그치면 정원으로 뛰어가 장미 덤불을 머리 위에서 흔들곤 했다. 이저벨은 바로 그 장미 덤불 같았다. 꽃잎처럼 보드랍고 반짝이고 서늘했다. 그리고 윌리엄은 여전히 그 소년이었다. 그렇지만 이제 윌리엄은 정원으로 뛰어가거나 웃거나 덤불을 흔들지 않았다. 둔탁하고 끈질긴 가슴의 욱신거림이 다시 시작되었다. 윌리엄은 펴고 있던 다리를 접고 서류를 옆으로 치운 다음에 눈을 감았다.

"왜 그래, 이저벨? 무슨 일이야?" 윌리엄이 다정히 물었다. 두 사람은 새집의 침실에 있었다. 이저벨은 조그만 검은색과 녹색 상자들이 어질러진 화장대 앞의 페인트칠한 스툴에 앉아 있었다.

"뭐가?" 이저벨이 고개를 앞으로 숙이자 아름다운 금발 몇 가닥이 뺨 위로 흘러내렸다.

"아, 알잖아!" 윌리엄은 낯선 방의 한가운데에서 낯설어했다. 그러자 이저벨이 재빨리 몸을 돌려 그를 마주 보았다.

"아, 윌리엄!" 이저벨이 애원하듯이 외치고 헤어브러시를 들었다. "제발! 제발 좀 그렇게 침울하게 비극의 주인공처럼 굴지 좀 마! 매일같이 당신은 내가 변했다고 말하거나, 표정을 짓거나, 암시하고 있어. 내가 마음 맞는 사람들을 만나기 시작하고 더 자주 외출하고 모든 것에 흥미가 생겼다고 해서 당신은 마치 내가—" 이저벨이 머리칼을 뒤로 넘기고 웃음을 터뜨렸다. "우리 관계를 망친 것처럼 굴어. 정말 어처구니없어." 이저벨이 아랫입술을 깨물었다. "미칠 것 같아, 윌리엄. 당신은 심지어 새집으로 이사 온 거나 새로 고용한 하인들에 대해서도 나를 원망하고 있어."

"이저벨!"

"맞아, 맞잖아. 어떤 면에서는 사실이야." 이저벨이 황급히 말했다. "당신은 이것들도 불길한 징조라고 생각해. 당신이 그렇게 생각하는 거 알아." 이저벨이 부드럽게 말했다. "당신이 계단을 올라올 때마다 느껴진다고. 하지만 우리가 그 좁아터진 구덩이에 계속 살 수는 없었어, 윌리엄. 현실적으로 생각해봐! 아이들을 키울 공간도 없었잖아."

그래, 사실이다. 아침마다 그가 사무실에서 돌아오면 이저벨은 집 뒤쪽의 응접실에 아이들과 함께 있었다. 아이들은 소파의 등받이에 걸쳐놓은 표범 가죽을 타고 놀고 있거나, 이저벨의 책상을 카운터 삼아 점원 놀이를 하고 있었다. 이따금 패디는 난로 앞 깔개에 앉아서 조그만 황동 벽난로 삽으로 죽어라 노를 젓고 있고, 조니는 집게를 쳐들고 해적을 공격하고 있었다. 저녁마다 아이들은 등에 업힌 채로 좁은 계단을 올라가 늙고 뚱뚱한 유모에게 갔다.

그래, 좁아터졌다고 할 만하다. 창에는 파란 커튼을 드리우고 창턱 화분에서 피튜니아를 가득 키우던 조그만 하얀 집이었다. 윌리엄은 현관문에서 친구들을 반기며 묻곤 했다. "우리 피튜니아 봤어? 런던에서 꽃을 다 키우고, 멋지지?"

그렇지만 정말 어리석게도, 어처구니없게도 윌리엄은 이저벨이 자기만큼 행복하지 않다고는 꿈에도 상상 못 했다. 아, 어쩜 그리 몰랐을까! 이저벨이 그 불편한 작은 집을 못 견디게 싫어했으며 뚱뚱한 유모가 아이들 버릇을 망쳐놓고 있다고 걱정했고, 또한 그녀가 지독하게 외롭고, 새로운 친구들과 그림과 음악을 갈망한다는 걸 전혀 몰랐다. 그날 모이라 모리슨이 화실에서 연 파티에 가지 않았다면. 그들이 떠나려는 순간에 모이라 모리슨이 이렇게 말하지 않았다면. "이기적인 사람, 당신의 가여운 아내를 내가 구출해야겠어요. 부인은 꼭 아름다운 티타니아* 같군요." 이저벨이 모이라와 파리에 가지 않았다면… 이랬다면… 저랬다면…

기차가 다시 멈췄다. 베팅포드역이다. 이런, 10분이면 도착하겠군. 윌리엄은 서류 뭉치를 다시 주머니에 넣었다. 건너편 젊은이는 오래전에 사라졌다. 다른 두 남자가 이제 내렸다. 저물어가는 오후의 햇빛이 면 드레스를 입은 여자들과 햇볕에 그을린 맨발 아이들을 감쌌다. 햇빛은 바위투성이 강둑을 수놓은 부드러운 노란 꽃과 거친 잎사귀 위로 타올랐다. 차창으로 너울너울 들어오는 바람에서 바다 냄새가 났다. 이저벨은 이번 주말에도 똑같은 무리랑 어울리

* 셰익스피어의 『한여름밤의 꿈』에 등장하는 요정들의 여왕이다.

고 있으려나? 윌리엄은 알고 싶었다.

그러다 윌리엄은 예전의 가족 여행을 떠올렸다. 로즈라는 어린 농장 소녀가 따라와서 아기들을 봐주었다. 이저벨은 니트를 입고 머리를 땋았었다. 열네 살 소녀처럼 앳되어 보였어. 아! 햇볕에 타서 콧등의 피부가 다 벗겨졌었지! 배불리 먹은 다음에 둘이서 발을 겹치고 커다란 깃털 침대에서 늘어지게 자고…. 이토록 감성적인 면을 전부 드러냈다면 이저벨이 얼마나 질색했을지 문득 생각이 들자 윌리엄은 쓴웃음을 짓지 않을 수 없었다.

"안녕, 윌리엄!" 결국 이저벨은 윌리엄이 상상한 대로 기차역에서 인파로부터 조금 떨어져 서 있었는데—윌리엄은 심장이 두근거렸다—혼자였다.

"안녕, 이저벨!" 윌리엄이 이저벨을 뚫어지게 보며 말했다. 아내가 너무나 아름다워 보여서 무슨 말이라도 해야 할 것 같았다. "당신 아주 시원해 보이네."

"내가?" 이저벨이 말했다. "별로 시원하진 않은데. 가자. 당신의 끔찍한 기차가 늦었어. 택시가 역 밖에서 기다리고 있어." 이저벨은 차표 검사원 옆을 지나치며 윌리엄의 팔에 손을 가볍게 얹었다. "다들 당신을 마중나왔어." 이저벨이 말했다. "하지만 보비 케인은 디저트 가게에 두고 왔어. 나중에 만날 거야."

"아!" 윌리엄이 말했다. 달리 할 말이 없었다.

눈부신 햇살 속에서 택시가 기다리고 있었다. 택시의 한쪽 구석에는 빌리 헌트와 데니스 그린이 모자를 비딱하게 눌러쓴 채로 퍼질러 앉아 있고, 반대쪽 구석에서는 거대한 딸기 모양 보닛을 쓴 모이라 모리슨이 엉덩이를 들썩이고 있었다.

"얼음이 없어! 얼음이 없어! 얼음이 없어!" 모이라 모리슨이 쾌활하게 외쳤다.

그러자 모자 아래서 데니스의 목소리가 흘러나와 합세했다. "생선 장수한테서밖에 구할 수 없어."

그러자 빌 헌트가 얼굴을 드러내며 덧붙였다. "생선 한 마리가 통째로 들어가 있지."

"아, 성가시게 됐어!" 이저벨이 외쳤다. 그러고는 윌리엄에게 그를 기다리는 동안 얼음을 찾아 타운 곳곳을 헤맸다고 말했다. "세상 모든 물건이 가파른 절벽에서 바다로 추락했나봐. 버터를 선두로 말이지."

"버터를 우리 몸에 향유처럼 바르지." 데니스가 말했다. "윌리엄, 그대 머리에 향유를 그치지 않게 할지니라."

"잠깐만." 윌리엄이 말했다. "자리가 없네? 내가 운전사 옆에 앉아야겠어."

"아니, 보비 케인이 운전사 옆에 앉을 거야." 이저벨이 말했다. "당신은 나랑 모이라 사이에 앉아." 택시가 출발했다. "그 꾸러미에는 대체 뭐가 든 거야?"

"잘려-나간-머리!" 빌 헌트가 모자 아래서 부르르 떨며 말했다.

"아, 과일이구나!" 이저벨이 희색을 띠고 말했다. "잘 샀어, 윌리엄. 멜론이랑 파인애플이네. 맛있겠다!"

"아니, 잠깐만." 윌리엄이 웃으며 말했다. 하지만 속으로는 몹시 불안했다. "애들 주려고 산 거야."

"오, 설마!" 이저벨은 웃음을 터뜨리고 윌리엄의 팔 아래 손을 넣었다. "애들이 그걸 먹었다가는 배탈이 나서 데굴데굴 구를 거야. 안 돼." 이저벨이 그의 팔을 토닥였다. "애들은 다음번에 다른 걸 사줘. 나는 파인애플이랑 작별하지 못하겠어."

"무정한 이저벨! 내가 과일 향이라도 맡게 해줘!" 모이라가 말했다. 그러고는 애원하듯 윌리엄 앞으로 팔을 내뻗었다. "어머!" 딸기 보닛이 떨어졌다. 모이라가 가냘프게 비명을 질렀다.

"파인애플과 사랑에 빠진 여인이군." 데니스가 말했다. 그때 택시가 줄무늬 블라인드를 드리운 작은 상점 앞에 멈췄다. 상점에서 보비 케인이 조그만 봉지를 잔뜩 들고나왔다.

"맛있었으면 좋겠어. 색깔만 보고 골랐거든. 아찔할 정도로 예쁜 동그란 것도 있어. 여기 견과 사탕을 좀 봐." 보비가 신이 나서 외쳤다. "한번 보라고! 한 편의 발레 공연 같지 않아?"

그러나 그때 상점에서 점원이 나왔다. "아 맞다. 하나도 계산을 안 했어." 보비가 겁에 질린 기색으로 말했다. 이저벨이 점원에게 지폐를 건네주자 보비가 다시 환하게 웃었다. "안녕, 윌리엄! 내가 운전사 옆에 앉을게." 맨머리에 위아래를 흰색으로 맞추어 입고서는 소매를 어깨까지 둘둘 말아 올린 보비가 자기 자리로 성큼 들어왔다. "Avanti!**" 보비가 외쳤다….

차를 마시고 다른 사람들이 수영을 하러 간 사이에 윌리엄은 집에 남아서 아이들을 달랬다. 그렇지만 조니와 패디가 잠들고 석양의 장밋빛이 사위고 박쥐가 날아다니기 시작했는데도 수영하러 간 사람들은 돌아오지 않았다. 윌리엄이 아래층을 서성이는데 하녀가 램프를 들고 홀을 지나갔다. 윌리엄은 하녀를 따라 거실로 들어갔다. 길쭉한 거실은 벽이 노란색이었다. 윌리엄이 들어온 문의 반대

** 앞으로!

쪽 벽에 누군가 실제 사람보다 큰 크기로 자세가 몹시 불안한 젊은이를 그려놓았다. 젊은이는 한쪽 팔은 짤막하고 다른 팔은 길고 가느다란 아가씨에게 큼지막한 데이지꽃을 바치고 있었다. 의자와 소파 위로 걸쳐놓은 검은 재질의 천에는 깨진 달걀처럼 커다란 얼룩이 져 있었고, 눈길이 닿는 곳마다 꽁초가 수북한 재떨이가 있었다. 윌리엄은 안락의자 하나에 앉았다. 이제는 의자 옆으로 팔을 내려도 다리 세 개짜리 양이나 뿔 하나를 잃어버린 소, 혹은 노아의 방주에서 날아간 뚱뚱한 비둘기가 손에 닿지 않았다. 얼룩진 페이퍼백 시집이 또다시 손에 집힐 뿐이었다…. 윌리엄은 주머니에 있는 서류를 기억했지만 허기가 지고 피곤해서 읽고 싶지 않았다. 열려 있는 문틈으로 주방에서 소리가 들려왔다. 하인들이 집에 자기들밖에 없는 것처럼 시끌시끌 이야기하고 있었다. 귀에 거슬리게 새된 웃음소리가 울리다가 누군가 똑같이 큰 목소리로 "쉿!" 하고 외쳤다. 윌리엄이 집에 있다는 것을 기억한 모양이었다. 윌리엄은 의자에서 일어나 프랑스식 창문을 통해 정원으로 나갔다. 정원의 그늘에 서 있노라니 모랫길을 따라 올라오는 사람들의 소리가 들렸다. 그들의 목소리가 고요를 흔들었다.

"모이라가 필요한 술책과 간교를 부려야 한다고 생각해."

모이라가 과장되게 신음했다.

"주말에 축음기를 가져와서 〈산에 사는 아가씨〉를 틀자고."

"아, 안 돼! 그건 안 돼!" 이저벨이 외쳤다. "윌리엄이 싫어할 거야! 착한 아이들아, 윌리엄한테 좀 잘해줘. 내일 저녁이 지나면 또 떠나야 하는데."

"윌리엄은 나한테 맡겨." 보비 케인이 말했다. "나는 사람을 잘 챙

기거든."

대문이 활짝 열렸다가 닫혔다. 윌리엄은 테라스로 옮겨 갔다. 그들이 그를 보았다. "안녕, 윌리엄!" 보비 케인이 수건을 휘두르며 메마른 풀밭에서 폴짝폴짝 뛰고 빙그르르 돌았다. "같이 갔으면 좋았을 텐데. 물이 어찌나 상쾌하던지. 수영한 다음에는 펍에 가서 슬로 진을 마셨어."

다른 사람들이 집에 다다랐다. "이저벨, 이봐." 보비가 불렀다. "오늘 밤에 내가 니진스키***처럼 입을까?"

"아니." 이저벨이 말했다. "옷은 갈아입지 말자. 다들 배고프잖아. 윌리엄도 배고파 죽을 지경일 거야. 얼른 와, mes amis.**** 정어리부터 먹자."

"정어리 여기 있어." 모이라가 상자를 높이 들고 홀로 뛰어 들어오며 말했다.

"정어리 상자를 든 여인." 데니스가 심각하게 말했다.

"그래서, 윌리엄. 런던은 어때요?" 빌 헌트가 위스키병의 마개를 빼며 물었다.

"아, 늘 똑같죠, 뭐."

"그리운 런던." 보비가 정어리를 푹 찌르며 열정적으로 말했다.

그러나 윌리엄은 금세 잊혔다. 모이라 모리슨이 물속에서는 사람 다리가 어떤 색인지 궁금해하기 시작했다.

"내 다리는 창백하기 그지없는 버섯 색이야."

빌과 데니스는 어마어마하게 먹어댔다. 이저벨은 잔을 채우고 접

*** 바슬라프 니진스키. 역사상 가장 재능 있는 무용수 중 한 명으로 손꼽히는 발레리노다.
**** 친구들아.

시를 새로 깔고 성냥을 찾아주며 즐겁게 웃었다. 한번은 이저벨이 이렇게 말했다. "빌, 네가 꼭 그려주면 좋겠어."

"뭐를?" 빌이 빵을 입에 욱여넣으며 큰 목소리로 물었다.

"우리 말이야." 이저벨이 말했다. "식탁에 이렇게 둘러앉은 모습을 그려줘. 20년 후에 보면 정말 신기할 거야."

빌은 눈을 가늘게 뜨고 쩝쩝 씹어댔다. "빛이 별론데." 그가 무례하게 말했다. "너무 노랗잖아." 그러고는 다시 쩝쩝대기 시작했다. 이저벨에게는 그것마저 매력적인 모양이었다.

그러나 저녁 식사가 끝나자 다들 너무 피곤해서 잠자리에 들 시간이 되기까지 하품만 연거푸 해댔다….

윌리엄은 이튿날 오후 택시를 기다릴 때가 되어서야 이저벨과 단둘이 있을 수 있었다. 윌리엄이 여행가방을 가져오자 이저벨이 사람들 옆을 떠나 그에게 왔다. 그러고는 허리를 숙여 여행가방을 들었다. "엄청 무겁네!" 이저벨이 말하고, 어색하게 조금 웃었다. "내가 들어줄게! 대문까지."

"아냐, 왜 당신이 들어?" 윌리엄이 말했다. "말도 안 돼. 나한테 줘."

"아, 내가 들게 해줘." 이저벨이 말했다. "내가 들어주고 싶어서 그래. 진짜야." 두 사람은 묵묵히 걸었다. 윌리엄은 이제 아무 말도 할 수 없을 것 같았다.

"자." 이저벨이 의기양양하게 여행가방을 내려놓고 초조한 표정으로 모래투성이 도로를 보았다. "이번에는 당신을 거의 보지도 못한 것 같아." 이저벨이 숨을 가쁘게 몰아쉬며 말했다. "시간이 너무 짧아, 그렇지? 당신이 꼭 방금 온 것 같은데. 다음번엔—" 택시가 시야에 들어왔다. "런던에서 사람들이 당신을 잘 챙겨줬으면 좋겠어. 아이들이 온종일 나가 있어서 미안해. 미스 닐이 시간표를 그렇게 짜 놓았더라고. 당신한테 작별 인사를 하지 못해서 많이 서운해할 거야." 택시가 도로에 접어들었다. "잘 가!" 이저벨은 황급히 가벼운 입맞춤을 해주었다. 그리고 그녀는 사라졌다.

들판과 나무와 덤불이 창밖을 스쳤다. 택시는 휑하고 둘러막힌 것처럼 답답한 타운을 덜컹덜컹 가로지르고 가파른 언덕을 털털거리며 힘겹게 올라가 역 앞에서 멈췄다. 기차가 정차해 있었다. 윌리엄은 곧바로 일등석 흡연칸으로 가서 구석에 털썩 앉았지만, 이번에는 서류를 꺼내지 않았다. 그는 둔탁하고 끈질기게 욱신거리는 가슴 위로 팔짱을 끼고, 마음속에서 이저벨에게 편지를 쓰기 시작했다.

우편물은 언제나처럼 늦었다. 그들은 집 밖의 알록달록한 파라솔 아래 기다란 의자를 놓고 앉아 있었다. 보비 케인만 이저벨의 발치의 잔디에 가로누워 있었다. 갑갑하고 지루했다. 하루가 깃발처럼 축 늘어졌다.

"천국에 월요일이 있을까?" 보비가 어린아이처럼 물었다.

데니스가 중얼거렸다. "천국은 하나의 길고 긴 월요일일 거야."

그렇지만 이저벨은 간밤에 저녁으로 먹은 연어가 어떻게 되었는지가 자꾸만 궁금했다. 점심으로 마요네즈를 뿌린 생선을 먹을 생각이었는데….

모이라는 자고 있었다. 모이라는 잠의 매력을 최근에 새로이 발견했다. "정말 멋져. 그냥 눈을 감기만 하면 되잖아. 얼마나 달콤한데."

벌건 낯빛의 늙은 우편배달원이 세발자전거를 타고 먼지를 일으키며 오고 있었다. 자전거 핸들 대신 노가 달려 있으면 마땅할 성싶었다.

빌 헌트가 책을 내려놓았다. "편지가 왔군." 그가 만족스러운 말투로 말했다. 모두 기다렸다. 그렇지만 우편배달원은 무정하기도 하지. 또 세상은 왜 이렇게 잔인할까! 달랑 편지 한 통뿐이었다. 이저벨에게 두툼한 편지가 한 통 왔다. 신문조차 없었다.

"게다가 편지도 윌리엄이 보낸 거야." 이저벨이 서글프게 말했다.

"윌리엄이—벌써 편지를 보냈어?"

"은근히 상기시키려고 결혼증명서를 보냈을 테지."

"사람들이 정말 결혼증명서 같은 걸 받아? 나는 하인들이나 그런 걸 발급받는 줄 알았어."

"세상에, 대체 몇 장이야! 이저벨을 봐. 편지를 읽는 여인이야." 데니스가 말했다.

사랑하는, 나의 소중한 이저벨. 편지지가 수북했다. 놀라서 편지를 읽기 시작한 이저벨은 점차 숨이 막히기 시작했다. 대체 윌리엄은 왜…. 정말 이상해…. 무엇 때문에 이런…. 당황한 이저벨은 점차 흥분했고, 심지어 겁도 났다. 딱 윌리엄다운 짓이다. 그렇지? 황당해, 그렇고말고. 분명히 황당하고 이상한 짓이야. "하하하! 아, 정말!" 어떻게 하지! 이저벨은 의자에 기대 누워 웃음을 참을 수 없을 때까지 웃었다.

"뭐야, 말해줘." 사람들이 졸랐다. "제발 말해줘."

"나도 말하고 싶어." 이저벨이 깔깔거리면서 말했다. 그러고는 몸을 일으키고 편지지를 모아서 그들에게 대고 흔들었다. "다들 모여."

이저벨이 말했다. "들어봐. 너무 멋져. 연애편지야."

"연애편지! 최곤데." 사랑하는, 나의 소중한 이저벨. 이저벨이 읽기 시작하자마자 폭소가 터져 나오며 그녀의 말을 끊었다.

"계속 읽어줘, 이저벨. 완벽해."

"아, 최고야."

"빨리 계속 읽어."

사랑하는 여보, 나는 당신의 행복에 방해가 되고 싶지 않아.

"오! 오! 오!"

"조용, 조용! 조용!"

그리고 이저벨은 계속 읽어나갔다. 끝에 다다랐을 즈음 다들 배를 부여잡고 웃고 있었다. 보비는 소파에서 구르며 거의 흐느끼기까지 했다.

"지금 이대로 나한테 줘. 전부 다. 새로 쓰고 있는 책에 넣을 거야." 데니스가 단호하게 말했다. "이 편지에 장 하나를 바치겠어."

"아, 이저벨." 모이라가 신음했다. "너를 자기 품에 끌어안는다는 부분이 정말 멋져."

"나는 이혼 재판에서 증거 자료로 나오는 편지가 다 날조된 건 줄만 알았는데 이것에 비하면 아무것도 아니네."

"내가 만져볼래. 내가 읽을래. 직접 읽을래." 보비 케인이 말했다.

하지만 놀랍게도 이저벨은 편지지를 구겼다. 이저벨은 더는 웃고 있지 않았다. 이저벨은 재빨리 그들을 죽 한번 훑어보았다. 그녀는 지쳐 보였다. "아니, 지금은 안 돼. 지금은 아니야." 이저벨이 더듬거리며 말했다.

그들이 어리벙벙해 있는 사이에 이저벨은 집으로 뛰어 들어갔고,

홀을 지나고 계단을 올라가 침실로 들어갔다. 이저벨은 침대 옆에 앉았다. "천박하고 무례하고 끔찍하고 저속해." 이저벨이 중얼거렸다. 이저벨은 손가락의 관절로 눈두덩을 누르고 앞뒤로 몸을 흔들었다. 다시 한번 그들이 눈앞에 아른거렸는데, 네 명이 아니라 마흔 명이 낄낄거리고 빈정대고 조롱하며 자신이 읽고 있는 윌리엄의 편지로 손을 뻗어댔다. 아, 정말 못된 짓을 저질렀다. 어떻게 내가 이런 짓을 할 수 있었을까! 사랑하는 여보, 나는 당신의 행복에 방해가 되고 싶지 않아. 윌리엄! 이저벨은 베개에 얼굴을 묻었다. 하지만 심지어 엄숙한 침실마저 그녀를 꿰뚫어본 것 같았다. 얄팍하고 빈 수레처럼 요란하고 허영심으로 가득한….

이윽고 창문 아래 정원에서 목소리가 올라왔다.

"이저벨! 우리 수영하러 갈 거야. 가자!"

"나오라, 윌리엄의 아내여!"

"떠나기 전에 한 번 부르렴, 한 번 더!"

이저벨은 일어났다. 바로 이 순간에 결정해야 했다. 저들과 함께 갈 것인가, 아니면 여기 남아서 윌리엄에게 답장을 쓸 것인가. 어떻게 하지? 어떻게 해야 해? '결정해야 해.' 아, 하지만 그걸 어떻게 고민할 수가 있어. 당연히 여기 남아서 윌리엄한테 편지를 쓸 거야.

"티타니아!" 모이라가 끼룩거렸다.

"이저벨!"

아니, 너무 어려웠다. '일단—일단 재네들이랑 갈 거야. 그리고 나중에 윌리엄한테 편지를 쓸 거야. 좀 있다가. 나중에. 지금은 말고. 하지만 반드시 꼭 쓸 거야.' 이저벨이 급히 생각했다.

그리고 이저벨은 새로운 방식으로 웃으며 계단을 뛰어 내려갔다.

가든파티

게다가 결국에는 날씨가 완벽했다. 주문해도 이보다 가든파티에 잘 어울리는 날씨는 구하지 못했으리라. 바람 한 줄기 일지 않고 잔잔한 공기는 따뜻했고, 하늘에는 구름 한 조각 없었다. 초여름에 이따금 보이는 금빛 수증기가 파란 하늘에 엷게 깔려 있을 뿐이었다. 정원사가 새벽부터 일어나 손질하고 비질한 장미 모양 화단에서는 데이지꽃이 말끔히 자취를 감추고 검은 토양과 잔디가 빛났다. 장미로 말하자면, 가든파티에서 사람들이 확실히 알아보는 유일한 꽃이자 가장 칭송을 받는 꽃으로서 중요성을 자기들도 아는 모양이었다. 수백 송이가, 문자 그대로 수백 송이가 하룻밤 사이에 꽃망울을 터뜨렸다. 녹색 장미 덤불은 대천사가 방문이라도 했던 것처럼 고개를 깊이 숙이고 있었다.

아침 식사를 마치기도 전에 일꾼들이 천막을 세우러 왔다.

"어머니, 천막은 어디에 세워요?"

"얘야, 나한테 물어보지 말렴. 올해에는 너희에게 일임하기로 했어. 내가 엄마라는 것도 잊어버려. 귀빈으로 대접해주면 좋겠구나."

그렇지만 메그가 일꾼들을 감독하러 갈 수는 없었다. 메그는 아침을 먹기 전에 머리를 감고 왔는데, 여전히 머리에 녹색 수건을 두

건처럼 두르고, 그 아래로 삐져나온 젖은 갈색 곱슬머리가 양쪽 뺨에 달라붙은 채 커피를 마시고 있었다. 말괄량이 조시는 언제나처럼 비단 페티코트에 기모노 가운만 걸치고 식사 자리에 내려왔기 때문에 갈 수 없었다.

"로라, 네가 가보렴. 네가 예술가적 기질이 있잖니."

그래서 로라는 버터 바른 빵을 들고 날듯이 달려나갔다. 집 밖에서 먹을 핑계가 생겨서 즐거웠을 뿐만 아니라 로라는 원래 일을 도맡아 준비하기를 좋아했다. 자기가 다른 사람들보다 훨씬 잘할 수 있다고 늘 생각해왔다.

남자 네 명이 재킷 없이 셔츠 차림으로 정원길에 모여 있었다. 캔버스 천으로 둘둘 감아놓은 나무 기둥을 들고, 등에 커다란 연장 가방을 메고 있었다. 그 모습이 무척 늠름했다. 로라는 버터 바른 빵을 괜히 가져왔다고 후회했지만 빵을 내려놓을 곳이 없었고 그렇다고 버릴 수도 없는 노릇이었다. 로라는 빨개진 얼굴에 애써 엄격한 표정을 띠고, 심지어 살짝 근시인 척 눈까지 찡그리며 남자들에게 다가갔다.

"안녕하세요." 로라는 어머니를 모방해서 인사했다가 자기가 들어도 너무 가식적인 말투에 뜨끔해서 어린 소녀처럼 더듬거리며 말을 이었다. "어, 저기, 천막 설치하러 오셨어요?"

"네, 아가씨." 키가 제일 큰, 호리호리하고 얼굴이 주근깨투성이인 남자가 연장 가방을 고쳐 메고 밀짚모자를 뒤로 젖히며 미소 지었다. "바로 그걸 하러 왔어요."

남자의 서글서글하고 친절한 미소 덕분에 로라는 긴장이 조금 풀렸다. 남자는 눈빛이 무척 상냥했다. 눈은 작지만 색이 어찌나 짙푸른지! 다른 남자들도 웃고 있었다. '겁낼 필요 없어요. 잡아먹지 않아요.' 그들의 미소가 이렇게 말하는 것 같았다. 일꾼들은 참 좋은 사람들이구나! 오늘 아침은 정말 아름다워! 그래도 날씨 얘기는 하면 안 된다. 사무적으로 대해야 한다. 천막에 집중하자.

"음, 저기 백합 화단 앞은 어때요? 괜찮을 것 같아요?"

로라는 버터 바른 빵을 들고 있지 않은 손으로 백합 화단을 가리켰다. 로라가 가리키는 방향으로 남자들이 고개를 돌렸다. 땅딸한 남자가 아랫입술을 비죽 내밀었고, 키 큰 남자는 눈살을 찌푸렸다.

"좋은 생각이 아니에요." 남자가 말했다. "눈에 잘 띄지 않아요. 그니까 천막 같은 것은 말이죠." 남자는 조금 전처럼 서글서글한 태도로 로라를 돌아보았다. "눈에 때려 박히는 곳에 놓아야 해요. 무슨 말인지 아시려나."

로라는 자신이 받은 가정교육 탓에 순간 흠칫하며 일꾼이 자신에게 때려 박는다는 표현을 써도 되는 걸까 고민했다. 여하튼 무슨 말인지는 확실히 알아들었다.

"테니스장 쪽에 세우면 어떨까요." 로라가 제안했다. "한쪽 끝은 악단이 쓰기로 했지만요."

"흠, 악단을 불렀나요?" 다른 일꾼이 물었다. 얼굴빛이 창백했다. 검은 눈으로 테니스장을 둘러보는 남자에게서 피로가 묻어났다. 무슨 생각을 하는 걸까?

"몇 명 안 되는 악단이에요." 로라는 조심스레 말했다. 아주 작은 악단이라면 남자가 그리 기분 나쁘게 생각하지 않을지도 모른다. 그때 키 큰 남자가 말했다.

"이건 어때요, 아가씨. 저기 나무들 앞에 설치하죠. 그럼 되겠네요."

카라카 나무 앞에 세운다고? 그럼 카라카 나무가 안 보일 텐데. 카라카 나무는 아름다웠다. 넓은 잎사귀가 반들반들 빛나고 노란 열매가 송이송이 무리 지어 달려 있었다. 무인도에 홀로 당당히 서서, 고요한 장엄함에 휩싸인 채로 잎사귀와 열매를 태양에 바치듯이 치켜들고 있는 모습이 떠올랐다. 그런 나무를 천막으로 가려야 하나?

그렇다. 벌써 남자들은 나무 기둥을 들고 그쪽으로 가고 있었다. 키 큰 남자만 남았다. 남자는 문득 허리를 숙이더니 라벤더 줄기를 손에 쥐었다가 엄지와 검지를 코 밑에 가져가 향을 맡았다. 그걸 보고 로라는 놀라서 카라카 나무에 대해 까맣게 잊어버렸다. 이런 것에, 라벤더 향 같은 것에 남자가 관심을 둔다는 사실이 놀라웠다. 그녀가 아는 남자들 가운데 과연 몇 명이나 그럴까? 아, 일꾼들은 정말 멋진 사람들이다. 파티에서 함께 춤을 추고, 일요일 저녁 만찬에 초대받는 멍청한 남자애들 말고 이들과 친구로 지낼 수는 없을까! 이런 남자들과는 훨씬 친해질 수 있을 것이다.

전부 어리석은 계급 차별 탓이라고, 로라는 키 큰 남자가 천막에서 걸어 올리거나 늘어뜨려야 하는 것 따위를 봉투 뒷면에 스케치하는 모습을 보며 생각했다. 어쨌든 그녀는 그런 것에 연연하지 않았다. 추호도, 털끝만치도…. 나무망치가 뚝딱뚝딱 두드리는 소리가 울렸다. 일꾼 한 명이 휘파람을 불었고 다른 이가 외쳤다. "어이, 거기 괜찮아?" '어이!' 참 정겹구나. 그리고— 그리고— 키 큰 남자의 스케치를 보면서 로라는 자신이 얼마나 행복한지, 그들 사이에서 얼마나 편하게 느끼는지, 어리석은 관습을 얼마나 경멸하는지 보여주고 싶다는 생각 하나로 버터 바른 빵을 크게 한 입 베어 물었다.

꼭 노동 계급 아가씨가 된 듯한 기분이었다.

"로라, 로라, 어딨어? 전화 왔어, 로라!" 집 안에서 누군가 그녀를 불렀다.

"지금 가요!" 로라는 잔디밭과 정원길을 날쌔게 달려서 계단을 올라간 다음에 베란다를 가로질러 포치에 들어섰다. 홀에서 아버지와 로리가 출근하기 전에 모자를 매만지고 있었다.

"로라." 로리가 속사포로 말했다. "이따 오후에 내 코트 한번만 봐줘. 다림질해야 하는지."

"알았어." 로라가 말했다. 순간 로라는 감정이 벅차올라 견딜 수 없었다. 로리에게 달려가 얼른 한 번 껴안았다. "아, 나는 파티가 너무 좋아. 오빠도 그래?" 로라가 숨 가쁘게 말했다.

"제에법." 로리는 따뜻하고 앳된 목소리로 말하고, 똑같이 로라를 한 번 껴안아준 다음에 살짝 밀었다. "전화받으러 가야지."

맞다, 전화. "여보세요. 응, 안녕, 키티. 점심에 온다고? 그래, 와. 당연히 좋지. 점심은 간단히 먹을 거야. 샌드위치 테두리 잘라낸 거랑 망가진 머랭이랑 파티 음식 준비하고 남은 것들 말야. 맞아, 날씨가 너무 좋지? 흰색 드레스? 아, 딱 좋을 것 같은데. 잠깐만, 끊지 마. 어머니가 부르셔." 로라는 몸을 뒤로 젖히고 물었다. "어머니, 뭐라고요? 안 들려요."

셰리던 부인의 목소리가 계단을 타고 흘러내려왔다. "지난주 일요일에 썼던 깜찍한 모자를 쓰고 오라고 전해주렴."

"지난주 일요일에 썼던 깜찍한 모자를 쓰고 오래. 응. 1시. 끊어."

로라는 수화기를 내려놓고 양팔을 머리 위로 올린 다음에 숨을 크게 내쉬며 쭉 한 번 기지개를 켰다가 털썩 내렸다. "휴." 로라는 한

숨을 내쉬었고, 잠시 후에 얼른 몸을 일으켜 앉았다. 그렇게 꼼짝 않고 앉아서 귀를 기울였다. 집의 모든 문이 열려 있는 것 같았다. 작고 날랜 발소리와 활기찬 목소리로 생기가 넘쳤다. 부엌 구역으로 통하는, 녹색 모직을 덧대 방음 처리를 한 문이 활짝 열렸다가 둔탁한 소리를 내며 닫혔다. 이번에는 키득키득거리는 이상한 소리가 한참 동안 들렸다. 무거운 피아노의 뻑뻑한 바퀴를 미는 소리였다. 그런데 이 공기는! 잠시 모든 것을 멈추고 공기에 주의를 기울이면 느낄 수 있었다. 공기가 항상 이랬나? 부드러운 산들바람이 창문 꼭대기와 문 밖에서 서로 쫓고 쫓기며 놀고 있었다. 햇빛도 잉크통에서 반짝, 은빛 액자에서 반짝, 빛나며 놀았다. 사랑스러워라. 잉크통 뚜껑에서 반짝이는 빛이 특히 귀여웠다. 빛은 따뜻했다. 반짝반짝 따뜻한 은빛 별. 입을 맞추고 싶을 정도였다.

현관문에서 초인종이 울렸고, 세이디의 꽃무늬 치마가 계단을 쓸고 내려가는 소리가 들렸다. 남자 목소리가 웅얼거렸다. 세이디가 무심히 대답했다. "전 몰라요. 기다려요. 셰리던 부인에게 물어볼게요."

"세이디, 무슨 일이에요?" 로라가 현관 앞 복도로 나왔다.

"꽃이 왔어요, 미스 로라."

그래, 꽃이 배달 왔다. 현관문 바로 안쪽에 납작하고 커다란 상자가 놓여 있었는데, 분홍색 백합 화분이 가득했다. 다른 꽃은 없었다. 온통 분홍색 백합 천지였다. 활짝 만개한 칸나 백합의 커다란 분홍색 꽃송이가 윤기 나는 암적색 줄기 위에서 섬뜩할 정도로 생생하게 살아 있었다.

"아아, 세이디!" 로라의 입에서 신음에 가까운 소리가 터져 나왔다. 로라는 백합의 불길로 몸을 덥히려는 것처럼 쪼그려 앉았다. 꽃이 손가락에서, 입술에서, 가슴속에서 피어나는 것 같았다.

"잘못 배달 왔나봐요." 로라가 조그맣게 말했다. "이렇게 많이 주문했을 리 없어요. 세이디, 어머니를 불러줘요."

그러나 그 순간에 셰리던 부인이 나왔다.

"제대로 왔어." 부인이 침착하게 말했다. "엄마가 주문했어. 예쁘지 않니?" 어머니가 로라의 팔에 손을 얹었다. "어제 꽃집 앞을 지나가다가 창문 너머로 진열된 걸 봤어. 내 평생 한 번쯤 칸나 백합을 욕심껏 다 가져보면 어떨까, 생각했지. 백합을 사는 데 가든파티보다 더 좋은 구실이 어딨겠니."

"어머니는 관여하지 않는다면서요." 로라가 말했다. 세이디는 들어갔다. 꽃집 배달원은 아직도 문 밖의 밴에 있었다. 로라는 어머니의 목을 양팔로 끌어안고, 살짝, 아주 살짝 귀를 깨물었다.

"로라, 엄마가 늘 합리적이면 별로일 것 같지 않아? 그만하렴. 배달원이 왔구나."

배달원이 심지어 더 많은 백합을 날라왔다. 이미 온 것과 똑같은 상자가 하나 더 있었다.

"문 바로 안쪽에, 포치 양쪽으로 차곡차곡 놓으세요." 셰리던 부인이 말했다. "저기에 놓으면 좋을 것 같지 않니, 로라?"

"네, 저도 그렇게 생각해요, 어머니."

응접실에서는 메그와 조시와 성실한 한스가 마침내 피아노를 옮겨놓았다.

"체스터필드 소파를 한쪽 벽으로 밀고, 방에 있는 가구는 의자만 두고 싹 다 빼자."

"좋아."

"한스, 여기 탁자들을 흡연실로 옮기고, 카펫에 찍힌 자국을 없애게 빗자루를 가져와요. 잠시만요, 한스—" 조시는 하인들을 부리기를 좋아했으며 하인들은 그녀의 지시를 받는 것을 좋아했다. 조시는 언제나 그들이 어떤 연극에 출연하고 있는 것처럼 느끼게 만들었다. "어머니와 미스 로라에게 바로 와달라고 말해요."

"네, 미스 조시."

조시가 메그를 보고 돌아섰다. "피아노 음정이 잘 맞나 확인하고 싶어. 이따가 노래를 불러달라고 할지도 모르잖아. 〈이 삶은 힘겹도다〉를 불러보자."

딴! 따따다다따! 피아노에서 열정적인 선율이 흘러나오자 조시의 표정이 삽시간에 바뀌었다. 조시는 양손을 맞잡았다. 그러고는 구슬프고 신비로운 눈빛으로 응접실에 들어온 어머니와 로라를 바라보았다.

이 삶은 힘겹도다
눈물과 한숨
사랑은 변하지
이 삶은 힘겹도다
눈물과 한숨
사랑은 변하지
그리고 이제… 안녕!

'안녕'이라는 단어에서 피아노의 애절함은 최고조에 이르렀지만, 조시의 얼굴에는 눈부신, 무섭도록 무정한 미소가 떠올랐다.

"엄마, 오늘 내 목소리가 괜찮죠?" 조시가 환하게 웃었다.

이 삶은 힘겹도다

희망은 사라지고

꿈에서 깨어나네

그런데 이번에는 세이디가 방해했다. "세이디, 무슨 일이에요?"

"실례합니다, 부인. 요리사가 샌드위치에 꽂을 깃발 준비하셨냐고 묻네요."

"샌드위치에 꽂을 깃발?" 셰리던 부인이 멍하니 되풀이했다. 그 표정을 보고 아이들은 어머니가 깜박 잊었다는 것을 눈치챘다. "잠깐만요." 어머니는 세이디에게 단호하게 말했다. "10분 안에 가지고 가겠다고 요리사한테 말해요."

세이디가 나갔다.

"자, 로라." 어머니가 급히 말했다. "나랑 흡연실로 가자. 봉투 뒷면에 메뉴를 적어놓았어. 네가 그걸 베껴 써야겠다. 메그, 얼른 위층에 올라가서 머리에 두른 수건 풀어. 조시, 너도 당장 올라가서 옷을 제대로 입으렴. 내 말 알아들었니, 얘들아? 아니면 이따 아버지 오면 말씀드릴까? 그리고—그리고, 조시, 부엌에 가면 요리사를 좀 달래봐. 오늘 아침에 어찌나 무서운지 나는 상대를 못 하겠구나."

두 사람은 다이닝룸의 시계 뒤에서 마침내 봉투를 찾았다. 봉투가 어쩌다 시계 뒤로 갔는지 셰리던 부인은 도통 알 수가 없었다.

"너희 중 한 명이 엄마 핸드백에서 빼냈을 거야. 왜냐하면 난 틀림없이— 크림치즈랑 레몬 커드. 적었니?"

"네."

"달걀과—" 셰리던 부인이 봉투를 멀찍이 들고 보았다. "올빼미라고 쓴 것처럼 보이는데, 올빼미일 수는 없겠지?"

"올리브예요, 엄마." 로라가 어머니 어깨 위로 보며 말했다.

"아, 물론이지. 올리브. 정말 맛없겠다. 달걀과 올리브라니."

마침내 메뉴를 다 적은 다음에 로라가 부엌으로 가져갔다. 부엌에서는 조시가 전혀 무서운 표정이 아닌 요리사의 기분을 맞추어 주고 있었다.

"이렇게 예쁜 샌드위치는 처음 봐요." 조시가 감탄조로 말했다. "종류가 몇 가지라고 했죠? 열다섯 가지?"

"열다섯 가지 맞아요, 미스 조시."

"훌륭해요, 아주머니."

요리사는 기다란 샌드위치 칼로 부스러기를 쓸어내고 활짝 웃었다.

"고드버에서 사람이 왔어요." 세이디가 식기 보관실에서 나오며 말했다. 창밖으로 배달원이 지나가는 것을 보았다.

슈크림이 배달 왔다는 뜻이다. 고드버의 슈크림은 명성이 자자했다. 이 동네에서는 아무도 슈크림을 집에서 만들 생각을 하지 않았다.

"가져와서 테이블에 둬요." 요리사가 명령했다.

세이디가 슈크림를 가져와서 내려놓고 다시 나갔다. 물론 로라와 조시는 이제 어엿한 숙녀였으므로 슈크림을 보고 호들갑을 떨지 않았지만, 그래도 슈크림이 예쁘다고 입을 모았다. 아주 예쁘다고. 요리사는 슈크림에서 삐져나온 생크림을 걷어내며 가지런히 정리했다.

"슈크림을 보면 옛날에 했던 파티들이 생각나지 않아?" 로라가 물었다.

"그런 거 같아." 현실적인 조시는 추억에 잠기는 것을 좋아하지 않았다. "슈크림이 정말 가볍고 몽실몽실해 보인다."

"하나씩 먹어요." 요리사가 푸근한 목소리로 말했다. "어머니는 모르실 거예요."

오, 말도 안 돼. 아침을 먹은 지 얼마 되지도 않았는데 슈크림이라니. 생각만 해도 몸서리가 쳐진다. 그러나 2분 뒤에 조시와 로라는 생크림만이 자아낼 수 있는 자아도취적인 표정으로 손가락을 핥고 있었다.

"뒷문으로 정원에 나가자." 로라가 말했다. "천막이 얼마큼 세워졌는지 보고 싶어. 일꾼들이 참 친절했어."

그런데 요리사와 세이디와 고드버에서 온 배달원과 한스가 뒷문을 가로막고 있었다.

무슨 일이 있었다.

"쯧쯧쯧." 요리사가 흥분한 암탉처럼 혀를 찼다. 세이디는 치통을 앓는 것처럼 양손으로 얼굴을 감싸고 있었다. 한스는 무언가를 이해하려는 사람처럼 눈살을 찌푸리고 있었다. 고드버의 배달원만 즐거워 보였다. 그가 이야기하는 중이었다.

"왜 그래요? 무슨 일 있어요?"

"끔찍한 사고가 있었어요." 요리사가 말했다. "사람이 죽었어요."

"사람이 죽었다고요! 어디에서요? 어떻게? 언제?"

그러나 고드버 배달원은 자기가 하던 이야기를 호락호락 뺏기지 않았다.

"저기 길 아래 오두막들 알죠?" 아느냐고? 물론 안다. "거기 사는 사람 중에 스콧이라고 젊은 마부가 있어요. 오늘 아침에 말이 호크 스트리트 모퉁이를 돌다가 경운기 소리에 놀라서 그 사람을 내팽개친 모양입니다. 뒤통수부터 땅에 떨어졌어요. 죽었습니다."

"죽었다고요!" 로라가 고드버 배달원을 바라봤다.

"사람들이 들어 올렸을 때 죽어 있었어요." 고드버 배달원이 신이 나서 말했다. "제가 여기 올 때 시신을 집으로 옮기고 있었죠." 그리고 그는 요리사를 보고 말했다. "부인이랑 아이 다섯을 남겼답니다."

"언니, 이리 와봐." 로라는 조시의 소매를 잡고 부엌을 지나 녹색 모직을 덧댄 문 반대쪽으로 나갔다. 거기서 로라는 걸음을 멈추고 문에 기댔다. "언니!" 로라가 충격을 받은 목소리로 외쳤다. "어떻게 전부 중단시키지?"

"중단시키다니, 로라!" 조시가 놀라서 외쳤다. "무슨 소리야?"

"당연히 가든파티를 중단시켜야 하잖아." 조시가 왜 놀란 척을 하지?

그러나 조시는 로라의 대답을 듣고 더욱 놀란 듯했다. "가든파티를 중단한다고? 로라, 이상한 말 좀 하지 마. 물론 안 돼. 우리가 그래야 한다고 생각하는 사람도 없어. 상황을 과장하지 좀 마."

"하지만 우리 집 바로 앞에 사는 남자가 죽었는데 어떻게 파티를 열어."

그 말은 확실히 과장이었다. 조그만 오두막들은 셰리던 저택이 우뚝 서 있는 가파른 언덕 맨 아래쪽에, 넓은 도로 반대편 골목에 모여 있었다. 물론 거리가 지나치게 가깝긴 했다. 그 집들은 그야말로 눈엣가시였다. 사실 주제넘게 이 동네에 있으면 안 되었다. 초콜릿 색깔로 칠해진 초라한 집들이었다. 마당에는 양배추 줄기와 토마토 통조림 캔이 널려 있고 병든 닭이 비실거렸다. 굴뚝에서 피어오르는 연기마저 궁핍한 기색을 풍겼다. 피식, 피식 힘없이 나오는 연기는 셰리던 저택의 굴뚝에서 구불거리며 치솟는 거대한 은빛 연기와 딴판이었다. 세탁부와 청소부, 구두 수선공 같은 사람들이 모여 살았고, 어떤 남자는 앞마당에 조그만 새장이 가득했다. 골목에 아이들이 바글거렸다. 셰리던가 아이들은 어렸을 때 그쪽에 아예 가지 못하게 금지당했는데, 나쁜 말을 배우거나 무슨 병이 옮을까봐 우려가 되었기 때문이었다. 그러나 로라와 로리는 나이가 든 뒤로는 산책하며 이따금 그곳을 지나쳤다. 지저분함과 역겨움에 몸서리가 쳐졌다. 그래도 사람은 모든 곳에 가보고 모든 것을 보아야 하므로, 로라와 로리는 그곳에 갔다.

"불쌍한 여자가 음악 소리를 들으면 어떻겠어." 로라가 말했다.

"오, 로라!" 조시는 진심으로 화를 내기 시작했다. "누가 사고를 당할 때마다 음악을 중단시키면 네 인생은 참 피곤해질 거야. 나도 너만큼이나 마음이 안 좋아. 나도 공감한다고." 조시의 얼굴이 딱딱하게 굳었다. 조시는 어린 시절 자매가 싸울 때 보이던 눈빛으로 로라를 노려보았다. "네가 감상적으로 군다고 주정뱅이 일꾼이 되살아나진 않아." 조시가 부드럽게 타일렀다.

"주정뱅이? 그 사람이 취해 있었다는 말을 누가 했는데?" 로라는 분개하며 돌아섰다. 그리고 어렸을 때처럼 말했다. "어머니한테 말할 거야."

"그러렴." 조시가 아기를 달래듯 말했다.

"어머니, 잠깐 들어가도 돼요?" 로라가 커다란 유리 문손잡이를 돌리며 물었다.

"물론이야, 로라. 무슨 일이니? 왜 그렇게 얼굴이 빨개졌어?" 셰리던 부인이 화장대에서 돌아섰다. 부인은 새 모자를 써보던 중이었다.

"어머니, 사람이 죽었어요." 로라가 말을 시작했다.

"설마 우리 정원에서?" 어머니가 불쑥 끼어들었다.

"아뇨, 아니에요!"

"아, 너 때문에 심장이 떨어지는 줄 알았잖니!" 셰리던 부인이 안도의 한숨을 내쉬고 커다란 모자를 벗어 무릎에 내려놓았다.

"하지만, 들어봐요, 어머니." 로라가 말했다. 로라는 잠긴 목소리로 헐떡이며 끔찍한 소식을 전달했다. "당연히 파티는 하면 안 되죠?" 로라가 말했다. "악단이랑 손님들이 대문으로 들어올 텐데요. 우리 파티 소리가 다 들릴 거예요. 이웃이나 다름없잖아요!"

로라는 조시와 똑같이 반응하는 어머니를 보고 깜짝 놀랐다. 파티를 중단하자는 제안을 어머니가 재밌어하는 것 같아서 더욱 견디기 어려웠다. 어머니는 로라의 말을 진지하게 들어주지 않았다.

"하지만, 로라. 상식적으로 생각해봐. 우리는 순전히 우연으로 그 소식을 들었잖니. 만일 거기서 누가 자연사했다면, 그 구덩이 같은 곳에서 어떻게 목숨을 부지하는지 모르겠지만, 우리는 파티를 했을 거잖아, 그렇지?"

로라는 '그렇다'라고 대답할 수밖에 없었지만 잘못되었다는 생각이 바뀌지는 않았다. 로라는 어머니 소파에 앉아 쿠션의 주름 장식을 잡아당겼다.

"어머니, 그럼 우리가 너무 매정한 거 아니에요?" 로라가 물었다.

"아가!" 셰리던 부인이 모자를 들고 로라에게 왔다. 그리고 로라가 거절할 새도 없이 모자를 머리에 씌웠다. "로라!" 어머니가 말했다. "이 모자는 네 거야. 너를 위해 만들어진 것 같구나. 내가 쓰기에는 너무 젊은 스타일이야. 정말 예쁘네. 거울을 보렴!" 그리고 어머니는 손거울을 들었다.

"하지만, 어머니." 로라가 다시 말했다. 로라는 차마 거울을 볼 수 없어서 고개를 돌렸다. 이번에는 셰리던 부인이 조시가 그랬던 것처럼 화를 냈다.

"너는 지금 어처구니없이 행동하고 있어, 로라." 어머니가 차갑게 말했다. "그런 사람들은 우리가 자신들을 위해 희생하길 기대하지 않아. 게다가 너는 지금 다른 사람들 기분에 찬물을 끼얹고 있는데, 그건 사려 깊은 행동이라고 할 수 없어."

"저는 이해하지 못하겠어요." 로라가 말했다. 로라는 재빨리 나가서 자기 방으로 갔다. 방에 들어간 순간, 우연히, 거울 속의 예쁜 아가씨와 눈이 마주쳤다. 아가씨는 금색 데이지꽃으로 장식하고 까만 벨벳 리본을 길게 늘어뜨린 검은색 모자를 쓰고 있었다. 로라는 자신이 이렇게 예뻐 보일 수 있다고는 상상도 못 했다. 어머니 말이 옳은가? 로라는 생각했다. 이제 로라는 어머니가 옳기를 바랐다. 내가 너무 상황을 과장하고 있나? 어쩌면 지나친 생각인지도 모른다. 불쌍한 과부와 다섯 아이, 그리고 집으로 실려 가는 시신이 순간 눈앞을 스쳤다. 그러나 그 모든 것은 마치 신문에서 본 사진처럼 흐리멍덩하고 비현실적이었다. 파티가 끝난 다음에 다시 생각해봐야지, 로라는 결심했다. 왠지 그게 최선의 방법 같았다….

1시 30분에 점심식사가 끝났다. 2시 30분에는 파티 준비가 끝났다. 악단이 초록색 정장을 차려입고 도착해서 테니스장에 자리를 잡았다.

"어머!" 키티 매이틀랜드가 새되게 외쳤다. "저 사람들 완전히 개구리 같지 않아요? 연못에 빙 둘러서라고 하면 어떨까요. 지휘자를 연못 가운데 잎사귀에 세워놓고요."

퇴근하고 돌아온 로리가 옷을 갈아입으러 가는 길에 그들에게 손을 흔들었다. 로라는 로리를 보자 사고가 다시 생각났다. 로리에게 말하고 싶었다. 로리 또한 다른 사람들과 같은 의견이라면 전부 괜찮다는 확신이 들 것이다. 그래서 로라는 로리를 쫓아 복도를 달려갔다.

"오빠!"

"안녕!" 로리가 위층으로 올라가다 돌아보더니, 갑자기 양쪽 볼을 부풀리고 눈을 휘둥그레 떴다. "와, 로라! 예쁘다!" 로리가 말했다. "모자가 정말 근사해!"

"그래?" 로라는 수줍게 말하고 웃으면서 로리를 올려다보았다. 결국 로리에게 말하지 않았다.

곧 손님들이 줄줄이 도착했다. 악단이 연주를 시작했다. 파티에 고용한 웨이터들이 저택과 천막 사이를 쉴 새 없이 뛰어다녔다. 정원에서 사람들이 여유롭게 거닐며 꽃을 굽어보고, 서로 반갑게 인사하고, 뜰로 건너갔다. 손님들은 이날 오후에 잠시 셰리던 저택에 들른 알록달록한 새처럼 보였다. 어디로 날아가는 길이었을까? 아, 행복하다. 이토록 행복한 사람들과 어울리고 손을 잡고 뺨을 맞대고 눈으로 미소 짓는 것이 얼마나 행복한가!

"로라! 오늘 예쁘네!"

"모자가 정말 잘 어울려!"

"로라, 스페인 아가씨 분위기가 물씬 나는데. 오늘 최고로 예쁘다."

그러면 로라는 환하게 웃으며 다소곳이 대답했다. "차 드셨어요? 아이스크림 좀 드릴까요? 패션프루트 아이스크림은 꼭 먹어봐야 해요." 로라는 아버지에게 달려가 부탁했다. "아빠, 악단 사람들한테 마실 것 좀 주면 안 돼요?"

완벽한 오후가 천천히 무르익었다가 천천히 이지러지며 천천히 꽃봉오리를 닫았다.

"이렇게 즐거운 가든파티는 정말 오랜만…." "성공적이었어요…." "최고로…."

로라는 어머니와 함께 손님들에게 작별 인사를 했다. 손님들이 모두 떠날 때까지 그들은 포치에 나란히 서 있었다.

"다 끝났다, 끝났어. 다행이야." 셰리던 부인이 말했다. "다들 여기로 오라고 부르렴, 로라. 커피를 새로 끓여 마시자. 난 지쳤어. 그래, 아주 성공적이었어. 하지만, 오, 파티는 정말! 너희들은 왜 이렇게 파티를 좋아하는 거니!" 텅 빈 천막에 셰리던 가족이 모여 앉았다.

"아빠, 샌드위치 드세요. 제가 메뉴를 적었어요."

"고맙다." 셰리던 씨가 한 입 물자 샌드위치가 없어졌다. 셰리던 씨는 새로 샌드위치를 집었다. "오늘 일어난 끔찍한 사고 소식 못 들었지?" 그가 물었다.

"여보." 셰리던 부인이 손을 들고 말했다. "들었어. 파티를 망칠 뻔했어. 로라가 파티를 중단해야 한다고 고집을 피우지 뭐야."

"아, 어머니!" 로라는 그 일로 놀림당하고 싶지 않았다.

"어쨌든 끔찍한 사고였어." 셰리던 씨가 말했다. "게다가 결혼까지 한 젊은이였어. 저기 아래 골목에 살았는데, 부인에 애가 대여섯 명이나 있대."

잠시 어색한 침묵이 흘렀다. 셰리던 부인은 커피잔을 만지작거렸다. 정말, 저이는 눈치가 없어….

순간 부인이 시선을 들었다. 테이블에는 샌드위치며 케이크며 슈크림이며, 쓰레기가 될 운명인 음식들이 가득했다. 부인이 멋진 아이디어를 떠올렸다.

"이러면 어때." 부인이 말했다. "조문 바구니를 만들자. 멀쩡한 음식이 많이 남았잖니. 그 딱한 사람들한테 보내자. 어쨌든 아이들은 좋아할 거야. 그렇지 않아? 조문 인사를 오는 이웃들도 대접해야 할 텐데, 곧바로 차릴 수 있게 보내주면 좋지 않겠니. 로라!" 어머니가 벌떡 일어났다. "계단 아래 벽장에서 큰 바구니를 가져오렴."

"하지만 어머니, 정말 그래도 된다고 생각하세요?" 로라가 물었다.

또다시, 이상하게도 로라만 나머지 가족과 전혀 다르게 생각하는 듯했다. 파티에서 남은 음식을 주다니. 불쌍한 과부가 그걸 정말 좋아할까?

"물론이야! 너 오늘 왜 이러니? 한두 시간 전에는 그 사람들을 배려해야 한다고 그러더니."

아, 모르겠다! 로라는 바구니를 가지러 뛰어갔다. 어머니는 바구니에 음식을 수북이, 산더미처럼 쌓았다.

"네가 직접 가져가렴, 로라." 어머니가 말했다. "지금 바로 가. 아니, 기다려. 칼라 백합도 가져가렴. 그 계급 사람들은 칼라 백합에

특히 감명을 받는 것 같더라."

"백합 줄기 때문에 드레스 레이스가 망가질 텐데요." 현실적인 조시가 말했다.

그럴 가능성이 다분하다. 늦기 전에 잘 말해주었다. "그럼 바구니만 가져가렴. 그리고 로라," 어머니가 천막 밖으로 따라 나오며 말했다. "무슨 일이 있어도—"

"네, 엄마?"

아니다, 아이 머릿속에 그런 생각을 넣지 않는 편이 낫지. "아니야. 가보렴."

로라가 정원 대문을 닫고 나설 때쯤 황혼이 내려앉기 시작했다. 커다란 개 한 마리가 그림자처럼 휙 지나갔다. 도로가 하얗게 빛났고, 저 아래 우묵한 골목에 고인 어두운 그림자에 오두막들이 묻혀 있었다. 시끌벅적한 오후를 보내고 나서인지 고요가 한층 더 무겁게 느껴졌다. 지금 로라는 사람이 죽어 누워 있는 곳을 향해 언덕을 내려가고 있었지만 실감이 나지 않았다. 왜 그럴까? 로라는 잠시 걸음을 멈추었다. 볼에 입을 맞추는 소리와 명랑한 목소리와 스푼이 짤랑거리는 소리와 웃음소리, 그리고 밟힌 잔디의 냄새가 자신의 내면을 가득 채우고 있는 것 같았다. 그래서 다른 것이 들어올 틈이 없었다. 이상하다! 로라는 창백한 하늘을 올려다보았다. 머릿속에 드는 생각이라고는 이것뿐이었다. '그래, 오늘 파티가 정말 성공적이었어.'

이제 넓은 도로를 건넜다. 매캐한 탄내와 어둠이 깔린 골목길에 들어섰다. 숄로 몸을 감싼 여인들과 트위드 모자를 쓴 남자들이 서둘러 지나갔다. 남자들은 울타리에 기대 서 있었고, 어린이들은 문가에서 놀고 있었다. 초라한 오두막들에서 나지막한 소음이 흘러나왔다. 어떤 집에서는 불빛이 가물거렸다. 그림자가 게처럼 창문을 스쳐 지나갔다. 로라는 고개를 떨구고 걸음을 서둘렀다. 코트를 입고 나오지 않은 것을 후회했다. 드레스가 어찌나 요란하게 빛나는지! 게다가 벨벳 리본을 치렁치렁하게 늘어뜨린 커다란 모자를 쓰고 와버렸다. 적어도 모자만큼은 다른 것을 쓰고 올걸! 사람들이 보고 있지 않을까? 틀림없이 보고 있을 것이다. 이곳에 오는 게 아니었다. 로라는 처음부터 잘못된 행동이라고 생각했다. 지금이라도 돌아가면 안 될까?

아니, 너무 늦었다. 이 집이다. 확실하다. 집 밖에 사람들의 검은 형체가 모여 있다. 대문 앞에서 매우 늙은 노파가 목발에 기댄 채로 의자에 앉아 있다가 로라를 쳐다봤다. 노파는 발아래 신문지를 깔고 있었다. 로라가 다가서자 말소리가 뚝 멈췄다. 사람들이 길을 내주었다. 기다리고 있었다는 듯이, 그녀가 올 줄 알고 있었다는 듯이.

로라는 몹시 초조했다. 어깨 뒤로 벨벳 리본을 넘기고, 근처에 있던 여자에게 물었다. "여기가 스콧 부인 집인가요?" 여자는 묘한 미소를 지으며 말했다. "맞아요, 아가씨."

아, 이곳을 떠날 수만 있다면! 비좁은 진입로를 올라가면서 로라는 "하느님, 도와주세요."라고 중얼거리기까지 했다. 문을 두드렸다. 빤히 보는 사람들의 눈에서 벗어나고 싶었다. 저 여자들이 걸친 숄이라도 빌려서 몸을 숨기고 싶었다. 여기에 바구니를 두고 가야지. 로라는 생각했다. 바구니를 비울 때까지 기다리지도 않을 거야.

그때 문이 열렸다. 검은 옷차림의 왜소한 여자가 어둠 속에서 나타났다.

"스콧 부인이세요?" 로라가 물었지만 난감하게도 여자는 "들어오세요, 아가씨."라고만 말했고, 로라가 복도로 들어서자 문을 닫았다.

"아뇨." 로라가 말했다. "안에 들어가진 않을 거예요. 그냥 이걸 드리려고 왔어요. 어머니가—"

어둑어둑한 복도에 서 있는 왜소한 여자는 로라의 말을 듣지 못한 모양이었다. "이쪽이에요, 아가씨." 여자가 비굴한 목소리로 말했다. 로라는 여자를 따라갔다.

좁고 천장이 낮은 음울한 부엌에서 램프가 연기를 내며 타고 있었다. 난롯불 앞에 여자 한 명이 앉아 있었다.

"엠," 로라를 들여보낸 왜소한 여자가 말했다. "엠! 어떤 아가씨가 왔어." 여자가 로라를 돌아보고 의미심장하게 말했다. "내가 언니예요, 아가씨. 내 동생을 양해해줄 수 있죠?"

"오, 물론이에요." 로라가 말했다. "부디, 부디, 저분을 그냥 두세요. 전 단지, 단지 이것을—"

그러나 그 순간 난롯가에 앉아 있던 여자가 뒤돌아봤다. 여자는 얼굴이 새빨갛게 부어 있었다. 눈도 붓고 입술도 부어서 보기에 끔찍했다. 여자는 로라가 왜 자기 집에 왔는지 이해하지 못하는 듯했다. 왜 왔지? 웬 낯선 아가씨가 바구니를 들고 부엌에 서 있지? 무슨 일이야? 불쌍한 여자의 입술이 다시금 바르르 떨리며 튀어나왔다.

"진정해." 다른 여자가 말했다. "내가 대신 감사 인사할게."

여자가 다시 말했다. "물론 이해하시죠, 아가씨?" 그리고 여자는 마찬가지로 부은 얼굴에 아부하는 듯한 미소를 애써 띠었다.

로라는 나가고 싶다는 생각뿐이었다. 이곳에서 벗어나고 싶었다. 다시 복도로 나왔다. 문이 열렸다. 로라는 죽은 남자가 안치된 침실로 곧장 안내받았다.

"보고 싶으시죠, 아가씨?" 엠의 언니가 말하고, 로라를 지나쳐 침대로 갔다. "무서워하지 마요, 아가씨." 이제 여자의 목소리는 다정하고 은밀했다. 여자가 이불을 다정한 손길로 끌어 내렸다. "아주 말끔해요. 상처 하나 보이지 않아요. 이리 와요."

로라는 다가섰다.

젊은 남자가 곤히 잠들어 있었다—너무나 곤히, 너무나 깊이 잠들어 있는 남자는 그들에게서 멀리, 까마득히 멀리 있었다. 오, 너무나 멀고, 너무나 평화로웠다. 남자는 꿈을 꾸고 있었다. 절대 다시 깨우지 말라. 남자의 머리는 베개에 푹 파묻히고 눈은 감겨 있었다. 굳게 닫힌 눈꺼풀 뒤에서 남자의 눈은 아무것도 보지 못했다. 남자는 꿈에 자신을 내주었다. 가든파티나 바구니나 레이스 드레스가 그에게 무슨 의미가 있겠는가? 남자는 그 모든 것들로부터 멀리 떠났다. 그는 아름답고, 찬란했다. 그들이 웃고 악단이 연주하는 동안, 이 골목에서 기적이 일어났었다. 행복하다…. 행복하다…. 전부 다 괜찮다, 잠든 얼굴이 말했다. 이렇게 되어야 마땅하다. 나는 만족한다.

그래도 눈물이 나왔고, 아무 말도 하지 않고 나갈 수는 없었다. 로라는 아이처럼 크게 소리 내어 흐느꼈다.

"제 모자를 용서하세요." 로라가 말했다.

이번에는 엠의 언니를 기다리지 않았다. 로라는 스스로 문을 찾아 나가서 진입로를 지나고 어두운 사람들의 형체를 지나쳤다. 골목 모퉁이에서 로라는 로리와 마주쳤다.

로리가 그늘에서 걸어 나왔다. "로라, 너니?"

"응."

"어머니가 걱정하셔. 괜찮았어?"

"응, 괜찮았어. 아, 오빠!" 로라는 로리의 팔을 잡고 몸을 바짝 붙였다.

"로라, 우는 건 아니지?" 오빠가 물었다.

로라는 고개를 저었다. 로라는 울고 있었다.

로리가 로라의 어깨를 감싸 안았다. "울지 마." 로리가 언제나처럼 부드럽고 상냥한 목소리로 말했다. "무서웠어?"

"아니." 로라가 흐느꼈다. "너무 아름다웠어. 하지만 오빠—" 로라가 말을 멈추고 로리를 올려다봤다. "삶은 참—" 로라는 말을 더듬었다. "삶은 참—" 그러나 삶이 어떤 것인지 로라는 설명할 수 없었다. 상관없다. 로리는 이해했다.

"참 그렇지, 동생아?" 로리가 말했다.

미묘한 마음

문을 열고 그를 본 순간 그녀는 매우 기뻤고, 그녀를 따라 들어가면서 그도 역시 오기를 정말, 정말 잘했다고 생각하는 눈치였다.

"바쁘지 않아?"

"괜찮아. 차를 마시려던 참이었어."

"누가 오기로 하지는 않았고?"

"아무도 안 와."

"아! 잘됐다."

그는 코트와 모자를 천천히 내려놓았다. 시간이 충분해서 원하는 만큼 오래 머무를 수 있다는 듯이, 또는 이 물건들에 영영 작별 인사를 하듯이 천천히 내려놓은 다음에, 난롯가로 와서 타닥거리며 빠르게 솟구치는 불길에 손을 가까이 대었다.

잠시 두 사람은 활활 타오르는 난롯불 앞에 말없이 서 있었다. 미소를 띤 입으로 만남의 달콤한 기쁨을 음미하고 있는 것처럼 잠자코 있었다. 각자의 마음속에서 비밀스러운 자아가 속삭였다.

'굳이 왜 말을 해? 지금 이대로도 충분하잖아?'

'충분하고 말고. 난 이제껏 몰랐어….'

'함께만 있어도 얼마나 좋은지….'

'지금처럼….'

'더없이 만족해.'

그렇지만 갑작스레 그는 그녀를 돌아보았고, 그녀는 재빨리 다른 쪽으로 걸어갔다.

"담배 피울래? 난 물을 끓일게. 차 생각이 간절해?"

"아냐, 그렇진 않아."

"난 간절해."

"아, 당신." 그는 아르메니아풍 쿠션을 두드리고 나지막한 침대에 풀썩 앉았다. "당신은 중국 사람이나 다름없어."

"맞아." 그녀가 웃었다. "기운찬 남자들이 포도주에 열광하는 것처럼 난 차를 좋아해."

그녀는 넓은 오렌지색 전등갓 아래로 손을 넣어 불을 켜고 창에 커튼을 친 다음에 찻상을 가져왔다. 주전자는 속에서 새 두 마리가 지저귀는 것처럼 삑삑거렸다. 불꽃이 파닥거렸다. 그는 무릎을 쥐고 몸을 일으켜 똑바로 앉았다. 함께 차를 마시면 즐거웠다. 게다가 그녀는 늘 맛있는 간식을 차렸다. 조그맣고 세모난 샌드위치, 몽땅하고 달콤한 아몬드 핑거, 럼 맛이 나는 진하고 풍미 가득한 케이크. 그렇지만 이것들이 방해되는 건 사실이다. 그는 한시바삐 차를 마시고 찻상을 치운 다음에 의자 두 개를 난롯불 가까이 놓고 앉고 싶었다. 그러고는 파이프를 꺼내 담뱃잎을 꾹꾹 눌러 담으며 말할 것이다. '지난번에 당신이 한 말을 생각해봤는데….'

그렇다. 그는 이 순간을 고대했고, 그녀도 마찬가지였다. 그래, 그녀는 알코올램프의 불 위로 찻주전자를 흔들어 뜨겁게 데우면서 지금과 다른 자신들의 모습을 보았다. 그는 쿠션들 사이에 편히 기대

앉아 있고, 그녀는 파란색 조개껍데기 모양 안락의자에 달팽이처럼 둥글게 몸을 말고 앉아 있다. 머릿속에 그린 광경이 너무나 작고 너무나 또렷해서, 파란색 찻주전자 뚜껑에 그려져 있는 것만 같았다. 그러나 그녀는 서두르지 않았다. 소리 내어 외치고 싶었다. '내게 시간을 좀 줘.' 차분히 마음을 가라앉힐 시간이 필요했다. 그녀의 삶을 강하게 붙들고 있는 것들로부터 벗어날 시간이 필요했다. 집 안을 채운 아름다운 물건들은 자식이나 마찬가지로 그녀의 일부였고, 이 물체들은 그 사실을 알고 관심을 독차지하려 들었다. 그렇지만 지금은 내보내야 한다. 눈앞에서 치워야 한다. 아이들처럼 내몰아야 한다. 어둑한 계단을 올라가 침대에 누워 자라고 명령해야 한다. 당장, 찍 소리도 내지 말고 있어!

그들의 우정은 두 사람이 자신의 모든 것을 내준다는 점에서 설레고 특별했기 때문이다. 드넓은 평원 한복판에 개방되어 있는 두 도시처럼 서로에게 마음을 숨김없이 드러냈다. 그는 정복자처럼 머리부터 발끝까지 무장하고 항복의 비단 깃발이 나풀거리길 기대하며 쳐들어오지 않았고, 그녀 또한 여왕처럼 거만하게 꽃잎을 밟으며 입성하지 않았다. 아니, 두 사람은 진지하고 열성적인 여행자로서, 눈에 보이는 것은 이해하고 숨겨져 있는 것은 발견하는 데 전념했다. 그는 그녀에게 완벽히 충실하며 그녀는 그에게 완벽히 진심일 수 있는, 이 놀랍고 절대적인 기회를 만끽하고 한껏 누리고자 했다.

두 사람이 어리석은 감정에 휩쓸리지 않고 관계를 한껏 즐길 수 있는 나이였으므로 더더욱 좋았다. 지나친 열정은 모든 것을 망친다. 두 사람은 그 사실을 잘 알았다. 이미 전부 경험해보았으므로 더는 현혹되지 않았다. 그는 서른한 살이고 그녀는 서른 살이었다. 지난 경험은 풍요롭고 다채로웠지만, 이제는 유종의 미를 거둘 시간이다—수확의 계절이다. 과연 그가 위대한 소설을 쓰지 않을까? 그녀의 각본은 또 어떤가. 진정한 영국 희극을 그녀처럼 섬세하게 이해하는 사람이 어디 있겠는가?

그녀가 신중한 손길로 케이크를 먹기 좋고 두툼하게 자르자 그는 손을 뻗어 한 조각을 집었다.

"얼마나 맛있는지 감상하면서 먹어." 그녀가 당부했다. "상상의 나래를 펼쳐봐. 눈을 굴리고 냄새로 먼저 맛을 봐. 모자 장수의 도시락 가방에서 나온 샌드위치가 아니야. 이건 창세기에 언급될 만한 케이크야…. '그리고 하나님이 가라사대, 케이크가 있으라 하시매 케이크가 있었고. 하나님이 보시기에 심히 좋았더라.'"

"당신이 말하지 않아도 그렇게 먹고 있어." 그가 말했다. "정말이야. 나는 이상하게 여기에서만큼은 음식에 주의를 기울여. 다른 곳에서는 안 그러거든. 오랫동안 혼자 살았고, 먹으면서 꼭 책을 읽는 습관 때문이겠지…. 원래 내게 음식은 단순히 음식이야…. 하루의 특정한 시간에 차리고 섭취해서… 없애야 하는 것." 그가 웃음을 터뜨렸다. "당신이 듣기에는 충격적이지, 안 그래?"

"어마어마하게." 그녀가 말했다.

"하지만, 내 얘기를 들어봐." 그는 찻잔을 치우고 아주 빠르게 말하기 시작했다. "나는 외부 세계에 별 관심이 없어. 물건이나 나무 같은 것들의 이름을 모르고, 장소나 가구, 사람들의 생김새도 유심히 보지 않아. 방은 다 거기서 거기야. 앉아서 책을 읽거나 대화를 나누는 곳. 그렇지만—" 여기서 그는 말을 멈추고 묘하게 순진한 미소를 짓더니 말을 이었다. "이곳은 특별해." 그는 방을 한 차례 둘러보다가 그녀에게서 시선을 멈췄다. 그러고는 놀라고 즐거워하며 웃었다. 기차에서 잠이 들었다 깨어나보니 어느새 목적지에 도착했음을 알아차린 사람 같았다.

"신기한 걸 하나 더 말해줄게. 나는 눈을 감고도 이 방을 아주 작은 것까지 세세히 떠올릴 수 있어…. 지금 생각해보니까—조금 전까지는 이 사실을 인지하고 있지 않았거든. 내가 여기 없을 때도 나의 영혼이 찾아와서 당신의 빨간 의자들 사이를 서성이고 검은 테이블에 있는 과일 접시를 보고, 자는 소년의 대리석 머리를 아주 살며시 쓰다듬는 거야."

그는 말하면서 소년의 조각상으로 시선을 돌렸다. 조각상은 벽난로 선반 구석에 놓여 있었다. 소년은 꿈속에서 어떤 감미로운 소리를 듣고 있는 것처럼 고개를 한쪽으로 기울이고 입을 살짝 벌리고 있었다.

"저 소년이 좋아." 남자가 중얼댔다. 그리고 두 사람은 침묵했다.

새로운 침묵이 그들 사이를 파고들었다. 조금 전에 문을 열고 인사한 뒤에 잠시 흐른 만족스러운 침묵, '자, 우리가 다시 만났어. 전에 하던 이야기를 다시 시작해보면 어떨까.'라고 암시하는 침묵과는 자못 달랐다. 그런 침묵은 난롯불과 램프에서 흘러나오는 따사롭고 포근한 빛의 웅덩이에 품을 수 있다. 웅덩이의 잔잔한 가녘에서 물결이 부서지는 것이 유쾌해서 몇 번이고 무언가를 던져 넣지 않았던가. 그러나 새롭게 찾아온 이 낯선 침묵에 영원한 잠을 자는 소년의 머리가 떨어지자 물결이 끝없이, 무한히 멀리 퍼져나가 번뜩거리는 깊은 어둠으로 흘러들었다.

다음 순간에 두 사람은 동시에 침묵을 깨뜨렸다. 그녀가 말했다. "불을 지펴야겠어." 그가 말했다. "나는 요즘 새로운 기법을 시도—" 탈출했다. 그녀는 불을 지피고 찻상을 치운 다음에 파란 의자를 난롯가로 밀고 와서 둥글게 몸을 말고 앉았고, 그는 쿠션들 사이에 기대앉았다. 서둘러! 서둘러! 아까 같은 침묵이 찾아오기 전에 막아야 해.

"아, 맞다. 지난번에 당신이 두고 간 책을 읽었어."

"그래? 어땠어?"

그들은 대화를 시작했고 모든 것이 평소와 다름없었다. 정말? 방금 너무 빠르게 말하지 않았나? 대답을 준비해놓은 것처럼 얼른 말하고, 서로 장단을 맞추려고 애쓰지 않았나? 평소의 대화를 감쪽같이 흉내 낸 것에 불과하지 않았나? 그는 가슴이 불안하게 방망이질했다. 그녀는 얼굴을 붉혔다. 게다가 한심하게도 지금 정확히 어떤 상황인지, 무슨 일이 벌어지고 있는지 종잡을 수 없었다. 곰곰이 반추해볼 시간이 없었다. 그리고 얼마 안 가 또 비슷한 상황이 벌어졌다. 그들은 멈칫하고, 주저하고, 실패하고, 침묵에 잠겼다. 또다시, 끝없이 펼쳐진 채로 질문을 던지는 어둠을 의식했다. 불가에 쪼그려 앉아 있지만 머나먼 밀림에서 들려오는 스산한 바람과 수상쩍은 포효에 갑자기 귀 기울이는 사냥꾼처럼….

그녀가 고개를 들었다. "비가 오네." 그녀가 중얼댔다. "저 소년이 좋아."라고 그가 말했을 때와 비슷한 음색이었다.

그래. 왜 그냥 항복하지 않을까. 포기하고, 어떻게 되는지 지켜보면 어떨까. 안 된다. 애매하고 심란하긴 했지만, 자신들의 소중한 우정이 위기에 처했다는 것은 알았다. 그리되면 망가질 사람은 그녀뿐인데, 두 사람은 기필코 그것을 피하고 싶었다.

그는 일어나서 파이프의 재를 떨고, 머리를 빗어 넘기며 말했다. "앞으로는 심리적인 소설이 주를 이루지 않을까 생각하고 있었어. 순수한 심리학이 문학과 어떤 관계가 있을 거라고 생각해?"

"정체를 알 수 없고 실재하지 않는 존재들, 즉 요즘 시대의 젊은 작가들이 심리학자 행세를 할 가능성이 크다는 뜻이야?"

"그래, 그거야. 젊은 세대는 자신들이 병들었고, 증상을 분석하는 것만이 유일한 회복의 길이라는 것쯤은 알아. 증상을 낱낱이 조사하고 파고들어서 문제의 근원을 찾겠다는 거지."

"하지만," 그녀가 외쳤다. "너무 암담한 관점이야."

"전혀 그렇지 않아." 그가 말했다. "들어봐…." 대화가 이어졌다. 이제 정말 성공한 것 같았다. 그녀는 의자에서 몸을 돌려 그를 보며 대답했다. 그녀의 미소가 말했다. '우리가 이겼어.' 그가 미소로 답했다. '물론이지.'

그런데 그 미소가 다 망쳐버렸다. 너무 오래 웃었다. 실없이 실실거리는 미소로 변했다. 허공에 대고 발을 구르며 히죽거리는 광대나 다름없었다.

'대체 뭔 이야기를 하고 있었지?' 그는 생각했다. 어찌나 지루한지 신음이 나올 지경이었다.

'꼴사납게 됐어.' 그녀는 생각했다. 그가 애써, 아, 부득부득 기를 써서 땅을 깔아놓으면 그녀가 쫓아가서 여기에 나무 한 그루, 저기에 꽃 덤불 한 개를 심고 연못에 반짝이는 물고기 몇 마리를 풀어놓는 격이었다. 가슴이 철렁이는 좌절감에 두 사람은 입을 다물었다.

시계가 명랑하게 여섯 번 울리고 난롯불이 부드럽게 나풀거렸다.

둘 다 이렇게 한심할 수가—꽉 막히고 진부하고 늙었다—두꺼운 쿠션을 덧댄 가구처럼 둔하고 고루하다.

침묵이 장엄한 음악처럼 주문을 걸었다. 괴로웠다. 그녀는 도저히 견딜 수 없었고, 그는 죽을 것 같았다. 주문이 깨지면 죽을 것 같았는데, 그런데도 그는 깨뜨리고 싶었다. 말을 해서 깨뜨리고 싶지는 않았다. 어쨌든 진력 나는 무의미한 수다로는 안 된다. 서로 소통할 수 있는 다른 방식이 있었고, 바로 이 새로운 방식으로 그는 말하고 싶었다. '당신도 이걸 느껴? 이걸 이해해?'

그 대신에 그는 스스로에게 경악하면서도 이렇게 말했다. "이제 가야겠어. 6시에 브랜드를 만나기로 했거든."

대체 왜 하고 싶은 말을 안 하고 이렇게 말했지? 그녀는 펄쩍 뛰듯이 의자에서 일어나 외쳤다. "그럼 얼른 가야지. 브랜드는 시간 약속을 철저히 지키잖아. 왜 진작 말하지 않았어?"

'당신이 내 마음을 아프게 했어! 내게 상처를 줬다고! 우린 끝났어!' 가슴속에서 비밀스러운 자아가 말했지만, 그녀는 쾌활한 미소를 띠고 모자와 지팡이를 건네주었다. 그러고는 그가 다시 말할 시간을 주지 않고 복도를 달려가 커다란 현관문을 열었다.

이런 식으로 헤어져도 될까? 이래도 될까? 그는 계단에 섰고, 그녀는 현관문 바로 안쪽에서 문을 잡고 서 있었다. 이제 비가 그쳤다.

'당신이 내게 상처를 입혔어. 내 가슴을 찢어놓았어.' 그녀의 심장이 말했다. '왜 안 가는 거야? 아니, 가지 마. 여기 있어. 아니야, 가!' 그녀는 어둠이 내린 바깥을 내다보았다.

그녀의 시선이 아름다운 계단을 내려가 반짝이는 담쟁이로 둘러싸인 어두운 정원을 둘러보고 길을 건너 거대하고 헐벗은 버드나무를 타고 올라가 그 위로 펼쳐진 밤하늘의 별을 봤다. 하지만 그는 이 것들을 보지 못할 것이다. 워낙 우월하니까. 외적인 것들이 아니라 '정신적인' 것들에만 신경 쓰니까!

그녀가 제대로 짐작했다. 그는 아무것도 눈에 들어오지 않았다. 비참하기만 했다. 그는 놓쳤다. 잃어버렸다. 무언가를 하기엔 너무 늦었다. 너무 늦었나? 그렇다. 가증스러운 바람의 차가운 손이 정원을 휘저었다. 빌어먹을 인생! 그녀가 "au revoir.*"라고 외치고 문을 닫았다.

그녀는 방으로 뛰어 들어가며 이상하게 행동했다. 팔을 번쩍 올리고 이리저리 뛰어다니면서 외쳤다. "오! 오! 너무 어리석어! 너무 멍청해! 한심스러워!" 나지막한 침대에 몸을 던지고 아무것도 생각하지 않았다. 그냥 분노한 채로 누워 있었다. 다 끝났다. 무엇이? 아, 무언가 끝났다. 다시는 그를 만나지 않을 것이다. 다시는. 그 거대한 검은 구덩이에서 아주 오랜 시간 (어쩌면 10분 정도) 누워 있는데, 초인종 소리가 날카롭고 빠르게 울렸다. 물론 그가 돌아왔겠지. 물론 그녀는 들은 척도 하지 않고 무시할 작정이었다. 그녀는 문으로 뛰어갔다.

문간에 나이가 지긋한 노처녀가 서 있었다. 이 여자는 그녀를 숭배해서(대체 왜?) 종종 불쑥 찾아와 초인종을 울리고는 문이 열리면 이렇게 말하곤 했다. "아, 그냥 가라고 하세요!" 그녀는 한 번도 돌려보내지 않았다. 거의 매번 방으로 초대해 모든 것을 감탄하며 둘러보게 해주고 시들시들한 꽃다발을 우아하게 받았다. 하지만 오늘은….

* 잘 가.

"아, 미안해요." 그녀가 외쳤다. "지금 누가 와 있어요. 목판화를 작업하고 있던 중이에요. 오늘 저녁엔 너무 바쁘네요."

"괜찮아요, 괜찮아요." 착한 친구가 말했다. "지나가다 이 제비꽃을 주고 싶어서 들렀어요." 여자는 커다랗고 낡은 우산살 사이를 뒤적였다. "여기 넣어두었어요. 꽃이 바람에 맞지 말라고요. 여기 있어요." 여자가 약간 시든 꽃다발을 흔들며 말했다.

잠시 그녀는 손을 내밀지 않았다. 그런데 현관문 바로 뒤에서 문을 잡고 서 있는 동안 기묘한 일이 벌어졌다. 다시 한번 그녀의 시선이 아름다운 계단을 내려가고 반짝이는 담쟁이에 둘러싸인 어두운 정원을 둘러보고 버드나무와 그 위로 드넓게 펼쳐진 밤하늘의 별을 보았다. 다시 한번 그녀는 고요의 질문을 들었다. 그렇지만 이번에는 망설이지 않았다. 그녀는 앞으로 한발 다가섰다. 그러고는 더없이 부드럽고 상냥하게, 무한한 고요의 웅덩이를 어지럽힐세라 조심하듯 친구를 껴안았다.

"어머." 친구가 이러한 감사의 표현에 감동을 받아 행복해하며 말했다. "정말 별거 아니에요. 저렴한 꽃다발이에요."

그렇게 말하는 중에도 여자는 더욱 다정하고 더욱 따뜻한 포옹을 받았고, 그 달콤한 품에 오래 안겨 있자 정신이 아득하여 떨리는 목소리로 가까스로 말했다. "그럼 나를 성가시게 생각하지 않는다는 뜻이에요?"

"좋은 밤 보내요, 나의 친구여." 그녀가 말했다. "조만간 다시 와요."

"오, 그럴게요. 꼭 그럴게요."

이번에 그녀는 방으로 천천히 걸어갔고, 눈을 반쯤 감고 방 한복판에 섰다. 기분이 가볍고 개운했다. 어린아이처럼 푹 자고 깨어난 것 같았다. 숨을 쉬는 행위마저 기쁨을 주었다.

나지막한 침대가 몹시 어수선했다. "쿠션들이 전부 험준한 산줄기처럼 보이네."라고 그녀는 말했다. 쿠션을 정돈하고, 책상에 가서 앉았다.

'아까 이야기한 심리학적 소설에 대해 생각해보고 있었어.' 그녀는 여기까지 적고 잠시 펜을 멈췄다. '정말 흥미로워.' 그리고 이어지는 글.

편지 끝에는 이렇게 적었다. '좋은 밤 보내, 나의 친구여. 조만간 다시 와.'

항해

픽턴행 보트는 11시 30분에 출항할 예정이었다. 아름다운 밤이었다. 공기는 온화하고 하늘에는 별이 총총했다. 마차에서 내려 부두로 길게 뻗어나가는 올드 와프를 걷기 시작하고서야 바다가 일으킨 잔잔한 바람이 페넬라의 모자챙을 흔들었다. 페넬라는 모자가 벗겨지지 않게 잘 잡았다. 올드 와프는 컴컴했다. 칠흑 같은 어둠에 잠겨 있었다. 양털 창고, 가축 운송 트럭, 하늘을 찌르는 듯한 크레인, 조그맣고 나지막한 기관차가 모두 하나의 거대한 어둠에 세공된 것처럼 보였다. 커다란 검은 버섯의 줄기를 닮은 선창의 나무 기둥들 몇 개 위로 남포등이 걸려 있었지만, 불빛도 어둠의 기세에 눌려 오직 자기만을 위해 조그만 불빛을 떨면서 소심하게 뿜는 것 같았다.

페넬라의 아버지는 초조한 기색으로 빠르게 걸었다. 아버지 옆에서는 바스락거리는 검은색 얼스터코트를 입은 할머니가 부지런히 걸음을 옮겨놓았다. 두 사람이 너무 빨리 걸어서 페넬라는 때때로 창피하게도 뛰어야 했다. 페넬라는 소시지처럼 울룩불룩하게 동여맨 여행가방과 할머니의 우산을 꼭 쥐고 있었는데, 백조 머리 모양 우산 손잡이가 서두르라고 보채듯이 자꾸 어깨를 쪼았다…. 모자를 푹 눌러쓰고 깃을 바짝 세운 남자들이 건들거리며 지나갔다. 몇 안 되는 여자들은 목 끝까지 코트를 꽁꽁 여미고 종종걸음으로 걸었다. 아주 조그만 소년이 하얀 모직 숄을 뒤집어쓰고 짧고 검은 팔다리만 내놓은 채로 부모 사이에서 씩씩대며 걸었다. 꼭 크림에 빠진 아기 파리 같았다.

그때 갑작스레, 페넬라와 할머니 둘 다 펄쩍 뛸 정도로 갑작스레, 구불구불한 연기가 피어오르는 커다란 양털 창고 뒤에서 소리가 들려왔다. 뿌우우우우우!

"첫 신호야." 아버지가 짤막하게 말했는데, 바로 그 순간 눈앞에 픽턴행 보트가 나타났다. 어둠에 잠긴 부두 옆에서 빛나는 픽턴행 보트는 동그란 금빛 전구로 온통 휘감아져 있었다. 차가운 바다보다는 별하늘에서 헤엄칠 준비가 된 것처럼 반짝거렸다. 사람들이 승하선 설비 계단 근처로 모여들었다. 할머니가 앞장서고 아버지가 뒤따르고 페넬라가 맨 뒤에서 걸었다. 갑판으로 내려가는 가파른 사다리에서 스웨터 차림의 늙은 선원이 페넬라에게 꺼칠하고 단단한 손을 빌려주었다. 세 사람 다 배에 탔다. 그들은 서두르는 사람들에게 길을 비켜주고, 위층 갑판으로 올라가는 작은 철제 계단 아래에서 작별 인사를 나누었다.

"여기요, 어머니. 어머니 짐이에요." 페넬라의 아버지가 할머니에게 역시나 소시지처럼 동여맨 여행가방을 건네주며 말했다.

"고맙다, 프랭크."

"선실 표 잘 가지고 있죠?"

"그래."

"다른 표도 가지고 있고요?"

할머니는 장갑을 조금 내리고 아버지에게 표 끄트머리를 보여주었다.

“잘하셨어요.”

아버지는 딱딱하게 말했지만, 잠시도 눈을 떼지 않고 아버지를 보고 있는 페넬라는 그 얼굴에서 슬픔과 피로를 읽었다. 뿌우우우우! 두 번째 뱃고동이 그들 머리 바로 위에서 울리고 누군가의 목소리가 울부짖음처럼 울려 퍼졌다. “승하선 계단을 더 이용할 분 있습니까!”

“아버지께 인사 전해주세요.” 페넬라는 아버지의 입 모양을 읽었다. 할머니가 무척 동요한 기색으로 대답했다. “그래. 이제 가봐라. 이러다 못 내려가겠다. 얼른 가봐, 프랭크. 어서.”

“괜찮아요. 어머니. 아직 3분은 남았어요.” 놀랍게도 아버지가 모자를 벗었다. 아버지는 할머니를 잠시 꼭 안고 있었다. “조심히 가세요, 어머니!” 아버지의 목소리가 들렸다.

할머니는 해져서 결혼반지가 비치는 검은 장갑을 낀 손으로 아버지의 뺨을 쓰다듬고 흐느꼈다. “너도 조심히 가렴, 용감한 내 아들!”

페넬라는 너무 슬퍼서 얼른 뒤돌아섰고, 한 번, 두 번, 울음을 꿀꺽 삼키고 눈을 잔뜩 찡그린 채로 돛대 꼭대기에 걸린 녹색 별을 응시했다. 그렇지만 다시 돌아서야 했다. 아버지가 떠난다.

“잘 가렴, 페넬라. 할머니 할아버지 말 잘 들어야 한다.” 아버지의 차갑고 축축한 콧수염이 볼을 문질렀다. 페넬라는 아버지 옷깃의 라펠을 붙잡았다.

“나는 거기에 얼마나 있다가 와요?” 페넬라가 불안해하며 속삭였다. 아버지는 눈을 마주치려 하지 않았다. 아버지는 부드럽게 그녀를 떼어놓고, 부드럽게 말했다. “두고 보자꾸나. 자! 손 어딨니?” 아버지가 손바닥에 무언가를 쥐여주었다. "여기 1실링 있으니까 필요할 때 써라."

1실링이나 주다니! 평생 돌아오지 못하려나보다! "아버지!" 페넬라가 외쳤다. 그러나 아버지는 떠났다. 아버지가 배에서 마지막으로 내렸다. 선원들이 승하선 설비 계단을 어깨에 실었다. 거대한 검은색 밧줄 묶음이 공기를 가르며 날아가 부두에 '철퍼덕' 떨어졌다. 종이 땡땡거렸다. 뱃고동이 귀가 찢어지게 울렸다. 고요하고 어두운 부두가 시야에서 미끄러지고 물러나고 점점 멀어졌다. 배와 부두 사이로 파도가 밀려왔다. 페넬라는 아버지를 보려고 목을 길게 빼고 눈에 힘을 주었다. '방금 돌아선 사람이 아버지인가? 손을 흔든 사람이 아버지였나? 아니면 혼자 서 있는 사람? 혼자 떠나는 사람?' 부두와 배 사이의 물이 점점 넓어지고 어두워졌다. 이제 픽턴행 보트는 꾸준한 속도로 물살을 가르며 바다로 향하고 있었다. 계속 쳐다봐야 소용없다. 볼 것이라고는 이제 점점이 찍힌 불빛과 어둠에 홀로 떠 있는 듯한 타운의 시계탑과 어두운 능선을 성기게 수놓은 불빛 몇 개가 전부였다.

청쾌한 바닷바람이 페넬라의 치마를 잡아당겼다. 페넬라는 할머니에게 돌아갔다. 다행히 할머니는 이제 슬퍼 보이지 않았다. 할머니는 소시지 모양 여행가방을 첩첩이 쌓고 그 위에 앉아서 두 손을 모으고 고개를 숙이고 있었다. 무언가에 집중한 듯한, 열띤 눈빛이었다. 페넬라는 할머니의 입술이 움직이는 모양을 보고 기도를 올리고 있나보다 짐작했다. 할머니는 기도가 거의 끝났다는 듯이 페넬라에게 힘차게 고개를 끄덕였다. 그러고는 맞잡고 있던 손을 놓고 한숨을 내쉬었다가 다시 손을 맞잡고 고개를 떨구었고, 마지막으로 살며시 몸을 한 번 떨었다.

"자, 아가." 할머니가 보닛 모자의 나비매듭을 만지작거리며 말했다. "우리 선실을 보러 가자꾸나. 할머니 옆에 잘 붙어 있어. 넘어지지 않게 조심하고."

"네, 할머니!"

"우산이 계단 난간에 걸리지 않게 조심해라. 여기 오는 길에 아주 예쁜 우산이 그렇게 동강 나는 걸 봤어."

"네, 할머니."

남자들의 검은 형체가 난간에 기대 서 있었다. 그들의 파이프 끝에서 아롱거리는 불빛이 코끝과 모자챙과 놀란 듯이 치켜올라간 눈썹 한 쌍을 비추었다. 페넬라는 힐끔 올려다봤다. 저기 높은 곳에서 조그만 형체가 짧은 재킷 주머니에 양손을 찔러 넣고 바다를 보고 있었다. 배가 아주 살며시 양옆으로 흔들렸는데, 페넬라의 눈에는 별들도 같이 흔들린 것 같았다. 리넨 코트를 입은 창백한 승무원이 손바닥으로 쟁반을 높이 받쳐 들고 불이 환히 밝혀진 문가에서 걸어 나와 그들 옆을 재빨리 지나쳤다. 할머니와 페넬라는 안으로 들어갔다. 가장자리에 황동이 박힌 높은 계단을 조심스레 올라가 고무 매트를 지나고 아주 가파른 계단을 내려갔다. 계단이 하도 가팔라서 할머니는 한 번에 한 계단씩 천천히 내려갔고, 페넬라는 미끈거리는 황동 난간을 붙잡고 내려가느라 백조 머리 우산에 대해서는 까맣게 잊어버렸다.

할머니가 계단 밑에서 걸음을 멈췄다. 페넬라는 할머니가 또 기도를 올리려나 걱정했지만, 아니, 선실 표를 꺼내고 있었다. 두 사람은 이제 배의 살롱에 들어왔다. 살롱 안은 눈이 부시도록 불을 환히 밝혔고 페인트와 고기 탄내와 천연고무 냄새가 가득해 갑갑했다. 페넬라는 할머니가 얼른 이곳을 지나가기를 바랐지만 노부인은 서두르지 않았다. 그때 햄 샌드위치가 수북한 커다란 바구니가 할머니의 시선을 끌었다. 할머니는 샌드위치 바구니에 다가가 손가락으로 위를 살짝 만져보았다.

"샌드위치 하나에 얼마예요?" 할머니가 물었다.

"2펜스요!" 무례한 승무원이 나이프와 포크를 세게 내려놓으며 외쳤다.

할머니는 도저히 믿을 수 없었다.

"샌드위치 하나에 2펜스라고요?" 할머니가 물었다.

"그렇다니까요." 승무원이 말하고 동료에게 윙크했다.

할머니가 얼굴을 오므리며 놀란 표정을 지었다. 그러고는 페넬라에게 새침하게 귓속말했다. "저런 바가지가 다 있나!" 두 사람은 반대쪽 문으로 나가 양옆으로 선실 문이 늘어선 복도를 걸었다. 매우 상냥한 승무원이 그들을 반겼다. 승무원은 위아래로 파랗게 입었고 목깃과 소맷부리를 커다란 황동 단추로 여미었다. 승무원은 할머니를 잘 아는 것 같았다.

"크레인 부인." 승무원이 선실 세면대의 잠금장치를 풀며 말했다. "다시 찾아주셔서 감사해요. 선실을 예약하신 적은 별로 없는 것 같은데."

"네, 선실은 잘 안 쓰죠." 할머니가 말했다. "하지만 이번에는 우리 아들이…."

"부디—" 승무원이 운을 띄웠다가 입을 다물고 돌아서서, 할머니의 검은 옷차림과 페넬라의 검은 코트와 검은 치마, 검은 블라우스, 그리고 장미 꽃장식을 단 모자를 오랫동안 슬픈 눈으로 보았다.

할머니가 고개를 끄덕였다. "주님의 뜻인데요." 할머니가 말했다.

승무원은 입을 다물고 숨을 크게 들이쉬었는데, 꼭 몸이 부풀어 오르는 것 같았다.

"저는 늘 이렇게 말해요." 승무원이 자기가 발견한 사실처럼 말했다. "언젠가 우리 모두 맞이하는 운명이죠. 그건 확실해요." 그리고 말을 멈췄다. "자, 뭐 필요하신 게 있으세요, 크레인 부인? 차 한 잔 드릴까요? 몸 좀 덥히실 음료를 권해도 또 거절하시겠지만."

할머니가 고개를 저었다. "괜찮아요, 고마워요. 와인 비스킷을 좀 먹었고, 페넬라는 아주 맛있는 바나나를 가지고 있어요."

"그럼 이따가 필요하신 게 있나 보러 올게요." 승무원이 말하고 선실에서 나가며 문을 닫았다.

선실이 이토록 작다니! 할머니와 함께 상자 속에 들어온 기분이었다. 세면대 위로 어둡고 동그란 눈이 뿌옇게 빛났다. 페넬라는 왠지 수줍었다. 여행가방과 우산을 꼭 쥔 채로 문에 기대었다. 여기서 옷을 갈아입나? 할머니는 벌써 보닛을 벗고 양쪽 끈을 돌돌 만 다음에 하나씩 핀으로 안감에 고정하고 벽에 걸었다. 할머니의 흰 머리가 비단처럼 반질거렸다. 뒤통수에 둥글게 말아 올린 머리는 검은 망에 싸여 있었다. 페넬라는 할머니가 모자를 쓰지 않은 모습을 거의 본 적이 없었다. 어색했다.

"네 착한 어머니가 코바늘로 떠준 털실 두건을 써야지." 할머니가 말하고 소시지를 묶어놓은 줄을 풀더니 두건을 꺼내서 머리에 둘렀다. 회색 털 방울 끝의 술 장식이 할머니의 눈썹께에서 춤췄다. 할머니가 다정하면서도 서글픈 미소를 지었다. 그러고는 상의 단추를 풀고, 그 아래 옷과 한 겹 더 아래 옷의 단추를 풀었다. 그다음엔 잠시 무언가를 끙끙거리며 잡아당겼다. 할머니의 얼굴이 조금 빨개졌다. 탁! 탁! 코르셋을 풀은 것이다. 할머니는 편하게 한숨을 내쉬고 플러시 소파에 앉아서 한쪽 면이 고무줄로 되어 있는 부츠를 벗고 나란히 놓았다.

페넬라가 코트와 치마를 벗고 플란넬 잠옷으로 갈아입었을 즈음에 할머니는 잘 준비를 이미 마쳤다.

"저도 부츠를 벗어요, 할머니? 끈이 다 묶여 있는데요."

할머니는 잠시 숙고했다. "벗고 자면 훨씬 편할 거다, 아가." 할머니가 말했다. 할머니가 페넬라에게 입맞춤을 해주었다. "기도하는 거 잊지 말렴. 우리가 땅에 있을 때보다 바다에 있을 때 주님이 더 가까이 계신단다. 그리고 내가 여행을 많이 해봤으니까," 할머니가 쾌활하게 말했다. "침대 위층을 쓰마."

"하지만 할머니, 어떻게 위층에 올라가시려고요?"

페넬라의 눈에는 거미 다리같이 가느다란 3단 사다리밖에 보이지 않았다. 할머니는 소리 없이 씩 웃고 단숨에 사다리를 올라가 침대 위층에서 놀란 페넬라를 내려다보았다.

"할머니가 이런 거 할 수 있는 줄 몰랐지?" 할머니가 말했다. 할머니가 누우면서 다시 나직이 웃었다.

딱딱하고 네모난 갈색 비누는 거품이 잘 나지 않았고, 물병 속의 물은 꼭 파란색 젤리 같았다. 뻣뻣한 이불이 좀처럼 들추어지지 않아서 몸으로 파고들듯 들어가야 했다. 상황이 달랐다면 페넬라는 킥킥 웃음을 터뜨렸을지도 모른다…. 마침내 페넬라는 이불 속에 들어왔다. 누워서 헥헥거리는데 위에서 부드러운 속살거림이, 마치 무언가를 찾으려고 티슈를 살살 뒤적이는 것처럼 부드러운 속살거림이 오랫동안 들려왔다. 할머니가 기도하고 있었다….

한참이 지났다. 승무원이 들어왔다. 승무원이 조용히 걸어와 할머니 침대를 손으로 짚었다.

"쿡 스트레이트 해협에 들어서고 있어요." 승무원이 말했다.

"그렇군요!"

"바람은 잔잔한데 배가 가벼워서 좀 흔들릴지도 몰라요."

과연 그 순간에 픽턴행 보트가 위로 높이, 높이 들리고 몸을 한 번 부르르 떨 정도로 짧은 찰나에 허공에 걸려 있다가 털썩 내려오며 선박의 몸체 양옆으로 물살이 갈라지는 소리가 크게 울렸다. 페넬라는 백조 머리 우산을 조그만 소파에 세워두었다는 것을 기억했다. 바닥에 떨어지면 망가질까? 그런데 할머니도 그 순간에 우산을 기억한 모양이었다.

"미안하지만 내 우산을 바닥에 눕혀주세요." 할머니가 속삭였다.

"물론이에요, 크레인 부인." 승무원이 말하고 우산을 눕히고 돌아와서 할머니에게 속삭였다. "손녀가 다행히 잘 자는 것 같아요."

"주님께 감사해야죠!" 할머니가 말했다.

"가여워라. 엄마를 여의다니!" 승무원이 말했다. 할머니가 승무원에게 사건에 대해 자세히 설명하는 도중에 페넬라는 잠이 들었다.

그러나 꿈나라로 가기도 전에 페넬라는 잠에서 깨어나 머리맡에서 흔들거리는 것을 보았다. 뭐지? 저게 뭐야? 조그만 회색 발이었다. 이제 다른 발이 내려왔다. 무언가를 찾고 있는 듯했다. 그리고 한숨 소리가 났다.

"저 일어났어요, 할머니." 페넬라가 말했다.

"아, 아가. 사다리가 이쪽에 있니?" 할머니가 물었다. "이쪽인 줄 알았는데."

"아뇨, 할머니. 반대쪽이에요. 제가 그쪽에 놓아드릴게요. 도착했어요?" 페넬라가 물었다.

"포구에 들어왔어." 할머니가 말했다. "일어나자, 아가. 침대에서 나오기 전에 비스킷을 먹어라. 어지럽지 않게."

그렇지만 페넬라는 침대에서 펄쩍 뛰쳐나왔다. 램프에서 불이 여전히 타고 있었지만 밤은 저물었고 새벽 공기가 몹시 쌀쌀했다. 페넬라는 선실의 동그란 눈을 통해 밖을 내다보았다. 저 멀리 바위가 보였다. 이제 바위에 거품이 흩뿌려졌다. 이제 갈매기 한 마리가 퍼드덕 날아갔다. 이제 길쭉한 진짜 육지가 보였다.

"육지예요, 할머니." 페넬라가 몇 주나 항해한 것처럼 놀라워하며 말했다. 페넬라는 자기 몸을 끌어안고 한쪽 다리로 서서 다른 발의 발가락으로 종아리를 긁었다. 페넬라는 떨고 있었다. 아, 지난 며칠간 너무 슬펐다. 과연 다시 안 슬퍼지는 날이 올까? 그렇지만 할머니는 이렇게 말할 뿐이었다. "서두르렴, 얘야. 네가 안 먹었으니까 바나나는 승무원한테 줘야겠다." 페넬라는 검은 옷을 다시 차려입었다. 장갑 한쪽에서 단추가 떨어져 손이 닿지 않는 구석으로 데구루루 굴러갔다. 두 사람은 갑판으로 나갔다.

선실 안이 춥다고 생각했는데, 갑판으로 나가니 아예 공기가 얼음장 같았다. 해는 뜨지 않았지만 별빛이 사위었고, 창백하고 차가운 하늘은 창백하고 차가운 바다와 같은 색으로 물들어 있었다. 땅에서 하얀 안개가 일렁였다. 이제 어두운 들판의 윤곽이 드러났다. 우산 모양의 고사리 나무와 해골처럼 앙상한 기이한 은빛 나무도 보였다…. 이제 부잔교와 상자 뚜껑에 붙인 조개껍데기처럼 다닥다닥 모여 있는 창백한 집들이 눈에 들어왔다. 갑판에서 다른 승객들도 서성이고 있었지만 모두 전날 밤보다 움직임이 굼뜨고 침울해 보였다.

부잔교가 배 쪽으로 움직였다. 픽턴행 보트를 향해 천천히 다가오는 부잔교에는 밧줄을 한 묶음 들고 있는 남자와 고개를 푹 떨군 말이 끄는 수레, 사다리에 앉아 있는 남자가 있었다.

"펜레디 씨구나, 페넬라. 우리를 데리러 왔어." 할머니가 기쁜 목소리로 말했다. 할머니의 백색 밀랍 같은 얼굴은 추위로 파랗게 질려 있었고 턱이 덜덜 떨리고 있었다. 할머니는 빨개진 코와 눈에서 연신 물기를 훔쳤다.

"가지고 있—"

"네, 할머니." 페넬라가 할머니에게 보여주었다.

밧줄이 공기를 가르고 날아와 갑판에 '털썩' 떨어졌다. 승하선 설비 계단이 내려졌다. 다시 한번 페넬라는 할머니를 따라 포구로 내려가 작은 수레에 탔고, 잠시 후 그들은 빠르게 달리고 있었다. 조그만 말의 발굽 소리가 나무 기둥 위로 달그락달그락 울리다가 모래가 수북한 길에 부드럽게 묻혔다. 주변에는 아무도 보이지 않았다. 연기 한 가닥 보이지 않았다. 안개가 넘실거렸고, 잠이 덜 깬 듯한 파도가 해변을 천천히 쓸었다.

"어제 크레인 씨를 봤습니다." 펜레디 씨가 말했다. "마음이 좀 진정되신 거 같아요. 아내가 지난주에 스콘을 한 바구니 만들어드렸죠."

조그만 말이 조개껍데기 같은 집 하나에 멈춰섰다. 수레에서 내렸다. 페넬라가 문에 손을 올리자 문에 맺혀서 떨고 있던 커다란 이슬방울이 장갑 끝에 스며들었다. 그들은 동그란 하얀 자갈이 깔린 길을 걸으며 양옆으로 이슬에 젖은 채 잠들어 있는 꽃들을 지나쳤다. 할머니의 섬세한 하얀색 피코티 꽃은 이슬의 무게를 견디지 못하고 떨어졌지만 그들의 향기는 차가운 아침의 일부가 되었다. 작은 집의 창문에 블라인드가 드리워 있었다. 그들은 계단을 올라 베란다로 갔다. 낡은 블러처 부츠 한 켤레가 문가 구석에 놓여 있었고 다른 쪽 구석에는 커다란 빨간색 물뿌리개가 있었다.

"아이고, 네 할아버지는 정말." 할머니가 말했다. 할머니가 문손잡이를 돌렸다. 아무도 나오지 않았다. 할머니가 외쳤다. "월터!" 그러자 곧바로 목이 잠긴 듯한 굵직한 목소리가 대답했다. "메리, 당신이야?"

"기다려라, 아가." 할머니가 말했다. "여기 들어가서 기다려." 페넬라는 할머니의 부드러운 손길에 떠밀려 좁고 어둑어둑한 거실로 들어갔다.

하얀 고양이 한 마리가 탁자에 낙타처럼 웅크리고 있다가 일어나 기지개를 켜고 하품을 하더니 펄쩍 발끝으로 뛰어내렸다. 페넬라는 차가운 손을 하얗고 따뜻한 털에 묻고, 미소를 띤 채로 고양이를 쓰다듬으며 할머니의 다정한 목소리와 할아버지의 부드러운 어조에 귀를 기울였다.

문이 삐걱 소리와 함께 열렸다. "들어오렴." 할머니가 불렀다. 페넬라가 들어갔다. 거대한 침대 한쪽에 할아버지가 누워 있었다. 덥수룩한 흰 머리와 장밋빛 얼굴과 치렁치렁 늘어뜨린 은색 수염만 이불 위로 보였다. 아주 늙었지만 빠릿빠릿한 새가 떠올랐다.

“아, 우리 아가!” 할아버지가 외쳤다. “할아버지 뽀뽀해주렴.” 페넬라는 할아버지에게 뽀뽀했다. “아이고!” 할아버지가 외쳤다. “조그만 코가 단추처럼 차갑네. 뭐를 들고 있냐? 할머니 우산이야?”

페넬라는 다시 미소 지었다. 그리고 우산의 백조 목을 침대 난간에 걸었다. 침대 머리맡의 벽에 걸려 있는 검은색 액자에 커다란 글씨로 이런 글귀가 적혀 있었다.

잃어버렸네! 금쪽같은 한 시간
예순 알의 다이아몬드로 이루어진 시간
사례는 없어요
영영 잃어버렸으니까!

“네 할머니가 쓴 거야.” 할아버지가 말했다. 그리고 할아버지는 흰 머리를 흐뜨러뜨리고 페넬라를 보았는데, 그 눈빛이 어찌나 명랑했는지 페넬라는 할아버지가 자신에게 윙크한 건 아닐까 생각했다.

죽은 대령의 딸들

I

그다음 주는 자매의 인생에서 가장 바쁜 한 주라고 할 만했다. 잠자리에 누워서도 몸이 쉬고 있을 뿐, 머릿속으로는 끊임없이 이런 저런 일들을 생각하고 고민하고 궁금해하고 결정하고 기억하느라 쉴 새가 없었다.

콘스탠티아는 이불을 턱 밑까지 끌어올린 채로 팔을 옆구리에 붙이고 발을 살짝 겹쳐 조각상처럼 누워 있었다. 콘스탠티아가 천장을 응시한 채 말했다.

"원통형 모자를 짐꾼에게 주면 아버지가 싫어하실까?"

"짐꾼한테 준다고?" 조세핀이 날카롭게 물었다. "대체 왜? 어처구니없는 소리를 하고 있어!"

"왜냐하면." 콘스탠티아가 천천히 말했다. "짐꾼은 장례식에 자주 갈 거 아냐. 그런데 묘지에서 보니까 중산모밖에 없는 것 같더라고." 콘스탠티아가 말을 멈췄다. "원통형 모자를 주면 참 좋아하겠다고 생각이 들었어. 뭐라도 선물을 해야 하잖아. 아버지한테 얼마나 잘했는데."

"그렇지만." 조세핀이 베개 위에서 고개를 짜증스럽게 홱 돌리고 어둠 건너편의 콘스탠티아를 노려보았다. "아버지 머리에 쓰던 거잖아!" 갑작스레, 찰나의 아찔한 순간에 조세핀은 킥킥 웃음을 터뜨릴 뻔했다. 아니, 물론 조세핀은 웃을 기분이 아니었다. 버릇 때문이다. 수년 전, 자매가 밤이 깊도록 이야기를 나누던 시절에는 두 사람의 침대가 끊임없이 들썩였었다. 지금 조세핀의 상상 속에서는 아버지의 모자 아래서 짐꾼의 머리가 촛불처럼 불쑥 치솟았다 사라지기를 반복했다…. 킥킥거리는 웃음이 목구멍까지 치밀었다. 조세핀은 주먹을 꾹 쥐고 웃음을 삼켰다. 어둠을 향해 사납게 인상을 쓰고, 매우 엄격한 목소리로 "기억해."라고 중얼댔다.

"내일 결정해도 돼." 조세핀이 말했다.

콘스탠티아는 아무것도 눈치채지 못하고 한숨만 내쉬었다.

"우리 실내 가운도 염색할 걸 그랬나?"

"검은색으로?" 조세핀은 소리를 지를 뻔했다.

"아니면 무슨 색이겠어?" 콘스탠티아가 말했다. "생각해봤는데, 좀 가식적인 것 같아. 그러니까, 집 밖에서는 검은 옷을 차려입고 있다가 집에 오면—"

"하지만 집에서는 아무도 우리를 안 보잖아." 조세핀이 말했다. 자기도 모르게 세게 비튼 이불이 위로 올라와서 발이 드러나는 바람에 베개 위로 몸을 꼬물꼬물 움직여 발을 다시 이불 속에 넣었다.

"케이트가 보잖아." 콘스탠티아가 말했다. "우편배달원도 볼 수 있고."

조세핀은 자신의 검붉은 슬리퍼와 그것과 어울리는 실내 가운, 그리고 콘스탠티아가 가장 좋아하는 어중간한 녹색 슬리퍼와 가운을 생각했다. 검은색이라니! 두 벌의 검은색 실내 가운과 두 켤레의 검은색 털실 슬리퍼가 검은 고양이처럼 슬금슬금 화장실로 가는 모습이 눈앞에 그려졌다.

"꼭 그래야 할 것 같진 않아." 조세핀이 말했다.

침묵이 흘렀다. 잠시 후 콘스탠티아가 말했다. "부고가 실린 신문을 내일은 꼭 '실론*'에 보내야 해…. 지금까지 편지가 몇 통이나 왔지?"

"스물세 통."

조세핀은 모든 편지에 일일이 답장하면서 "우리는 아버지를 몹시 그리워하고 있어요."라고 썼는데, 스물세 번 그 말을 쓸 때마다 울음을 터뜨려서 손수건이 필요했다. 한번은 심지어 옅디옅은 파란색 눈물을 흡묵지로 빨아들여야 했다. 참 이상한 일이다! 연기한 게 아니다. 하지만 스물세 번이나 울다니. 지금도 마음만 먹으면 혼잣말로 "우리는 아버지를 몹시 그리워하고 있어요."라고 슬프게 중얼거리면서 울음을 터뜨릴 수 있었다.

"우표는 충분히 있어?" 콘스탠티아가 물었다.

"아, 내가 그걸 어떻게 알아!" 조세핀이 신경질을 냈다. "그걸 뭣하러 지금 물어보니?"

"그냥 궁금해서 물어본 거야." 콘스탠티아가 조용히 말했다.

다시 침묵이 흘렀다. 이윽고 조그맣게 부스럭거리고 후다닥 달려가고 팔짝 뛰는 소리가 들렸다.

"쥐다." 콘스탠티아가 말했다.

"바닥에 부스러기도 없는데 쥐가 왜 있겠어." 조세핀이 말했다.

"하지만 쥐는 부스러기가 없다는 걸 모르잖아." 콘스탠티아가 말

* 오늘날의 스리랑카다.

했다.

콘스탠티아는 쥐가 불쌍해서 가슴이 아렸다. 불쌍해라! 화장대에 조그만 비스킷 조각이라도 올려놓을걸. 아무것도 못 찾아서 얼마나 슬플까. 어떻게 하려나?

"대체 어떻게 사는지 모르겠어." 콘스탠티아가 느릿느릿 말했다.

"누구?" 조세핀이 따지듯 말했다.

콘스탠티아의 입에서 목소리가 의도치 않게 크게 나왔다. "쥐 말이야."

조세핀은 발끈 화를 냈다. "아, 헛소리 좀 그만해!" 조세핀이 말했다. "쥐가 지금 무슨 상관이야? 잠꼬대해?"

"잠꼬대 아니야." 콘스탠티아가 말했다. 그러고는 자신이 정말 자고 있지 않은지 확인하려고 눈을 감았고, 이제 잠이 들었다.

조세핀은 무릎을 턱 밑으로 당기고 팔을 구부려 주먹을 귀 아래 가져다 대었다. 이 자세로 한쪽 뺨을 베개에 세게 눌렀다.

II

심지어 더 골치 아프게도 간병인 미스 앤드루스가 일주일 동안 그들 집에 머무르고 있었다. 자매는 탓할 사람이 없었다. 본인들이 미스 앤드루스를 초대했다. 조세핀이 처음에 아이디어를 냈다. 그 날 아침에, 그러니까 마지막 날 아침에 의사가 떠난 뒤에 조세핀이 콘스탠티아에게 말했다. "미스 앤드루스한테 일주일간 우리 손님으로 지내라고 하면 어때? 친절한 행동이라고 생각하지 않아?"

"아주 친절한 거 같아." 콘스탠티아가 동의했다.

"이러면 좋을 거야." 조세핀이 얼른 말했다. "오늘 오후에 수고비를 주면서 이렇게 말하자. '지금껏 우리 가족을 위해 애써주셔서 고마워요. 우리 집에 일주일간 손님으로 머물러주시면 저랑 동생은 무척 기쁠 거예요.' 손님이라는 말을 꼭 넣어야 해. 혹시나—"

"설마 돈 받을 생각을 하겠어!" 콘스탠티아가 외쳤다.

"그야 모르지." 조세핀이 지혜롭게 말했다.

미스 앤드루스는 물론 덥석 초대를 받아들였다. 그런데 일이 참 성가시게 되었다. 자매는 손님이 있는 탓에 정해진 시간에 상을 차리고 식사해야 했다. 자기들끼리 있었으면 그냥 케이트에게 음식을 접시에 담아서 있는 자리로 가져다 달라고 부탁했을 것이다. 게다가 긴장이 풀리고 난 지금 격식에 맞추어 식사하려니 여간 귀찮은 것이 아니었다.

미스 앤드루스는 버터에 무섭게 집착했다. 적어도 버터에 관해서는 간병인이 자신들의 친절을 악용한다고밖에 생각할 수 없었다. 몹시 거슬리게도 미스 앤드루스는 식사 때마다 접시에 남은 것을 마저 먹게 빵을 딱 한 조각만 더 잘라달라고 부탁한 다음에, 마지막 한 입을 먹으면서 무심결에—물론 무심결이 아닐 것이다—버터를 한 숟가락 더 떴다. 이럴 때마다 조세핀은 얼굴이 새빨개져서 단추처럼 반짝이는 작은 눈을 테이블보에 고정하고, 마치 레이스 구멍 사이사이를 누비는 벌레를 보는 것처럼 뚫어지게 응시했다. 한편 콘스탠티아의 길쭉하고 창백한 얼굴은 한층 더 길어져서 딱딱하게 굳었고, 그녀는 시선을 멀리, 머나먼 사막에서 실타래처럼 풀어지는 낙타의 행렬로 옮겼다.

"레이디 튜크스 댁에는 말이에요," 미스 앤드루스가 말했다. "바타를 자르는 신기한 도구가 있어요. 유리그릇 가장자리에 은색 큐

피드가 조그만 포크를 들고 서 있어요. 바타가 필요하면 큐피드 발을 누르면 돼요. 그럼 큐피드가 몸을 숙여서 바타를 자른답니다. 참 재미써요."

조세핀은 도저히 참을 수 없었다. 그렇지만 "지나치게 사치스러운 것 같군요."라고밖에 말하지 못했다.

"왜요?" 미스 앤드루스가 안경 뒤에서 활짝 웃으며 말했다. "자기가 필요한 것보다 바타를 더 가져가는 사람은 없을 텐데요?"

"케이트 좀 불러줘, 콘스탠티아." 조세핀이 외쳤다. 자신의 입에서 무슨 말이 나올지 불안했다.

그러자 콧대 높은 케이트, 마법에 걸린 공주가 늙은 얼룩고양이들이 이번엔 또 무엇을 원하나 보러 왔다. 케이트는 고기가 아닌 재료로 고기 비슷하게 만든 음식이 있던 접시를 홱 낚아채고, 겁을 먹어 하얗게 질린 듯한 블라망주 푸딩을 세게 내려놓았다.

"잼 좀 부탁해, 케이트." 조세핀이 친절하게 말했다.

케이트는 무릎을 꿇고 앉아 찬장을 벌컥 열어젖히고 잼 뚜껑을 열었지만, 통은 비어 있었다. 그걸 본 케이트는 잼 통을 식탁에 놓고 거만하게 가버렸다.

"어머, 어쩌나." 미스 앤드루스가 잠시 후 말했다. "하나도 없네요."

"아, 귀찮게 되었네." 조세핀이 말하고 아랫입술을 깨물었다. "어떡하지?"

콘스탠티아는 확신이 없어 보였다. "케이트를 다시 부르긴 좀 곤란해." 콘스탠티아가 나직이 말했다.

미스 앤드루스는 두 사람에게 미소를 지으며 기다렸다. 안경 뒤에서 눈알을 굴리며 모든 정황을 관찰하고 있었다. 콘스탠티아는 좌절한 기분으로 다시 낙타의 행렬에 시선을 옮겼다. 조세핀은 인상을 잔뜩 구기고 고민했다. 이 멍청한 여자만 없었으면 그녀와 콘스탠티아는 블라망주 푸딩을 잼 없이 먹었을 것이다. 그때 갑자기 아이디어가 번뜩 떠올랐다.

"이러면 되겠다." 조세핀이 말했다. "마멀레이드. 찬장에 마멀레이드가 좀 있어. 콘스탠티아, 네가 좀 가져와."

"아휴." 미스 앤드루스가 웃으며 말했는데, 웃음소리가 꼭 숟가락으로 약병을 달그락달그락 젓는 소리 같았다. "쓴맛 나는 마멀레이드가 아니었음 좋겠네요."

III

어쨌든 미스 앤드루스는 곧 떠날 것이고, 그럼 다시는 안 봐도 된다. 그리고 미스 앤드루스는 아버지에게 참 잘했었다. 끝이 가까워졌을 때는 매일 밤낮으로 간호했는데, 사실 좀 너무 진득하게 붙어 있기는 했다. 콘스탠티아와 조세핀은 임종의 순간에도 미스 앤드루스가 자리를 비켜주지 않은 건 지나쳤다고 생각했다. 두 사람이 마지막 인사를 하러 갔을 때도 미스 앤드루스는 병상 옆에 그대로 앉아서 시계를 보며 아버지 맥박을 재는 척했다. 그럴 필요는 없었는데 말이다. 어쩜 저리 눈치가 없을까. 아버지가 딸들만 있는 자리에서 사적인 이야기를 하고 싶었으면 어떡하나. 아버지가 그랬다는 말은 아니다. 오, 절대 그렇지 않았다! 화가 단단히 나서 얼굴이 자줏빛으로, 아니, 검자줏빛으로 물든 아버지는 자매가 들어와도 눈길조차 주지 않았다. 그래서 그들이 어쩔 줄 모르고 옆에 서 있는데 아버지가 한쪽 눈을 갑자기 치떴다. 아, 아버지가 양쪽 눈을 떴다면 얼마나 좋았을까. 아버지를 다르게 기억할 수 있었을 텐데. 사람들에게 임종의 순간에 대해 훨씬 편히 이야기할 수 있었을 텐데. 하지만 아니, 아버지는 한쪽 눈만 떴다. 한쪽 눈이 잠시 그들을 노려보다가… 감겼다.

Ⅳ

따라서 그날 오후에 세인트 존 성당의 패럴스 씨의 방문을 받고 자매는 몹시 난감했다.

"임종의 순간은 평화로웠겠지요?" 패럴스 씨가 어두침침한 응접실에서 성큼 다가오며 그 말부터 했다.

"그럼요." 조세핀이 조용히 말했다. 자매는 고개를 떨구었다. 그 눈빛이 평화와는 거리가 멀다는 걸 두 사람 모두 알았다.

"앉으세요." 조세핀이 말했다.

"고마워요, 미스 피너." 패럴스 씨가 감사를 표했다. 패럴스 씨는 코트 뒷자락을 접으며 아버지의 안락의자에 앉으려다가 엉덩이가 닿기 전에 발딱 몸을 일으켜 옆에 있던 의자에 앉았다.

패럴스 씨가 헛기침했다. 조세핀은 양손을 맞잡았다. 콘스탠티아는 멍한 표정이었다.

"미스 피너 그리고 미스 콘스탠티아." 패럴스 씨가 운을 뗐다. "제가 도와드리고 싶어 한다는 걸 알아주세요. 두 분이 허락하신다면 어떤 방법으로든 도와드리고 싶습니다. 지금이 바로 도움이 필요한 시기 아니겠습니까." 패럴스 씨가 소탈하게 성심껏 말했다. "하느님이 저희에게 서로를 도우라고 하는 시기죠."

"감사합니다, 패럴스 씨." 조세핀과 콘스탠티아가 말했다.

"별말씀을요." 패럴스 씨가 상냥하게 말했다. 그는 염소 가죽 장갑을 손가락에서 잡아당기며 앞으로 몸을 내밀었다. "혹시 두 분 중에 누가, 아니 두 분 모두 지금 그리고 바로 이 자리에서 성찬식을 올리고 싶으면 저한테 말만 하세요. 성찬식을 올리면 큰 도움이 될 때가 많습니다. 마음에 적잖이 위로가 되죠."

그렇지만 자매는 성찬식을 생각만 해도 겁이 났다. 여기서 성찬식을? 응접실에서 두 사람만? 아니, 성찬대나 그런 것도 없잖아! 콘스탠티아는 피아노가 성찬대로 쓰기에는 너무 높다고 생각했다. 패럴스 씨가 그 위로 성배를 건네주진 못할 텐데. 조세핀은 케이트가 불쑥 들어와서 훼방을 놓으리라고 장담해도 좋다고 생각했다. 도중에 누가 찾아오기라도 하면 어떡해? 조문객이 올 수도 있는데, 중요한 사람일지도 모른다— 그럼 성찬식을 올리는 도중에 경건하게 일어나서 손님을 맞이하나, 아니면 그냥 기다리나… 손님이 기다리고 있다는 생각에 애태우면서?

"나중에 하고 싶으면 케이트 편으로 연락해주세요." 패럴스 씨가 말했다.

"아, 네. 고맙습니다!" 자매가 말했다.

패럴스 씨는 일어나서 둥근 테이블에서 검은색 밀짚모자를 집었다.

"장례식은 말입니다." 패럴스 씨가 조용히 말했다. "대령님과 두 분의 오랜 친구로서 제가 준비를 맡아도 되겠습니까?"

조세핀과 콘스탠티아도 자리에서 일어났다.

"단출하게 치렀으면 좋겠어요." 조세핀이 단호하게 말했다. "비용이 너무 많이 들지 않게요. 하지만 그러면서도 제가 바라는 건—"

'품질 좋고 오래가는 것이에요.' 조세핀이 실내 가운이라도 사는 것처럼 콘스탠티아는 멍한 기분으로 생각했다. 하지만 물론 조세핀은 그런 말을 하지 않았다. "저희 아버지의 직위에 걸맞아야 해요." 조세핀이 몹시 불안해하며 말했다.

"나이트 씨에게 말을 전하지요. 훌륭한 친구입니다." 패럴스 씨가 달래듯이 말했다. "여기로 찾아뵈라고 할게요. 큰 도움을 줄 수 있는 친구라는 걸 알게 되실 겁니다."

V

글쎄, 어쨌든 그 일은 마무리되었다. 그러나 두 사람은 아버지가 다시는 돌아오지 않으리라는 사실이 도무지 믿기지 않았다. 묘지에서 관을 땅속으로 내릴 때 조세핀은 어마어마한 공포에 휩싸였는데, 아버지에게 허락도 받지 않고 매장을 진행했다는 생각이 문득 들었기 때문이다. 아버지가 알면 무어라고 하실까? 언젠가는 결국 알아낼 것이 뻔했다. 아버지는 모든 것을 끝내 알아내고야 말았으니까. '묻어? 너희 둘이 감히 나를 묻어?' 아버지가 지팡이로 바닥을 내리치는 소리가 귓전에 울렸다. 아, 뭐라고 대답하지? 뭐라고 변명할 수 있을까? 지독하게 매정한 짓을 저질렀다. 당사자가 반대할 여건이 안 된다고 함부로 대하는 것 아닌가. 다른 사람들은 모두 이것을 당연한 일로 여기는 것 같았다. 하지만 그들은 남이다. 아버지가 어떤 사람인지 모른다. 아버지한테는 그런 일을 하면 안 된다는 것을 이해하지 못한다. 그녀와 콘스탠티아가 모든 죗값을 치를 것이다. 게다가 비용은 어떡하나. 조세핀은 좌석에 가죽을 씌운 마차에 오르며 생각했다. 청구서를 제출하면 아버지가 무어라고 하시려나?

아버지가 화를 버럭 내는 소리가 들리는 것 같았다. '너희들이 쓸데없는 낭비를 하고 나더러 돈을 내란 거냐!'

"오." 불쌍한 조세핀이 소리 내어 신음했다. "콘스탠티아! 우리가 실수한 것 같아."

검은 상복을 입으니 얼굴이 레몬처럼 창백해 보이는 콘스탠티아가 겁먹은 목소리로 속삭였다. "뭘?"

"저렇게 아버지를 묻어버린 거 말야." 조세핀은 이상한 냄새가 나는 새 검은색 손수건에 대고 울음을 터뜨렸다.

"아니면 어떻게 해?" 콘스탠티아가 불안해하며 말했다. "그대로 집에 모실 수는 없었잖아. 매장하지 않을 수는 없었다고. 어쨌든 우리 집처럼 작은 아파트에서는."

조세핀은 코를 풀었다. 마차 안은 숨이 막히게 갑갑했다.

"모르겠어." 조세핀이 애처롭게 말했다. "모든 것이 끔찍해. 그래도 노력이라도 해야 했던 것 같아. 잠깐이라도 말이야. 완전히 확신할 수 있을 때까지만이라도. 분명한 건," 조세핀이 다시 눈물을 쏟았다. "아버지는 우리를 절대 용서하지 않으실 거야! 절대!"

VI

아버지는 두 사람을 절대 용서하지 않을 것이다. 이틀 뒤 아침에 물건을 정리하러 아버지 방에 들어가면서 자매는 이 사실을 그 어느 때보다 통렬하게 느꼈다. 이것에 대해 꽤 차분하게 의논했었다. 조세핀의 해야 할 일 목록에도 적혀 있었다. 아버지 물건을 검토하고 처분하기. 그렇지만 단순히 의논만 하는 것과 아침 식사를 마치고 이렇게 말하는 것에는 하늘과 땅 같은 차이가 있었다.

"자, 콘스탠티아. 준비됐어?"

"응, 준비됐어. 언니 준비되었으면 가자."

"빨리 끝내버리는 게 낫겠어."

복도는 어두웠다. 무슨 일이 있어도 아침에는 절대 아버지를 방해하지 않는다는 불문율을 오랫동안 지켜왔다. 그런데 이제 두 사람은 노크도 없이 아버지 방문을 열려는 것이다…. 그 생각에 콘스탠티아의 눈이 쟁반만 해졌다. 조세핀은 다리가 후들거렸다.

"네가… 네가 먼저 들어가." 조세핀이 숨을 몰아쉬며 콘스탠티아를 밀었다.

그렇지만 콘스탠티아는 이런 상황에서 늘 하는 말을 반복했다. "아냐, 언니. 그건 아니지. 언니가 나이가 더 많잖아."

조세핀은 최후의 수단으로 아껴놓았던 무기를 쓰려던 참이었다. 다른 때라면 그 누가 뭐라고 해도 절대 인정하지 않았을 그 말을 하려고 했다. '하지만 네가 키가 더 크잖아.' 그러나 그때 부엌문이 열리고 케이트가 모습을 드러냈다….

"빡빡하네." 조세핀은 문손잡이를 돌리려고 끙끙대는 척하며 말했다. 케이트가 속아줄 리는 없었지만!

어쩔 수 없었다. 케이트는… 그러고는 등 뒤로 문이 닫혔다. 그런데 두 사람은 아버지 방에 있지 않았다. 갑자기 벽을 통과해서 다른 아파트로 들어간 것 같았다. 등 뒤에 문이 있기는 한가? 무서워서 돌아볼 수 없었다. 만일 등 뒤에 문이 정말 있다면, 문이 그들을 내보내주지 않을 것처럼 닫힌 채로 단단히 버티고 있다는 것을 조세핀은 알았다. 콘스탠티아는 꿈에 나오는 문처럼 문손잡이가 아예 없을 거라고 생각했다. 방 안이 추워서 더 끔찍했다. 아니면 방에 가득한 흰색 때문일까? 무엇 때문일까? 모든 것이 가려져 있었다. 블라인드가 창문을, 덮개가 거울을, 이불이 침대를 가리고 있었다. 커다란 백지장이 부채꼴 모양으로 벽난로 앞에 펼쳐져 있었다. 콘스탠티아는 머뭇머뭇 손을 내밀었다. 금방이라도 눈이 내리기 시작할 것 같았다. 조세핀은 코가 추위에 언 것처럼 이상하게 시큰했다. 그때 창밖의 도로에서 마차가 덜컹덜컹 지나갔고, 고요가 흔들거리다 산산이 조각났다.

"블라인드를 걷어야겠어." 조세핀이 용감하게 말했다.

"그래. 좋은 생각이야." 콘스탠티아가 속삭였다.

살짝만 건드렸는데 블라인드가 홱 올라가 봉에 둘둘 감기며 줄이 함께 위로 솟구치자 조그만 술 장식이 마치 벗어나려는 것처럼 창문을 탁탁 두드렸다. 콘스탠티아는 더는 견딜 수 없었다.

"하루만—하루만 더 기다렸다가 할까?" 콘스탠티아가 속삭였다.

"왜?" 조세핀이 쏘아붙였다. 콘스탠티아가 겁에 질렸다는 확신이 들 때면 늘 그렇듯이 훨씬 기분이 나아졌다. "언젠가는 해야 할 일이야. 그리고 제발 좀 속삭이지 마, 콘스탠티아."

"내가 속삭이고 있는 줄 몰랐어." 콘스탠티아가 속삭였다.

"왜 그렇게 침대를 빤히 보니?" 조세핀이 거의 반발하듯이 목소리를 높여 말했다. "침대에 아무것도 없어."

"아, 언니. 그렇게 말하지 마!" 딱한 콘스탠티아가 말했다. "적어도 목소리라도 좀 낮춰."

조세핀 역시 자신이 지나쳤다고 느꼈다. 조세핀은 방을 한참 돌아 서랍장으로 걸어갔고, 손을 내밀었다가 얼른 다시 거두었다.

"코니!" 조세핀은 숨 가쁘게 내뱉고 빙그르르 몸을 돌려 수납장에 등을 기대고 섰다.

"아, 언니. 왜?"

조세핀은 동생을 빤히 바라볼 뿐이었다. 무시무시한 위험을 막 탈출했다는, 이루 말할 수 없이 이상한 기분이 들었다. 하지만 이것을 동생에게 어떻게 설명한단 말인가? 아버지가 서랍장 속에 있다는 사실을 말이다. 아버지는 맨 위 서랍에 손수건과 넥타이와 함께 있었다. 아니면 그 아래 서랍에 셔츠와 잠옷과 있거나. 그것도 아니면 맨 아래 서랍에 양복들과 있었다. 아버지는 서랍의 손잡이 바로 뒤쪽에 숨어서 지켜보고 있었다—펄쩍 뛰쳐나올 만반의 준비를 하고.

조세핀은 어렸을 적에 울음보가 터지기 전에 짓곤 하던 우스꽝스러운 표정으로 동생을 보고 있었다.

"못 열겠어." 조세핀은 울부짖을 뻔했다.

"그래. 열지 마. 언니." 콘스탠티아가 진심으로 속삭였다. "안 하는 편이 훨씬 나아. 아무것도 열지 마. 나중에, 오랜 시간이 흐른 뒤에 열자."

"그건 너무 나약한 행동이잖아." 조세핀이 울먹이며 말했다.

"한 번쯤 약해지면 어때, 언니?" 콘스탠티아가 자못 격렬한 기세로 속삭였다. "설사 그게 나약한 행동일지라도," 콘스탠티아는 창백하게 질린 얼굴로 뚜껑이 안전하게 잠겨 있는 집필용 책상에서 커다랗게 빛나는 옷장으로 시선을 옮겼고, 숨이 찬 것처럼 이상하게 헐떡이기 시작했다. "왜 우리가 살면서 한 번쯤 나약하게 굴면 안 돼? 누구나 이해해줄 거야. 약해지자. 약해지자고, 언니. 강한 것보다는 약한 게 훨씬 나아."

그러고서 콘스탠티아는 자매의 인생에서 어쩌면 두 번쯤 해본 엄청나게 대담한 행동을 감행했다. 옷장으로 씩씩하게 걸어가 열쇠를 돌려 자물쇠에서 빼내고 조세핀에게 내밀었다. 그러고는 묘한 미소를 지었다. 자신이 지금 무슨 일을 저질렀는지 잘 안다고, 옷장 속의 오버코트 사이에 아버지가 숨어 있을지도 모른다는 위험을 알고도 감수했다는 뜻이었다.

그 커다란 옷장이 달려들어 콘스탠티아를 깔아뭉갰어도 조세핀은 놀라지 않았을 것이다. 아니, 당연히 일어날 일이었다고 수긍했을 것이다. 그러나 아무 일도 일어나지 않았다. 방 안의 고요가 더 짙어졌고, 차가운 공기가 더 크게 송이송이 내려 조세핀의 어깨와 무릎을 덮었다. 조세핀은 몸을 떨기 시작했다.

"가자, 언니." 콘스탠티아가 여전히 그 냉담한 미소를 띤 채로 말했다. 조세핀은 그 옛날에 콘스탠티아가 베니 오빠를 라운드 폰드 연못에 밀어버렸을 때처럼 묵묵히 동생을 따라갔다.

VII

그러나 다이닝룸으로 돌아간 순간 두 사람은 긴장이 풀리며 무너져버렸다. 그들은 몸을 떨면서 의자에 털썩 앉고 시선을 마주쳤다.

"아무것도 시작하지를 못하겠어." 조세핀이 말했다. "뭐라도 먹어야겠어. 케이트한테 따뜻한 물 두 잔만 달라고 해도 괜찮을까?"

"부탁하면 안 될 이유는 없지." 콘스탠티아가 조심스레 말했다. 콘스탠티아는 거의 평소의 모습으로 돌아가 있었다. "종을 울리진 않을래. 부엌 앞에 가서 물어볼게."

"그래, 물어봐." 조세핀이 의자에 쓰러지듯이 기대앉으며 말했다. "두 잔만 준비해달라고 해. 그거면 돼. 쟁반에 올려서 가져다 달라고 해.”

“찻주전자도 필요 없잖아, 그렇지?” 콘스탠티아는 찻주전자를 부탁하면 케이트가 불평할까봐 두려워하는 듯했다.

“아, 물론이야! 찻주전자는 필요 없어. 물 끓인 주전자에서 바로 찻잔에 부어서 주면 돼.” 그렇게 하면 별로 성가시지 않을 거라는 듯이 조세핀이 외쳤다.

찻잔의 초록색 언저리에서 두 사람의 차가운 입술이 떨렸다. 조세핀은 조그만 빨간 손으로 찻잔을 감싸 쥐었다. 콘스탠티아는 허리를 곧추세우고 앉아서 구불구불 흘러나오는 수증기를 불어 다른 쪽으로 흩날렸다.

“베니 오빠 이야기를 하다 생각났는데.” 조세핀이 말했다.

베니의 이름은 여태 거론된 적도 없지만 콘스탠티아는 자기들이 지금까지 그의 이야기를 하고 있었던 것 같은 표정으로 언니를 쳐다봤다.

“아버지 물건을 뭐라도 하나 보내길 기대하고 있을 거야. 당연하지. 그렇지만 실론으로 무엇을 보내야 좋을지 정말 막막해.”

“선박으로 보내면 물건들이 곧잘 망가진다, 그 말이지.” 콘스탠티아가 중얼거렸다.

“아니, 분실된다고.” 조세핀이 날카롭게 말했다. “너도 알다시피 거긴 우체국이 없잖아. 심부름꾼들만 있지.”

자매는 말을 멈추고 하얀색 리넨 반바지를 입은 흑인 남자가 황량한 들판을 죽어라 달리는 모습을 보았다. 남자는 커다란 갈색 종이 꾸러미를 들고 있었다. 조세핀이 상상한 흑인 남자는 아주 조그맣고, 쪼르르 달리는 몸이 개미처럼 빛났다. 반대로 콘스탠티아의 상상 속 남자는 키가 크고 말랐으며 어딘가 아둔하고 끈덕진 분위기를 풍겼는데, 과연 무척 불쾌한 사람 같다고 콘스탠티아는 생각했다…. 그리고 베란다에 서 있는 베니 오빠는 상의와 하의 모두 하얀 차림으로 사파리 모자를 쓰고 있었다. 아버지가 조급해할 때면 그랬듯이 베니가 오른손을 위아래로 흔들었다. 베니 뒤에는 자매가 한 번도 만나보지 못한 올케 힐다가 철저하게 무관심한 태도로 앉아 있었다. 힐다는 고리버들 흔들의자에서 몸을 흔들며 〈태틀러〉 잡지를 휙휙 넘겼다.

"아버지 시계가 가장 적절할 것 같아." 조세핀이 말했다.

콘스탠티아가 시선을 들었다. 놀란 표정이었다.

"원주민한테 금시계를 맡기자고?"

"당연히 다른 물건처럼 보이게 위장해야지." 조세핀이 말했다. "시계인 줄 아무도 모르게." 조세핀은 내용물을 상상할 수 없게 꾸러미를 만든다는 아이디어가 마음에 들었다. 언젠가 쓸모가 있을지도 모른다고 오랫동안 보관해온 좁다란 코르셋 상자에 시계를 숨기는 것도 상상했다. 견고하고 모양 좋은 상자였다. 하지만 아니, 상황이 적절치 않다. 상자에는 이렇게 적혀 있었다. 여성 치수 28 미디엄. 고강압. 베니 오빠가 이 상자를 열고 아버지 시계를 발견하면 얼마나 놀랄까.

"그리고 물론 시계가 째깍거리며 작동하진 않을 거야." 원주민들이 금품에 사족을 못 쓴다는 생각에 여전히 빠져 있는 콘스탠티아가 말했다. "어쨌든," 그녀가 덧붙였다. "그렇게 오래되었는데 작동하면 그게 더 이상하지."

Ⅷ

조세핀은 대답하지 않았다. 딴생각에 빠져 있었다. 갑자기 시릴이 생각났다. 하나뿐인 손자에게 시계를 물려주는 편이 좀더 통상적이지 않을까? 게다가 착한 시릴은 무엇이든 고마워했고, 젊은이에게 금시계는 쓸모가 많을 것이다. 아마 베니 오빠는 이제 시계를 가지고 다니지도 않을 것이다. 그 더운 지방에서 조끼를 며칠이나 입겠는가. 반면에 런던에 사는 시릴은 연중 거의 매일 입는다. 콘스탠티아와 자신에게도 그 편이 더 낫다. 시릴이 차를 마시러 올 때 시계를 볼 수 있을 테니까. '할아버지 시계를 차고 왔구나.' 생각만 해도 흐뭇했다.

귀여운 시릴! 시릴이 다정한 조문 편지만 보냈을 때 얼마나 충격을 받았었는지! 물론 자매는 그의 상황을 이해했지만, 속상한 건 어쩔 수 없었다.

"시릴이 참석했으면 참 좋았을 텐데." 조세핀이 말했다.

"시릴도 좋은 시간을 보냈을 거야." 콘스탠티아가 자기가 무슨 말을 하는지도 모르고 말했다.

그래도 시릴은 돌아오자마자 차를 마시러 오겠다고 약속했다. 시릴과 차를 마시는 것은 자매의 삶에서 몇 안 되는 즐거움 중 하나였다.

"자, 시릴, 우리가 준비한 케이크를 보고 기겁하면 안 된다. 콘스탠티아 고모랑 내가 오늘 아침에 버스저드에 가서 사 왔어. 남자들이 얼마나 잘 먹는지 아니까. 찻상에서 배불리 먹는다고 부끄러워할 필요 없어."

조세핀은 달콤한 초콜릿 케이크를 무모할 정도로 크게 잘랐다. 본인의 겨울 장갑을 장만하거나 콘스탠티아의 한 켤레뿐인 품질 좋은 신발의 밑면과 굽을 교체할 돈으로 산 케이크였다. 그렇지만 시릴은 식욕이 영 남자답지 못했다.

"조세핀 고모, 죄송하지만 못 먹겠어요. 방금 점심을 먹었어요."

"아, 시릴! 설마! 벌써 4시가 지났는데." 조세핀이 외쳤다. 콘스탠티아는 칼을 초콜릿 케이크에 올린 채로 자리에 앉았다.

"하지만 정말이에요." 시릴이 말했다. "빅토리아에서 약속이 있었는데, 한참을 기다렸지 뭐예요…. 그래서 여기 오기 직전에 점심을 먹었어요. 게다가 그 사람한테서, 휴…." 시릴은 손으로 이마를 짚었다. "몹시 나쁜 소식을 들었어요."

실망스러웠다. 하필 오늘 그런 일이 있었다니. 물론 시릴은 고모들이 자기 주려고 케이크를 사놓았다는 걸 미리 알 수는 없었다.

"머랭은 먹을 거지, 시릴?" 조세핀이 물었다. "머랭은 너 주려고 산 거야. 네 아버지가 얼마나 좋아했었는데. 너도 좋아할 것 같았어."

"저도 좋아해요. 조세핀 고모." 시릴이 말했다. "일단 반쪽만 먹어도 괜찮을까요?"

"당연하지. 하지만 그것만 먹이고 보낼 수는 없다."

"네 아버지는 요즘도 머랭을 좋아하니?" 콘스탠티아가 다정하게 묻고, 살짝 얼굴을 찡그리며 자기 머랭의 크림에 포크를 찔러넣었다.

"글쎄요, 잘 모르겠어요. 고모." 시릴이 가볍게 말했다.

그 말에 자매는 고개를 번쩍 들었다.

"모른다고?" 조세핀이 화를 내다시피 따졌다. "자기 아버지에 대해 그런 것도 몰라?"

"그럼 안 되지." 콘스탠티아 고모가 부드럽게 말했다.

시릴은 웃어넘기려 했다. "아, 글쎄요." 그가 말했다. "하도 뵌 지 오래되어서요. 아버지를—" 시릴은 망설이다 말을 멈췄다. 고모들의 표정을 견디기 어려웠다.

"아무리 그래도 그렇지." 조세핀이 말했다.

콘스탠티아는 물끄러미 바라보고 있었다.

시릴은 찻잔을 내려놓았다. "잠시만요." 그가 외쳤다. "잠시만요, 조세핀 고모. 내가 뭘 생각하고 있었지?"

시릴이 고개를 들었다. 고모들의 얼굴이 서서히 밝아지고 있었다. 시릴은 무릎을 내려쳤다.

"아, 맞아요." 시릴이 말했다. "머랭이에요. 어떻게 그걸 잊어버렸을까요? 네, 조세핀 고모. 고모 말이 맞아요. 아버지는 머랭을 아주 좋아하세요."

자매는 얼굴만 밝아진 것이 아니었다. 조세핀은 기뻐서 얼굴이 선홍색으로 물들었고 콘스탠티아는 숨을 아주 길게 내쉬었다.

"시릴, 이제 할아버지께 인사드리렴." 조세핀이 말했다. "네가 오늘 오는 걸 아셔."

"네." 시릴이 단호하고 다정하게 말했다. 시릴은 자리에서 일어나다가 갑자기 시계로 시선을 돌렸다.

"콘스탠티아 고모. 저 시계 좀 느리지 않나요? 약속이 있어요. 5시 좀 지나서 패딩턴에서요. 할아버지랑 아주 오래 이야기를 나누진 못할 것 같아요."

"할아버지께서도 네가 아주 오래 있을 거라고 기대하진 않으실 거야!" 조세핀이 외쳤다.

콘스탠티아는 여전히 시계를 보고 있었다. 시계가 빠른 건지 느린 건지 도무지 알 수 없었다. 둘 중 하나인 것은 확실했다. 어쨌든, 한때는 그랬었다.

시릴은 여전히 미적거리고 있었다. "같이 안 들어가실 거예요, 콘스탠티아 고모?"

"갈 거야." 조세핀이 말했다. "다 같이 가자. 콘스탠티아, 가자."

IX

문에 노크했고, 시릴은 고모들을 따라 할아버지의 덥고 달큼한 냄새가 나는 방에 들어갔다.

"여기로 와라." 할아버지가 말했다. "거기서 꾸물거리지 말고. 뭐냐? 무슨 일이야?"

할아버지는 활활 타오르는 난롯불 앞에서 지팡이를 쥐고 앉아 있었다. 무릎에는 두꺼운 담요를 덮었는데, 그 위에 아주 아름다운 연노란색 비단 손수건이 놓여 있었다.

"시릴이 왔어요, 아버지." 조세핀이 소심하게 말했다. 그러고는 시릴의 손을 잡고 앞으로 이끌었다.

"안녕하세요, 할아버지." 시릴은 조세핀 고모에게서 손을 빼내려 하며 말했다. 할아버지가 악명이 자자한 그 눈빛으로 쏘아보았다. 콘스탠티아 고모는 어딨지? 콘스탠티아 고모는 조세핀 고모 반대쪽에 서 있다. 긴 팔을 몸 앞으로 늘어뜨리고 두 손을 맞잡고 있었다. 콘스탠티아 고모는 할아버지한테서 눈을 떼지 않았다.

"그래." 할아버지가 지팡이로 바닥을 두드리며 말했다. "나한테

할 말이 뭐냐?"

할 말, 할 말이 무엇이 있을까? 시릴은 자신의 얼굴에 멍청한 미소가 떠오르는 것을 느꼈다. 방은 숨 막히게 더웠다.

그때 조세핀 고모가 그를 구해주었다. 고모가 명랑하게 외쳤다. "시릴이 말하기를, 얘 아버지가 머랭을 아직도 그렇게 좋아한다네요."

"뭐?" 할아버지가 한쪽 귀에 손을 올리고 오므리자 쪼글쪼글한 보라색 머랭 크림 같았다.

조세핀이 되풀이했다. "시릴 아버지가 머랭을 요즘도 무척 좋아한대요."

"안 들려." 늙은 피너 대령이 말했다. 그는 지팡이를 흔들어 조세핀더러 비키라고 하고 시릴을 가리켰다. "네 고모가 무슨 소리를 하는 건지 네가 말해봐라." 할아버지가 말했다.

(맙소사!) "제가요?" 시릴이 얼굴을 붉히고 조세핀 고모를 절박하게 바라보며 말했다.

"괜찮아. 말해보렴." 조세핀 고모가 미소 지었다. "할아버지가 들으면 좋아하실 거야."

"뭐냐! 말하라고!" 피너 대령이 다시 지팡이를 두드리며 성을 버럭 냈다.

시릴은 앞으로 몸을 기울이고 외쳤다. "아버지는 요새도 머랭을 좋아하세요!"

순간 할아버지가 총에 맞기라도 한 것처럼 자리에서 벌떡 치솟았다.

"소리를 지르긴 왜 지르냐!" 그가 외쳤다. "애가 왜 이래? 머랭! 그게 뭐, 어떻다고!"

"아, 조세핀 고모. 계속 말해야 해요?" 시릴이 절망적으로 신음했다.

"괜찮아, 얘야. 괜찮아." 조세핀 고모는 자신들이 치과에 함께 온 것처럼 그를 달랬다. "금세 이해하실 거야." 조세핀은 시릴에게 속삭였다. "귀가 좀 안 들리셔." 그러고서 조세핀 고모는 몸을 앞으로 기울이고 할아버지에게 쩌렁쩌렁하게 소리쳤다. "아버지, 시릴이 하려는 말은 단지, 자기 아버지가 요새도 머랭을 아주 좋아한다고요."

이번에는 피너 대령이 제대로 들었다. 그는 생각에 잠겨 시릴을 위아래로 훑어보았다.

"정말 어처구니없군!" 할아버지가 말했다. "그 얘기를 하려고 여기까지 와, 정말 어처구니없어!"

과연 어처구니없다고 시릴은 생각했다.

"그래, 시릴한테 시계를 주자." 조세핀이 말했다.

"정말 좋은 생각이야." 콘스탠티아가 말했다. "시릴이 마지막에 왔을 때 시간과 관련해서 무슨 문제가 있었던 것 같아."

X

케이트가 늘 그리하듯이 문을 벌컥 열어젖히고 들어와 대화를 끊었다. 케이트는 언제나 벽에서 비밀 문을 가린 위장 패널이라도 발견한 것처럼 문을 열어젖혔다.

"튀겨요, 아니면 삶아요?" 당돌한 목소리가 물었다.

튀겨요, 아니면 삶아요? 조세핀과 콘스탠티아는 잠시 당혹스러워서 잠자코 있었다. 무슨 말인지 이해할 수 없었다.

"무엇을 말이야, 케이트?" 조세핀이 집중하려고 애쓰며 말했다.

케이트는 커다랗게 콧방귀를 뀌었다. "생선 말이에요."

"왜 그럼 처음부터 그렇게 말하지 않니?" 조세핀이 부드럽게 나무랐다. "우리가 그 말을 어떻게 이해할 수 있겠어? 너도 알다시피 세상에는 튀기거나 삶을 수 있는 게 많아." 이토록 용맹하게 행동한 조세핀은 제법 밝은 얼굴로 콘스탠티아에게 물었다. "너는 어떻게 먹고 싶니?"

"튀김이 맛있겠다." 콘스탠티아가 말했다. "그런데 다시 생각해보면 삶은 생선도 맛있지. 나는 둘 다 똑같이 좋아해…. 하지만 언니가 만약에—"

"튀길게요." 케이트는 말하고 방문을 닫지도 않고 휭하니 나가버린 다음에 부엌문을 꽝 닫았다.

조세핀은 콘스탠티아와 시선을 맞추고 옅은 눈썹을 추어올렸는데, 어찌나 높이 추어올렸는지 눈썹이 옅은 이마선과 만날 것 같았다. 조세핀이 자리에서 일어났다. 그리고 아주 오만하고, 위압적인 목소리로 말했다. "응접실로 잠깐 따라올래, 콘스탠티아? 중요한 사항을 의논해야 해."

두 사람은 케이트에 대해 이야기할 때면 늘 응접실로 갔다.

조세핀은 문을 의미심장하게 닫았다. "앉아, 콘스탠티아." 여전히 여왕 같은 태도로 조세핀이 말했다. 집에 처음 찾아온 손님을 맞이하는 듯한 태도였다. 그러자 콘스탠티아도 낯선 집에 온 것처럼 의자를 찾아 멍하니 둘러보았다.

"이제 이 문제를 결정해야 해." 조세핀은 앞으로 몸을 기울이며 말했다. "재를 계속 데리고 있을 건지 아닌지 말이야."

"중요한 문제지."

"이번에는 정말로." 조세핀이 단호하게 말했다. "확실히 결정을 내려야 해."

콘스탠티아는 지금껏 두 사람이 이 사항을 의논했던 수많은 순간을 전부 되짚어보는 듯하더니 곧 정신을 차리고 답했다. "맞아."

"너도 알다시피." 조세핀이 설명했다. "이제 상황이 완전히 달라졌어." 콘스탠티아가 시선을 번쩍 들었다. "그러니까." 조세핀이 말을 이었다. "예전처럼 케이트의 도움이 필요하지 않잖아." 그리고 조세핀은 얼굴을 살짝 붉혔다. "아버지 식사를 차릴 필요가 없으니까."

"사실이야." 콘스탠티아가 동의했다. "아버지가 앞으로 식사를 하실 일은 없을 테니까."

조세핀이 갑자기 끼어들었다. "너 조는 거 아니지?"

"졸다니?" 콘스탠티아가 눈을 휘둥그레 떴다.

"아니면 좀더 집중해." 조세핀이 따끔하게 타박을 주고 다시 이야기를 시작했다. "결국에는 우리가." 여기서 조세핀은 말을 멈추고 숨도 간신히 쉬면서 문을 힐끔거렸다. "케이트에게 통지해야—" 조세핀이 다시 목소리를 높였다. "우리 식사는 스스로 차려 먹을 수 있잖아."

"당연하지!" 콘스탠티아가 외쳤다. 미소를 참을 수 없었다. 생각만 해도 신이 났다. 콘스탠티아는 손을 맞잡고 물었다. "우리가 무얼 만들어 먹으면 좋을까?"

"아, 달걀을 다양하게 요리하면 돼." 조세핀이 다시 거만하게 말했다. "게다가 조리를 다 해서 파는 음식이 많아."

“하지만 내가 듣기로는.” 콘스탠티아가 말했다. “그것들은 아주 비싸다던데.”

“간소하게 먹을 만큼만 사면 돼.” 조세핀이 말했다. 잠시 옆길로 샌 이 화제는 흥미로웠지만 조세핀은 콘스탠티아를 끌고 다시 본론으로 돌아갔다.

“지금 바로 결정해야 해. 케이트를 정말 믿을 수 있는지 말이야.”

콘스탠티아가 뒤로 주춤 물러났다. 작고 단조로운 웃음소리가 입술 사이로 새어 나왔다.

“참 이상하지, 언니.” 콘스탠티아가 말했다. “이것에 대해서만큼은 도저히 마음을 못 정하겠어.”

XI

콘스탠티아는 도저히 결정할 수 없었다. 증명하기가 너무 어려웠기 때문이다. 세상에 증명할 수 있는 게 있나? 어떻게 해야 하지? 케이트가 그녀 앞에서 조롱하는 표정을 지었다고 가정해보자. 아파서 얼굴을 일그러뜨린 것일 수도 있지 않을까? 여하튼 케이트에게 지금 조롱하는 표정을 지은 거냐고 물어볼 수는 없잖은가. 케이트가 아니라고 대답하면—당연히 아니라고 할 텐데—그럼 얼마나 난감할까? 얼마나 창피할까? 하지만 콘스탠티아는 자기와 조세핀이 외출할 때 케이트가 서랍장을 뒤진다고 확신했다. 무얼 훔칠 의도가 있어서가 아니라 단순히 엿보려는 것이다. 자수정 십자가가 레이스 끈 무더기 아래 들어가 있거나 드레스에 붙이는 똑딱이 목깃에 올려져 있는 등 천만뜻밖의 장소에서 발견된 적이 수두룩하다. 콘스탠티아는 물증을 잡으려고 여러 번 덫을 쳐놓았었다. 물건을 특정한 방식으로 정리해놓은 다음에 조세핀에게 보여주어 증인으로 삼았다.

"봤지?"

"봤어."

"이제 증거를 대서 따질 수 있을 거야."

그러나, 아, 이런, 나중에 다시 보아도 증거를 대지 못했다! 무언가 위치가 바뀌었더라도 어쩌면 그녀가 서랍을 닫으면서 움직였을 가능성도 있지 않을까? 흔들리면서 별별 물건이 다 뒤섞일 수도 있으니까.

"언니, 그냥 언니가 결정해. 난 못하겠어. 너무 어려워."

잠시 침묵이 흘렀고, 조세핀이 오랫동안 노려보다가 한숨을 지었다. "너 때문에 이제 나도 헷갈려, 콘스탠티아. 잘 모르겠어."

"하지만 더는 질질 끌면 안 돼." 조세핀이 말했다. "이번에 미루면—"

XII

그러나 그때 바깥 거리에서 배럴 오르간 소리가 울렸다. 조세핀과 콘스탠티아가 동시에 벌떡 일어났다.

"빨리 가봐, 콘." 조세핀이 말했다. "빨리 내려가. 저기 6펜스 있어."

그러다 두 사람은 기억했다. 상관없다. 오르간을 연주하는 거리의 악사를 쫓지 않아도 된다. 두 번 다시 두 사람은 저 원숭이에게 다른 곳에 가서 소란을 피우라고 말할 필요가 없다. 빨리빨리 못하냐고 아버지가 답답해하며 내는 그 이상하고 시끄러운 신음소리를 듣지 않아도 된다. 거리의 악사가 창밖에서 온종일 연주해도 지팡이가 바닥을 두들기지 않을 것이다.

지팡이가 바닥을 두들기지 않을 것이다
지팡이가 바닥을 두들기지 않을 것이다

배럴 오르간이 연주했다.

콘스탠티아는 무슨 생각을 하고 있을까? 동생이 야릇한 미소를 띠고 있었다. 평소와 달라 보였다. 울음을 터뜨리려는 게 아니다.

"언니, 언니." 콘스탠티아가 양손을 맞잡으며 조용히 말했다. "오늘이 무슨 요일인지 알아? 토요일이야. 일주일 됐어. 일주일이 지났어."

아버지가 죽은 지 일주일이 지났네
아버지가 죽은 지 일주일이 지났네

배럴 오르간이 외쳤다. 조세핀도 현실적이고 합리적으로 행동하는 걸 잊었다. 조세핀은 엷게, 묘한 미소를 띠었다. 인도산 카펫에 옅은 붉은색 햇빛이 네모나게 찍혔다. 햇빛의 사각형이 나타났다가 사라졌다가, 다시 나타났고, 색이 점차 짙어져서 마지막에는 금빛으로 빛났다.

"해가 졌어." 조세핀이 그것이 실로 중요한 일이라는 듯이 말했다.

배럴 오르간에서 동그랗고 밝은 음색이 완벽한 분수처럼 방울방울 뿜어져 올라와 아무렇게나 흩어졌다.

콘스탠티아는 그것을 잡으려는 것처럼 커다랗고 차가운 손을 들었다가 다시 내렸다. 그러고는 자신이 가장 좋아하는 부처상이 올려져 있는 벽난로 선반으로 걸어갔다. 돌에 금박으로 형상이 그려진 부처상의 미소는 볼 때마다 이상한 기분을, 고통스러우면서도 달콤한 기분을 불러일으켰는데, 오늘은 단순히 미소만 짓고 있는 것 같지 않았다. 그것은 무언가를 알았다. 비밀스러웠다. '나는 네가 모르는 걸 알지.' 부처상이 말했다. 아, 그게 무엇일까, 과연 무엇일까? 하지만 그녀는 그 미소가 왠지 의미심장하다고 늘 느껴왔었다….

햇빛이 창문을 통해 슬그머니 스며들어와 가구와 사진에서 반짝였다. 조세핀은 그것을 보고 있었다. 햇빛이 피아노 위에 걸려 있는 어머니의 확대 사진까지 와 닿았다. 햇빛은 사진에 어머니의 모습이 거의 남아 있지 않음에, 남아 있는 것이라고는 조그만 탑 모양의 귀고리와 검은색 깃털 목도리뿐이라는 사실에 당혹스러워하는 듯했다. 죽은 사람들의 사진은 왜 그토록 바래는 걸까? 조세핀은 생각했다. 사람이 죽자마자 그들의 사진도 죽는다. 물론 어머니의 사진은 무척 오래되었다. 35년이나 되었다. 조세핀은 의자에 서서 깃털 목도리를 가리키며, 실론에서 어머니가 뱀에 물려 죽었다고 콘스탠티아에게 말한 것을 기억했다…. 어머니가 죽지 않았으면 모든 것이 달랐을까? 달라지지 않았을 이유가 없다. 자매가 학교를 졸업할 때까지 플로렌스 이모가 함께 와서 지내주었고, 그다음에 그들 가족은 세 번 이사했으며 매년 휴가를 갔고…. 그리고 하인들도 물론 바뀌었다.

조그만 제비들이—우는 소리를 들어보니 새끼 제비 같았다—창턱에서 울었다. 잉—이잉—잉. 하지만 조세핀이 듣기에는 그것이 제비들이 내는 소리가 아닌 듯했다. 창밖에서 들려오는 소리도 아닌 듯했다. 묘한 울음소리는 그녀 안에서 났다. 잉—이잉—잉. 아, 이토록 힘없고 쓸쓸하게 무엇이 울고 있을까?

그때 어머니가 죽지 않았다면 그들이 결혼했을까? 하지만 결혼할 남자가 없었다. 인도에 거주하는 아버지의 영국인 친구들이 있었지만 아버지는 그들과 다투고 절교했다. 그 뒤로는 목사 말고는 미혼 남자를 만나보지 못했다. 남자를 어디서 만나지? 만나더라도, 어떻게 친밀한 사이가 되지? 책에서 모험을 떠나거나 남자의 구애를 받는 등의 이야기를 읽었다. 그렇지만 아무도 콘스탠티아나 조세핀에게 구애하지 않았다. 아, 그래. 이스트본에서 1년 살았을 때 하숙인 한 명이 그들 침실 앞의 뜨거운 물병 아래 쪽지를 놓았다! 하지만 코니가 그 쪽지를 발견했을 즈음에는 물병에서 나온 수증기가 글자를 전부 지워서 읽을 수가 없었다. 누구에게 보낸 건지도 알아낼 수 없었다. 그리고 남자는 다음 날 떠났다. 그게 끝이었다. 그 뒤로는 평생 아버지를 돌보고, 그러는 동시에 아버지 눈에 띄지 않으려고 애쓰며 살았다. 하지만 이제는? 이제는? 도둑 같은 햇빛이 조세핀을 부드럽게 어루만졌다. 조세핀은 고개를 들었다. 부드러운 햇빛이 그녀를 창가로 불렀다….

배럴 오르간의 음악이 끝날 때까지 콘스탠티아는 부처상 앞에 서 있었는데, 평소처럼 멍하니 넋을 놓고 있지는 않았다. 지금 그녀의 몽상은 갈망에 가까웠다. 보름달이 휘황찬란하게 빛나던 밤에 잠옷 바람으로 침대를 빠져나와 여기 바닥에 누워, 마치 십자가에 매달린 것처럼 양팔을 넓게 펼쳤던 것을 기억했다. 왜 그랬냐고? 그 커다랗고 창백한 달의 부추김을 받았다. 세공된 병풍에서 춤추듯이 아른거리는 못된 형태들이 비웃었지만 콘스탠티아는 마음 쓰지 않았다. 가족이 해변에 갈 때마다 그녀는 혼자 슬쩍 빠져나와 바다에 바짝 다가서서, 무언가를, 자신이 지어낸 노래를 부르면서 끊임없이 요동치는 바닷물을 눈에 담았던 것을 기억했다. 하지만 이렇게 다른 삶도 있었다. 서둘러 달려나가서 장바구니에 물건을 담아 오고, 환불 가능한 것들을 사고, 조세핀과 의논하고, 그것들을 환불받은 다음에 더 많은 환불 가능한 것들을 사고, 아버지 신경을 거스르지 않으려고 바짝 긴장한 채로 아버지 쟁반을 정리하며 하루하루를 보냈다. 하지만 이 삶은 일종의 터널 속에서 일어난 것처럼 느껴졌다. 진짜가 아니었다. 이 터널에서 나올 때만, 달빛이나 바닷가나 폭풍 속으로 걸어 나올 때만 진정한 자신을 찾은 것처럼 느꼈다. 이게 무슨 뜻일까? 그녀가 늘 품고 있는 갈망이 무엇일까? 이런 것들이 그녀를 어디로 데려갈까? 이제는? 이제는?

콘스탠티아는 특유의 애매한 몸짓으로 부처상에서 돌아서고, 조세핀이 서 있는 곳으로 갔다. 무언가 말하고 싶었다. 굉장히 중대한 것을 말하고 싶었다. 미래에 관하여, 그리고 또—

"어쩌면 말야—" 콘스탠티아가 운을 뗐다.

하지만 조세핀이 끼어들었다. "생각해봤는데 이제—" 조세핀이 중얼거렸다. 두 사람은 말을 멈췄다. 서로가 말하기를 기다렸다.

"말해, 콘." 조세핀이 말했다.

"아냐, 언니가 먼저 말해." 콘스탠티아가 말했다.

"아냐, 하려던 말을 해. 네가 먼저 시작했잖아." 조세핀이 말했다.

"나는… 나는 언니가 하려던 말을 먼저 듣고 싶어." 콘스탠티아가 말했다.

"바보같이 굴지 말고."

"진짜야."

"코니!"

"아, 언니!"

침묵이 흘렀다. 그러다 콘스탠티아가 조용히 말했다. "말 못 하겠어, 언니. 잊어버렸어. 내가 무슨 말을 하려고 했는지."

조세핀은 잠시 침묵을 지켰다. 그러고는 태양이 있던 자리를 대신 차지한 커다란 구름을 쳐다봤다. 이윽고 조세핀이 짤막하게 말했다. "나도 잊어버렸어."

첫 무도회

무도회가 정확히 언제 시작되었는지 물어보면 레일라는 선뜻 답하지 못할 것이다. 어쩌면 마차가 레일라의 첫 파트너였을지도 모른다. 셰리던 가의 자매와 그들의 오빠가 마차에 함께 타고 있었다는 사실은 무관했다. 레일라는 뒷좌석 구석에 혼자 앉았는데, 손을 얹고 있는 쿠션이 낯선 남자의 야회복 소매처럼 느껴졌다. 그렇게 그들은 왈츠를 추는 가로등 불빛과 집들과 울타리와 나무를 빠르게 지나쳤다.

"레일라, 무도회에 정말 처음 가보니? 아니, 얘, 너무 신기하다." 셰리던 자매가 외쳤다.

"우리는 제일 가까운 이웃이 15마일이나 떨어져 있었어." 레일라가 부채를 살며시 펼쳤다가 다시 접으면서 조용히 말했다.

아, 이런. 다른 사람들처럼 무덤덤하게 행동하기가 너무 힘들다! 레일라는 너무 웃지 않으려고 애썼다. 그렇지만 모든 것이 새롭고 짜릿했다…. 메그가 꽂고 있는 월하향을 봐. 조시가 길게 늘어뜨린 호박석 목걸이는 또 어떻고. 흰 모피 깃 위로 보이는 로라의 짙은 색 머리는 꼭 눈 속에 피어난 꽃 같았다. 레일라는 이것들을 평생 기억할 것이다. 사촌 로리가 새 장갑의 단추에서 얇은 포장지를 벗겨 던지는 걸 보고 가슴이 아팠다. 레일라는 기꺼이 그것을 추억 삼아 간직했을 것이다. 로리가 앞으로 몸을 기울여 로라의 무릎에 손을 얹었다.

"이거 봐, 로라." 로리가 말했다. "이번에도 세 번째랑 아홉 번째 춤을 같이 추자. 오케이?"

아, 남자형제가 있다는 것은 얼마나 멋진가! 잔뜩 흥분한 레일라는 울음을 터뜨릴 시간이 있었다면, 그것이 어처구니없는 행동이 아니라면, 자신이 외동아이라는 사실에 울었을지도 모른다. "오케이?"라고 물어봐주는 남자형제도 없고, 메그가 조시에게 말한 것처럼 "오늘 머리를 정말 예쁘게 올렸네."라고 말해주는 여자형제도 없다니.

그러나 물론 눈물을 흘리고 있을 시간 따위 없었다. 그들은 벌써 무도회장에 도착했다. 그들이 탄 마차의 앞과 뒤로 마차의 행렬이 이어졌다. 도로의 양옆으로 늘어선 불빛들이 부채처럼 펄럭거렸고, 아름답게 차려입은 사람들이 쌩쌩이 날아오를 듯이 도로를 지나갔다. 조그만 새틴 구두가 새처럼 사뿐사뿐 서로를 좇아갔다.

"내 손을 잡아, 레일라. 자칫하면 잃어버리겠어." 로라가 말했다.

"가자, 애들아. 얼른 가자고." 로리가 말했다.

레일라는 두 손가락을 로라의 분홍색 벨벳 망토에 얹었다. 그들은 어찌어찌 커다란 금빛 랜턴 옆으로 내려가 복도를 지나고 '여성용'이라고 적혀 있는 작은 방으로 밀려갔다. 방에 어찌나 사람이 북적거리는지 겉옷을 내려놓을 공간이 거의 없었고 귀가 아프도록 시끄러웠다. 방의 양쪽 벽에 있는 벤치에 화장 가운이 가득 쌓여 있었다. 흰색 앞치마를 두른 나이 많은 여자 두 명이 쉴 새 없이 뛰어다니며

새 가운을 던져주었다. 여자들은 모두 구석에 있는 작은 화장대로 가서 거울을 보려고 밀치락달치락 야단법석이었다.

커다란 가스등의 불빛이 깜박거리며 방을 밝혔다. 가스등은 도저히 기다릴 수 없다는 듯이 벌써 춤추고 있었다. 문이 열릴 때마다 무도회장의 음악이 쏟아져 들어옴과 동시에 가스등의 불길이 거의 천장까지 치솟았다.

짙은 머리칼과 밝은 머리칼의 아가씨들이 머리를 매만지고 리본을 다시 묶고 상의 앞섶에 손수건을 넣고 대리석처럼 하얀 장갑의 주름을 폈다. 모두가 웃고 있었기 때문에 레일라는 모두가 아름답다고 생각했다.

"투명 머리핀 없어?" 누군가 외쳤다. "이럴 수가! 투명 머리핀이 하나도 없는 거 같아."

"내 등에 분 좀 두드려줘. 고마워." 또 다른 사람이 외쳤다.

"하지만 천이랑 바늘이 필요하단 말이에요. 주름 장식을 몇 마일이나 찢은 것 같아." 세 번째 여자가 울먹이며 말했다.

그러더니 "뒤로 전달해요! 넘겨요!" 누군가 소리쳤고, 무도회의 춤 순서가 적혀 있고 옆에 파트너의 이름을 적을 수 있는 프로그램 종이가 밀짚 바구니에 수북이 쌓여 손에서 손으로 전달되었다. 분홍색과 은색으로 꾸민 프로그램은 참 예뻤고, 분홍색 연필에는 복슬복슬한 술 장식이 달려 있었다. 레일라는 떨리는 손으로 바구니 속의 종이를 집었다. 누군가에게 이렇게 물어봐야 할 것 같았다. '나도 하나 가져가도 돼요?' 그렇지만 '왈츠 3. 카누에서 둘씩. 폴카 4. 깃털 날리기.'까지밖에 못 읽었을 때 메그가 외쳤다. "준비됐니, 레일라?" 그들은 통로에 붐비는 사람들 틈을 헤치며 무도회장의 커다란 이중문으로 나아갔다.

무도회는 아직 시작되지 않았지만 악단은 조율을 마쳤는데, 하도 시끌벅적해서 연주가 시작되어도 음악이 들릴지 의심스러웠다. 메그에게 바짝 붙어서 사촌의 어깨 위로 주변을 둘러보고 있는 레일라는 천장에서 나풀거리는 조그만 색색가지 깃발들도 수다를 떨고 있는 것 같다고 생각했다. 레일라는 수줍음을 잊었다. 무도회에 갈 준비를 하다가 한쪽 신발만 신은 채로 침대에 털썩 앉아서 어머니에게 도저히 못 가겠으니 사촌들에게 전화해달라고 부탁했던 것도 잊었다. 외진 시골 집의 베란다에 앉아서 새끼 올빼미들이 달빛 을 받으며 "모어포크"라고 우는 소리나 듣고 싶었던 바람은 이제 혼자 견디기 어려울 정도로 들뜬 기쁨으로 바뀌었다. 레일라는 부채를 꽉 쥐고, 금빛으로 반짝이는 바닥과 진달래꽃과 랜턴과 무대의 붉은 카펫과 금박 의자와 한쪽 구석에 자리한 악단을 전부 눈에 담으며 벅찬 심정으로 생각했다. '황홀해! 정말 황홀해!'

여자들은 문 한쪽에 모여 섰고, 남자들은 그 반대쪽에 섰으며 어두운 색 드레스를 입은 보호자들이 꽤나 실없는 미소를 지으며 광을 낸 바닥에서 조심스레 무대 쪽으로 걸어갔다.

"여기는 시골에 사는 우리 사촌 레일라야. 잘해줬으면 좋겠어. 파트너도 소개해주고. 오늘 내가 책임지고 있어." 메그가 여러 아가씨들을 붙들고 말했다.

낯선 얼굴들이 레일라에게 미소를 지었다—상냥하게, 애매하게. 낯선 목소리들이 대답했다. "물론이지." 그렇지만 레일라는 여자들이 자기를 제대로 본 것 같지 않았다. 그들은 모두 남자들을 보고 있었다. 왜 남자들은 시작을 안 하지? 뭘 기다리는 거야? 남자들은 무도회장 문의 반대편에 서서 장갑을 쓰다듬고 윤기 나는 머리를 누르며 자기들끼리 웃고 있었다. 그러다 갑자기, 이제 의무를 다하겠다고 마음먹은 것처럼 남자들이 기하학적 무늬가 들어간 나무 바닥을 미끄러지듯이 가로질러 오기 시작했다. 여자들 무리에서 기쁨의 물결이 일렁였다. 훤칠한 금발 남자가 메그에게 성큼 다가와 그녀의 프로그램에 무어라고 갈겨 썼다. 메그가 남자를 레일라에게 보냈다. "같이 춤출 수 있을까요?" 남자가 고개를 꾸벅이고 미소 지었다. 그다음에 안경을 쓴 검은 머리 남자가 왔고, 그다음에 사촌 로리가 친구와 같이 왔으며, 로라가 넥타이가 비뚤어진 주근깨투성이 남자와 왔다. 그러고는 나이가 꽤 많은 남자가 다가왔는데, 뚱뚱하고 정수리가 벗어졌다. 남자는 레일라의 프로그램을 받고서는 "어디 보자, 어디 보자!" 중얼거리며 이름이 하도 빽빽해서 까맣게 보이는 자신의 프로그램과 오랫동안 번갈아 보았다. 남자가 너무 고민하는 것 같아서 레일라는 민망했다. "아, 괜찮아요. 그냥 가셔도 돼요." 레일라가 진심으로 말했지만 뚱뚱한 남자는 대꾸하는 대신 무언가를 쓰고 다시 레일라를 힐끔 보았다. "이 예쁜 얼굴을 내가 기억하나요?" 남자가 부드럽게 말했다. "내가 본 적 있는 얼굴인가요?" 그때 악단이 연주를 시작했다. 뚱뚱한 남자는 사라졌다. 음악의 파도가 빛나는 바닥 위로 쏟아져 사람들의 무리를 쌩쌩이 나누고 흩어지게 하며 남자를 실어갔다.

레일라는 기숙사에서 춤을 배웠다. 매주 토요일 오후에 학생들은 골이 진 양철판으로 만들어진 예배당으로 내몰리듯 우르르 갔다. 거기서 (런던 출신인) 미스 에클스가 '특별' 수업이라는 것을 진행했다. 그렇지만 벽에 무명 천을 드리운 퀴퀴한 예배당과 진짜 무도회는 하늘과 땅처럼 달랐다. 그곳에서는 잔뜩 겁을 먹은 여자가 토끼처럼 뾰족한 귀 위로 갈색 벨벳 토크 모자를 눌러쓴 채 차가운 피아노를 두들겨대고, 미스 에클스가 기다란 하얀색 지팡이로 발을 찔러댔다. 레일라는 행여나 파트너가 오지 않아서 홀로 아름다운 음악을 들으며 다른 사람들이 금빛 바닥에서 빙글빙글 춤추는 모습을 지켜보기만 해야 한다면, 자기가 적어도 죽거나 기절할 거라고, 아니면 팔을 번쩍 들고 별빛이 스치는 어두운 창문 밖으로 뛰어내릴 거라고 생각했다.

"우리 차례인 것 같습니다만—" 누군가 고개를 숙이고 웃으며 팔을 내밀었다. 아, 다행이야. 죽지 않아도 된다. 누군가의 팔이 레일라의 허리를 감쌌고, 레일라는 연못에 떨어진 꽃잎처럼 둥둥 떠 갔다.

"바닥이 훌륭하지 않습니까?" 희미한 목소리가 레일라의 귀에 대고 느릿느릿 말했다.

"최고로 아름답게 미끄러워요." 레일라가 답했다.

"네?" 희미한 목소리는 놀란 듯했다. 레일라가 다시 말했다. 찰나 침묵이 흘렀고, 목소리가 울렸다. "아, 그럼요!" 그리고 레일라는 다시 한 바퀴 돌려졌다.

남자는 참으로 우아하게 춤추며 이끌었다. 기숙사에서 다른 여학생들과 춤추던 것과는 비교할 수도 없었다. 소녀들은 서로 부딪치고 발을 밟았다. 남자 역할을 맡은 여자아이들은 어찌나 마구잡이로 상대방을 붙잡던지.

이제 진달래꽃이 송이송이 따로 피어 있는 꽃이 아니라 분홍색과 흰색으로 나부끼는 깃발처럼 보였다.

"지난주에 벨스 가의 무도회에 오셨습니까?" 다시금 목소리가 들렸다. 피곤한 것 같았다. 레일라는 그만 추고 싶냐고 물어볼까 고민했다.

"아뇨, 이번이 첫 무도회예요." 레일라가 답했다.

파트너가 숨 가쁜 목소리로 조금 웃었다. "설마요." 그가 말했다.

"정말이에요. 무도회에 처음 왔어요." 레일라는 열심히 설명했다. 누군가에게 드디어 말하니까 속이 시원했다. "저는 여태 시골에 살아서—"

그때 음악이 뚝 멈췄다. 두 사람은 벽에 붙여놓은 의자 두 개로 갔다. 행복한 레일라는 분홍색 새틴 구두를 신은 발을 의자 아래로 넣고 부채질을 하면서, 자기 앞을 지나쳐 스윙도어로 사라지는 커플들을 바라보았다.

"좋은 시간 보내고 있니?" 조시가 금빛 머리를 끄덕거리며 물었다.

로라가 지나가며 아주 살며시 윙크했다. 그걸 보자 레일라는 이제 성숙한 아가씨가 된 기분이었다. 파트너는 말이 통 없었다. 그는 헛기침을 하고 손수건을 집어넣고, 조끼를 잡아 내리고, 한참 동안 소매에서 실밥을 떼어냈다. 상관없다. 거의 곧바로 악단이 연주를 재개했다. 두 번째 파트너가 천장에서 뚝 떨어진 것처럼 나타났다.

"바닥이 나쁘지 않네요." 새로운 목소리가 말했다. 원래 다들 바닥 이야기로 대화를 시작하나? 그러고서는, "화요일에 니브 가의 무도회에 오셨나요?" 그래서 레일라는 다시 한번 설명했다. 이상하게도 파트너들은 별 흥미를 보이지 않았다. 아니, 그녀의 첫 무도회인데, 얼마나 설레는가! 레일라는 모든 것을 처음 배우고 있었다. 여태껏 밤이 어떤 시간인지 모르고 산 기분이었다. 밤은 어둡고 조용하고 자주 아름다웠지만—그래, 정말 아름다웠다—그렇지만 왠지 슬펐다. 엄숙했다. 두 번 다시 밤이 그렇게 보이지 않을 것이다—밤이 휘황찬란하게 새로 열렸다.

"아이스크림 먹을래요?" 파트너가 물었다. 두 사람은 스윙도어를 지나 복도를 걸어 야식이 차려져 있는 방에 갔다. 레일라는 얼굴이 뜨거웠고 목이 타는 것 같았다. 유리그릇에 담긴 아이스크림이 얼마나 맛있어 보이는지! 성에가 낀 아이스크림 스푼도 차갑게 얼어 있었다! 그러고는 무도회장으로 돌아왔는데, 뚱뚱한 남자가 문가에서 그녀를 기다리고 있었다. 남자가 얼마나 늙었는지 다시 보고 레일라는 조금 충격을 받았다. 그 사람은 아버지와 어머니들 무리에 섞여 있어야 할 것 같았다. 다른 파트너들과 비교하니 후줄근하기도 했다. 조끼는 구겨졌고 장갑은 단추 하나가 떨어져 있었으며 코트는 마룻바닥에 선을 그은 분필 가루를 뒤집어쓴 것 같았다.

"갑시다, 꼬마 아가씨." 뚱뚱한 남자가 말했다. 그는 레일라를 대충 안았고, 두 사람은 춤을 추기보다는 걷는 것처럼 조용히 나아갔다. 남자는 바닥에 대해서 일언반구도 없었다. "무도회에 처음 와보는군요?" 남자가 중얼댔다.

"어떻게 알았어요?"

"아." 뚱뚱한 남자가 말했다. "늙으면 이렇게 된답니다!" 그는 어색하게 춤을 추는 커플 옆으로 레일라를 이끌며 나직이 말했다. "사실 나는 이런 무도회에 지난 30년간 왔거든요."

"30년이나요!" 레일라가 외쳤다. 그녀가 태어나기 12년 전이다!

"상상하기 힘들죠. 그렇지 않습니까?" 뚱뚱한 남자가 침울하게 말했다. 레일라는 남자의 벗어진 정수리를 힐끔 보았고, 안쓰러운 마음이 들었다.

"아직도 이렇게 나오시는 게 참 멋져요." 레일라가 친절하게 말했다.

"착한 아가씨군요." 뚱뚱한 남자가 말하고 레일라를 조금 더 가까이 안으며 왈츠의 선율을 흥얼거렸다. "물론." 남자가 말했다. "무언가가 그토록 오래가길 기대하면 안 됩니다. 아아안 돼요." 뚱뚱한 남자가 말했다. "얼마 안 가 아가씨도 단정한 검은색 벨벳 드레스를 입고 저기 무대에 앉아서 춤추는 사람들을 보고 있을 거예요. 예쁜 팔은 짧고 투실투실해졌고, 전혀 다른 부채로 박자를 세겠죠. 시꺼멓고 앙상한 부채 말입니다." 뚱뚱한 남자는 넌더리를 치는 것 같았다. "그리고 저기 노부인들처럼 멍한 미소를 짓고 당신 딸을 가리키면서, 지난번 사교 클럽의 무도회에서 어떤 끔찍한 남자가 아이한테 입을 맞추려 했다고 옆자리 노부인에게 말하겠죠. 그러면서 가슴이 욱신거릴 거예요. 아, 그래요." 뚱뚱한 남자는 레일라의 아픈 가슴이 안쓰럽다는 듯이 더 가까이 당겼다. "왜냐하면 그때쯤에는 아무도 당신한테 입 맞추고 싶어 하지 않을 테니까요. 이 바닥이 너무 미끄러워서 걷기에 위험하다느니, 그런 이야기나 하겠죠. 무슨 말인지 알겠어요, 요정 같은 아가씨?" 뚱뚱한 남자가 부드럽게 말했다.

레일라는 가볍게 잠시 웃었지만 전혀 웃고 싶은 기분이 아니었다. 과연—이 말들이 다 사실일까? 끔찍할 정도로 진실하게 느껴졌다. 첫 무도회는 그저 마지막 무도회의 시작일 뿐일까? 음악이 변했다. 음악이 슬프게 들렸다. 슬펐다. 크게 내쉬는 한숨에 실려 흐르는 듯했다. 아, 모든 것이 이토록 빨리 변해버렸다니! 왜 행복은 영원할 수 없을까? 영원은 그리 오랜 시간이 아니건만.

"그만 출래요." 레일라가 숨 가쁜 목소리로 말했다. 뚱뚱한 남자는 그녀를 문 쪽으로 이끌었다.

"아뇨." 레일라가 말했다. "밖에 나가지 않을 거예요. 앉고 싶지도 않아요. 그냥 여기에 서 있을래요. 고마워요." 레일라는 벽에 기대서 발로 바닥을 두드리며 장갑을 끌어올리고 억지 미소를 쥐어짜냈다. 그렇지만 마음속 깊은 곳에서는 어린 소녀가 앞치마를 머리 위로 뒤집어쓰고 흐느끼고 있었다. 이 남자는 왜 전부 망가뜨려야 했을까?

"저기, 그러니까," 뚱뚱한 남자가 말했다. "내가 한 말을 너무 귀담아듣지 말아요, 꼬마 아가씨."

"내가 왜 그러겠어요!" 레일라는 암갈색 머리를 뒤로 젖히고 아랫입술을 깨물었다….

다시 한번 커플들이 지나갔다. 스윙도어가 열렸다가 닫혔다. 이제 악단의 지휘자가 새로운 노래를 시작하고 있었다. 하지만 레일라는 춤추고 싶지 않았다. 집에 가고 싶었다. 아니면 베란다에 나가서 새끼 올빼미들의 울음소리에 귀 기울이고 싶었다. 어두운 창문을 통해 별을 올려다보았다. 별들이 날개처럼 긴 꼬리를 달고 있었다…

그러나 이내 부드럽고 매혹적이고 가슴을 휘젓는 선율이 울리기 시작했고, 곱슬머리 청년이 레일라 앞에 다가와서 인사했다. 춤을 춰야 한다. 예의는 지켜야 하니까. 어쨌든 메그를 찾을 때까지는 말이다. 레일라는 매우 뻣뻣하게 무도회장 중앙으로 걸어갔고, 매우 거만하게 손을 청년의 소매에 얹었다. 하지만 1분도 지나지 않아서, 무도회장을 한 바퀴 돌자마자 레일라의 발은 가볍게, 가볍게 미끄러지고 있었다. 불빛과 진달래꽃과 드레스와 상기된 얼굴과 벨벳 의자가 모두 하나의 아름다운 바퀴처럼 빙글빙글 돌았다. 그다음 파트너가 실수하는 바람에 뚱뚱한 남자와 부딪혔을 때 남자가 "실례합니다."라고 사과하자 레일리는 눈이 부시게 미소를 지었다. 그녀는 이미 그가 누구인지조차 잊어버렸다.

카나리아

저기 현관문 오른쪽에 박혀 있는 커다란 못이 보이나요? 아직도 나는 저것을 차마 보지 못하겠는데, 그렇다고 못을 뽑는 것은 상상도 할 수 없습니다. 내가 떠난 후에도 못이 계속 저 자리에 있기를 바라요. 다음 사람들이 이렇게 말하는 것이 귀에 들리는 것 같네요. "저기에 아마 새장이 걸려 있었을 거야." 그렇게 생각하면 위로가 됩니다. 나의 카나리아가 완전히 잊히지 않은 것 같으니까요.

나의 카나리아가 얼마나 아름답게 노래했는지 당신은 모릅니다. 보통 카나리아의 노래와는 달랐는데, 결코 나 혼자 착각한 게 아니에요. 창가에 앉아 있노라면 지나가던 행인들이 카나리아의 노래를 들으려고 발길을 멈추는 것이 보였고, 어떤 이들은 고광나무 아래 울타리 옆에 한참 서서 귀를 기울이더군요. 황홀경에 빠진 표정으로 말입니다. 터무니없는 소리라고 생각할지도 모르지만, 내가 듣기에 나의 카나리아는 노래를 시작부터 끝까지 전곡을 부르는 것 같았어요. 당신도 그 노래를 들었다면 내 말을 믿었을 거예요.

예를 들어, 내가 오후에 집안일을 마치고 블라우스로 갈아입은 뒤에 바느질거리를 들고 베란다에 앉으면, 나의 카나리아는 횃대 한쪽에서 반대쪽 끝까지 폴짝폴짝 뛰어왔어요. 그러고는 나의 관심을 끌려는 것처럼 새장 창살을 부리로 톡톡 쪼고, 성악가처럼 목을 축인 다음에 곡조를 뽑아내기 시작했는데, 그 소리가 얼마나 아름다웠는지, 나는 바느질거리를 내려놓고 가만히 집중해서 들었습니다. 그 노래가 어땠는지 설명하기가 쉽지 않네요. 설명할 수 있으면 좋을 텐데요. 매일 오후에 카나리아는 똑같은 노래를 불렀고, 나는 그 노래의 모든 음을 가슴속 깊은 곳에서부터 이해한다고 느꼈어요.

나는 나의 카나리아를 사랑했습니다. 진심으로 사랑했어요! 어쩌면 세상에서 우리가 사랑하는 대상이 무엇인지는 별로 중요하지 않은지도 몰라요. 하지만 반드시 무언가를 사랑해야 해요! 물론 내게는 작은 집과 정원이 있지만, 그것들로는 왠지 충분하지 않아요. 꽃은 나의 손길에 사랑스럽게 반응하지만 나와 공감해주지는 못하잖아요. 한때는 샛별을 사랑했어요. 황당한가요? 해가 지면 나는 뒷마당으로 나가서 유칼립투스 나무의 검은 실루엣 위로 샛별이 떠오르기를 기다렸어요. 그리고 이렇게 속삭이곤 했죠. "거기 있구나, 내 사랑." 막 떠오른 순간에 별은 잠시나마 나만을 위해서 빛을 발하는 듯했습니다. 내 심정을 이해하는 것 같았어요. 갈망과 비슷하지만 갈망이 아닌 감정을 말이에요. 회한. 그래, 회한에 더 가까운 것 같군요. 그렇지만 과연 무엇에 대한 회한일까요? 감사할 일이 이토록 많은데!

…카나리아를 만난 이후로 나는 샛별을 잊었습니다. 더는 필요하지 않았거든요. 참 이상하죠. 중국인 새 장수가 집에 찾아와 자그마한 새장을 들어 올렸을 때 카나리아는 딱한 황금방울새처럼 동요해서 파닥거리는 대신 조용히 지저귀었고, 그 순간에 나는 유칼립투스 나무 위로 떠오른 샛별에게 말했던 것처럼 카나리아에게 말

했답니다. "거기 있구나, 내 사랑!" 그렇게 말한 순간부터 카나리아는 내 것이었습니다!

…나와 카나리아, 우리가 삶을 얼마나 친밀하게 공유했는지 지금 생각해도 놀랍기만 합니다. 내가 아침에 내려와 새장의 덮개를 벗기면 곧바로 카나리아는 잠이 덜 깬 채로 나직한 노래를 불러 나를 반겼어요. "아주머니! 아주머니!" 하고 나를 부르는 것이었어요. 나는 새장을 밖에 걸어놓고 하숙하는 젊은이들 세 명에게 아침을 차려주러 갔고, 집에 우리만 남을 때까지는 다시 들여놓지 않았습니다. 설거지를 끝마치면 즐거운 놀이 시간이 시작됐어요. 식탁 한쪽에 신문지를 깔고 새장을 올려놓으면, 카나리아는 마치 무슨 일이 일어날지 몰라 불안하다는 듯이 날개를 푸드덕거렸어요. "참, 다 알면서 왜 그렇게 연기를 하니." 나는 이렇게 야단치곤 했죠. 쟁반을 청소하고 모래를 새로 깔아준 다음에, 모이와 물을 주고, 새장의 창살 사이로 별꽃 이파리와 고추 반쪽을 넣어주었어요. 이 모든 것을 카나리아가 이해하고 고마워했다고 나는 확신합니다. 왜냐하면 나의 카나리아는 타고나길 무척 깔끔했거든요. 횃대에 얼룩 하나 없었어요. 나의 조그만 새가 몸을 씻는 모습만 봐도 깨끗한 걸 얼마나 좋아하는지 알 수 있었어요. 목욕할 수 있는 조그만 통을 마지막에 넣어주면, 카나리아는 내가 내려놓기가 무섭게 물속으로 첨벙 뛰어들다시피 했어요. 먼저 날개를 한 짝씩 흔든 다음에 머리를 물에 박았다가 가슴 깃털을 씻었어요. 나중에는 물이 부엌에 온통 튀었는데, 그래도 나오지를 않더군요. 나는 이렇게 말했죠. "아이고, 그 정도면 됐어. 이젠 그냥 뽐내는 것 같은데." 마침내 물에서 나온 다음에는 팔짝팔짝 뛰고서는 한쪽 다리로 선 채로 자기 몸을 쪼아서 말

렸어요. 끝으로 몸을 한번 부르르 떨고, 홱 털고, 짹짹거린 다음에 고개를 한껏 젖혔어요—아, 떠올리니 너무 마음이 아프네요. 이때쯤에 나는 늘 칼을 씻고 있었는데, 도마에 대고 반질반질하게 닦고 있는 칼들도 함께 노래하는 것 같았답니다.

…반려자. 그래요, 카나리아는 내게 그런 존재였어요. 완벽한 반려자였어요. 혼자 살아본 사람은 그런 존재가 얼마나 중요한지 잘 알 거예요. 물론 젊은이 세 명이 매일 저녁을 같이 먹고 가끔은 식사 후에 다이닝룸에 남아서 신문을 읽기도 했죠. 하지만 그들이 나의 하루를 이루는 작은 것들에 관심을 가져주리라 기대할 수는 없었어요. 왜 관심이 있겠어요? 나는 그들에게 무의미한 존재인데요. 사실, 어느 저녁에는 계단에서 내 이야기를 하면서 '허수아비'라고 부르는 것까지 들었답니다. 괜찮아요. 상관없어요. 털끝만치도 상관없어요. 이해하니까요. 그들은 젊잖아요. 내가 왜 언짢게 생각하겠어요? 하지만 그날 저녁에 혼자가 아니라서 정말 다행이라고 생각했던 것이 기억나네요. 젊은이들이 떠난 다음에 나는 카나리아에게 말했어요. "저 사람들이 나를 뭐라고 불렀는지 알아?" 그러자 카나리아는 고개를 한쪽으로 갸웃하고 초롱초롱 빛나는 눈으로 나를 바라보았는데, 그 눈빛을 보고 끝내 나는 웃음을 터뜨렸어요. 카나리아가 재밌어하는 것 같았거든요.

…새를 키워봤나요? 경험이 없다면 내 이야기가 과장 같고 미덥지 않을 수도 있겠군요. 사람들은 새가 감정이 없는 차가운 동물이라고, 개나 고양이와 다르다고 생각하죠. 우리 집에 월요일마다 오던 세탁부는 귀여운 폭스테리어나 키우지 그러냐고 말하곤 했어요. "카나리아는 키워봤자 위로가 되지 않잖아요." 사실이 아니에요! 전

혀 그렇지 않아요! 한번은 이런 적이 있답니다. 그날 나는 끔찍한 악몽을 꿨어요. 꿈이라는 것은 이따금 너무나 무시무시하고 잔인해서, 깨어난 뒤에도 도저히 진정할 수 없었어요. 그래서 나는 실내 가운을 걸치고 물을 마시러 부엌에 내려갔어요. 비가 거세게 쏟아지는 겨울밤이었어요. 잠이 덜 깨 비몽사몽했는데, 블라인드가 달려 있지 않은 부엌 창문 밖에서 어둠이 나를 엿보고 있는 것 같았어요. 갑자기 나는 '엄청 무서운 꿈을 꿨어.'라거나 '어둠으로부터 나를 숨겨줘.'라고 말할 사람이 없다는 사실이 견딜 수 없을 정도로 비참했어요. 심지어 잠시 손으로 얼굴을 가리기까지 했답니다. 그런데 그때 조그만 노랫소리가 들려왔어요. "스위트, 스위트!" 새장이 식탁 위에 있었는데, 덮개가 흘러내려 한 줄기 빛이 비쳤어요. "스위트, 스위트!" 사랑스러운 나의 새가 다시 한번 부드럽게 말했어요. '나 여기 있어요, 아주머니. 나 여기 있어요.' 이렇게 말하는 것 같았어요. 그 소리가 너무나도 따뜻하게 마음을 위로해줘서 나는 울음을 터뜨릴 뻔했어요.

…그런데 이제 나의 카나리아는 떠났군요. 다시는 새를, 아니 어떤 동물도 키우지 못할 거예요. 도저히 못할 것 같아요. 나의 카나리아가 눈에서는 빛이 사라진 채로 바닥에 등을 대고 누워 발가락을 구부리고 있는 모습을 발견했을 때, 두 번 다시 카나리아의 노랫소리를 듣지 못하리라는 사실을 깨달았을 때 내 안에서도 무언가 죽었어요. 가슴속이 마치 새장처럼 텅 빈 느낌이었어요. 나는 괜찮아질 거예요. 물론 그래야만 해요. 시간이 지나면 뭐든지 익숙해지는 법이니까요. 게다가 사람들은 내가 천성이 밝다고 하더군요. 그 말이 맞아요. 신에게 감사할 일이에요.

…아무리 그렇더라도, 우울에 집착하거나 추억에 매달리려는 건 아니지만, 어쩐지 삶이 더없이 슬프게 느껴진다는 것을 고백할게요. 정확히 무엇 때문인지는 모르겠어요. 질병이나 가난이나 죽음처럼 우리가 흔히 생각하는 슬픔을 뜻하는 게 아니에요. 아니, 이건 달라요. 이것은 우리가 내쉬는 숨결처럼 어딘가 깊은, 아주 깊은 곳에서 우러나와요. 아무리 열심히 일해서 몸을 피곤하게 해도 잠깐 움직임을 멈춘 순간 나를 기다리고 있는 그것의 존재를 느껴요. 다른 사람들도 나처럼 느끼는지 자주 궁금해요. 영영 알 수 없겠죠. 그렇지만 그 달콤하고 명랑한 노랫소리 아래 결국 이런 것이, 슬픔이 존재한다는 게 놀랍지 않나요? 아, 무엇이었을까요, 내가 들은 그것은.

6년 뒤(미완)

갑판에 나가 있을 만한 날씨가 아니었다. 반대로, 따뜻한 선실의 따뜻한 침대 속에 있으면 더없이 포근할 그런 날이었다. 담요를 덮고 따끈한 물병과 뜨거운 차 한 잔을 옆에 놓고 있으면 이런 날씨도 견딜 만할 것이다. 그렇지만 그는—선실에 머무르기를 싫어했다. 어쩔 수 없는 상황이 아니면 실내에 있지 않으려고 했다. 그의 표현에 따르면, 그는 몸을 밖에 '내놓는 것'을 선호했는데, 여행할 때는 더더욱 그랬다. 그가 사무실에 갇혀 있는 시간을 생각하면 무리도 아니었다. 그래서 그가 배에 타자마자 서둘러 어디론가 사라졌다가 5분 뒤에 돌아와 바람이 부는 반대쪽 갑판에 야외용 의자 두 개를 맡아놓았으며 승무원이 담요를 준비하고 있다고 말했을 때 그녀는 바짝 치켜세운 물범가죽 목깃 위로 "잘했어."라고 중얼거렸다. 게다가 그가 표정을 살피고 있었기 때문에 그녀는 미소를 띠고 '정말 좋아. 정말이야.'라고 말하는 것처럼 밝게 빛나는 눈을 빠르게 한 번 깜박였는데, 그것이 그녀의 진심이었다.

"그럼 얼른—" 그는 그녀의 손을 잡아 자기 팔 아래 끼우고 의자가 있는 곳으로 급히 이끌기 시작했다. 하지만 그녀는 숨이 가빴다. "좀 천천히 가, 여보." 그때쯤엔 그도 기억하고 걸음을 늦추었다.

이상하다! 그들이 결혼한 지 28년이 다 되었는데 여전히 그는 그녀에게 맞추어주려면 매번 의식적으로 노력해야 했다.

"춥진 않지?" 그가 곁눈질하며 물었다. 짙은 모피 깃 위로 분홍색 제라늄처럼 빨갛게 물든 코만 보아도 대답은 뻔했다. 그러나 그녀는 반대쪽 손을 코트의 벨벳 주머니에 넣고 쾌활하게 중얼거렸다. "담요를 덮으면 따뜻하겠지."

그는 그녀를 가까이 끌어당겼다—급하고, 불안한 몸짓이었다. 물론 그도 그녀가 선실에 머물러야 한다는 것을 잘 알았다. 이렇게 춥고 습한 날에는 바람이 불어오는 쪽이든 반대쪽이든, 담요가 있든 없든 그녀가 갑판에 나와 있으면 안 된다는 것을 알았다. 그녀가 지금 갑판에 나가기 싫으리라는 사실도 알았다. 그러나 상대에게 희생하는 것이 자신보다는 그녀에게 더 쉽다고 그는 인제 진심으로 믿게 되었다. 지금 상황만 보아도 그렇다. 만일 그가 그녀와 함께 선실에 머물렀다면 항해하는 내내 기분이 안 좋을 터이며 안 좋은 기분을 감추지도 못할 것이다. 하여간에 그녀는 금새 알아차릴 것이다. 반대로, 그의 뜻을 따르기로 마음먹은 지금 그녀는 갑판에 나와 있는 것을 심지어 즐길 거라고 그는 장담할 수 있었다. 그녀가 줏대가 없어서가 아니었다. 절대 아니다! 오히려 그녀는 자기 소관이 뚜렷했다. 그러나… 그러나 여기서 그는 늘 생각을 멈췄다. 여기서 늘 시가를 꺼내야 했다. 시가를 피우고 싶어졌다. 시가 끝을 바라보다 그는 아름다운 파란 눈을 가늘게 떴다. 아마도 결혼의 법칙인 모양이라고 그는 짐작했다…. 그럼에도 그녀에게 희생을 요구할 때마다 죄책감이 엄습했다. 조금 전의 급하고 불안한 몸짓은 죄책감을 뜻했다. 그의 영혼이 그녀의 영혼에게 말했다. '당신은 이해하지, 그

렇지?' 그러면 그녀의 손가락이 떨면서 대답했다. '이해해, 정말로.'

승무원은—성실한 젊은이였다—그들을 편하게 해주려고 확실히 최선을 다했다. 갑판에서 그나마 따뜻하고 냄새가 덜한 곳을 찾아 의자를 놓았다. 그가 승무원에게 걸맞은 팁을 주기를 그녀는 바랐다. 이럴 때면(그녀의 인생에는 이런 순간이 가득했다) 그녀는 여자가 돈을 관리하면 좋겠다고 생각하며 안타까워했다.

"고마워요, 승무원. 아주 좋아요."

'승무원들은 왜 하나같이 연약하게 생겼을까?' 승무원이 발에 담요를 덮어줄 때 그녀는 생각했다. '저 딱한 젊은이는 폐가 안 좋아 보이는데, 생각해보면 바다 공기가….'

돼지가죽 지갑의 단추가 풀렸다. 팁 통이 기울어졌다. 6펜스와 실링과 하프크라운 동전 들이 보였다.

'나라면 5실링을 주겠어.' 그녀는 생각했다. '그리고 영양가 있는 것을 꼭 먹으라고—'

승무원은 1실링을 받았고, 모자를 치켜들며 진심으로 고마워하는 표정으로 인사했다.

글쎄, 이보다 나쁠 수도 있었다. 6펜스를 주려고 했을지도 모른다. 물론 가능한 일이다. 왜냐하면 그 순간에 아이 아버지가 그녀를 돌아보며 지갑을 넣고, 반쯤 사과하는 표정으로 말했기 때문이다. "1실링을 줬어. 꽤 수고한 거 같아서. 그렇지?"

"오, 물론이야! 정말 잘 준비했어." 그녀가 말했다.

출항의 소동이 잦아들고 나면 기선은 놀랄 정도로 잠잠해진다. 15분 만에 승객들은 벌써 며칠이나 바다에 나와 있었던 것처럼 느낄지도 모른다. 새로운 환경에 사람들이 아이처럼 순순히 적응하는 모습을 보면 가슴이 뭉클하기까지 하다. 사람들은 오후 일찍 잠자리에 들고서는, 테이블을 뒤집은 뒤에 테이블보를 덮어쓰고 '이제 밤이야.'라고 말하는 어린아이들처럼 눈을 감는다. 갑판에는 늘 같은 부류의 사람들이 남는 듯하다—항해에 단련된 남자 여행객들. 이들은 잠시 멈춰 서서 파이프에 불을 붙이고 성냥불을 살살 밟아서 끈 다음에 바다를 응시한다. 갑판을 오르내릴 때는 목소리를 낮춘다. 다리가 길쭉한 소녀들이 뺨이 발그스레한 소년들을 쫓아 뛰지만, 곧 두 사람 모두 잡힌다. 불이 들어오지 않은 남포등을 흔들며 늙은 선원은 지나가고, 사라진다….

그는 의자에 누워 담요를 턱 밑까지 끌어 올렸다. 그가 깊이 심호흡을 하는 것이 그녀의 눈에 들어왔다. 바다 공기! 바다 공기를 그가 어찌나 찬미하는지. 그는 바다 공기에 치유력이 있다고 굳게 믿었다. 그는 배에 타자마자 바다 공기를 가득 들이마셔야 한다고 늘 주장했다. 안 그러면 나중에 바다 공기의 기세에 놀라 감기에 걸릴지도 모른다며.

그녀가 소리 죽여 웃었지만 그는 재빨리 돌아보았다. "왜?"

"당신 모자." 그녀가 말했다. "당신이 모자 쓴 모습은 도저히 적응이 안 돼. 꼭 도둑처럼 보여."

"그럼 나더러 어떻게 입으라는 거야?" 그는 한쪽 잿빛 눈썹을 치켜올리고 코에 주름을 잡았다. "게다가 이건 품질이 훌륭해. 장인의 작품이지. 안감이 고급스러운 흰색 새틴이야." 그는 잠시 말을 멈추었다가, 이런 대화를 나눌 때마다 인용한 구절을 수백 번째로 읊었다. "그녀의 보석은 찬란하고 희귀하였으니.*"

---

* 아일랜드 시인 토머스 무어의 시에서 인용했다.

그녀는 흰색 새틴 안감을 자랑스러워하는 모습이 어린애 같다고 생각할 뿐이었다. 아마 그는 모자를 벗어서 만져보라고 하고 싶은 심정일 것이다. '이 품질을 느껴봐!' 이런 이야기를 하면서 얼마나 자주 그녀가 그의 코트와 셔츠 커프와 넥타이와 양말과 리넨 손수건을 만져보아야 했는지.

그녀는 조금 더 몸을 깊숙이 뉘었다.

작은 증기선은 부드럽게 흔들거리며, 대각선으로 쏟아지는 빗줄기의 장막에 가려진 매끄럽고 잔잔한 잿빛 바다를 가르며 나아갔다.

멀리서, 게으름을 피우듯, 맥없이 갈매기들이 날고 있었다. 한순간 파도에 앉았다가, 다음 순간 빗줄기 속으로 날아갔다. 창백한 하늘에서 갈매기들은 진주알에 흐르는 광택처럼 빛났다. 춥고 외로워 보였다. 우리가 지나가고 나면 얼마나 외로울까, 그녀는 생각했다. 파도와 갈매기들과 빗줄기만 남을 것이다.

녹슨 난간 사이에 맺혀 떨고 있는 커다란 빗방울들을 바라보다가 그녀는 돌연 입을 꾹 다물었다. 머릿속에서 경고가 울린 것 같았다. '보면 안 돼!'

'안 볼 거야.' 그녀는 결심했다. '너무 우울해. 너무너무 우울해.'

하지만 곧바로 그녀는 눈을 뜨고 다시 보았다. 외로운 갈매기들, 출렁이는 바다. 창백하고 하얀 하늘—이것들이 어떻게 변했을까?

저 멀리 하늘과 바다 사이에 누군가 아른거리는 듯했다. 몹시 외롭고 그리움에 사무친 이가 그들이 지나가는 것을 보고 멈춰달라고 외쳤는데—그녀에게만 외치고 있었다.

'어머니!'

'날 두고 가지 마요.' 애원이 들려왔다. '나를 잊지 마요! 나를 잊고 있잖아요. 어머니도 그걸 알잖아요!' 그녀의 가슴에서 어린아이의 흐느낌이 흘러나온 것 같았다.

'아들아, 소중한 내 아들—그렇지 않아!'

쉬! 어떻게 이럴 수가 있을까! 조용한 증기선 갑판에서 아이 아버지 옆에 앉아 있는 동시에 그녀는 가냘픈 어린 소년을, 무서운 악몽에서 막 깨어나 하얗게 질린 소년을 안고 달래고 있었다!

'꿈에서 난 숲에 있었어요—아무도 모르는 외진 곳이었어요. 내가 누워 있는데 거대한 블랙베리 덤불이 내 위로 자라났어요. 엄마를 계속해서 불렀는데 엄마는 오지 않았어요—끝까지 오지 않았어요—그래서 난 평생 거기에 누워 있어야 했어요.'

무시무시한 꿈이다! 아이는 늘 악몽에 시달렸었다. 수년 전 아이가 어렸을 때 그녀는 친구들과 다이닝룸이나 응접실에서 함께 있다가도 핑계를 대고 나와 계단 밑에서 귀를 기울이곤 했었다. '엄마!' 아이가 잠이 들면 아이의 꿈이 그녀를 따라 램프의 둥근 불빛 속으로 돌아와 유령처럼 그곳에 자리를 잡았다. 이제는—

이제는 훨씬 더 자주—매 순간—어디에서도—그녀는 마음을 놓지 못했다. 한시도 방심하지 않았지만 아이의 목소리가 들려왔다. 아이가 그녀를 찾고 있었다. '엄마가 최대한 빨리 가고 있어! 최대한 빨리!' 그러나 어두컴컴한 계단은 끝나지 않았고, 가장 괴로운 꿈은—늘 똑같은 꿈을 꾸었다—영원히 계속되며 결코 달랠 수 없었다.

괴롭다! 이 고통을 어찌 견디나! 견디기 어려운 것은 그녀 자신의 고통이 아니라—아이가 고통받고 있다는 생각이다. 죽은 이를 위해서 아무것도 해줄 수 없는 건가? 오랫동안 결론은 똑같았다—아무것도 해줄 수 없다!

…그러나 어두운 장막이 소리 없이 내려왔다. 더는 아무것도 없었다. 연극이 끝났다. 하지만 이렇게 끝날 수는 없다—이렇게 갑작스럽게. 계속되어야 한다. 아니, 이제는 차갑다. 미동도 없다. 기다려봤자 아무 소용없다.

하지만—아이가 다시 갔을까? 아니면, 전쟁*이 끝난 뒤에 아이가 영영 집에 돌아왔을까? 물론 결혼도 할 것이며—물론 나중에, 앞으로 몇 년간은 아니다. 물론 내가 아이의 결혼식과 첫 손주를 기억하는 날이 올 것이다—검은 머리칼의 아름다운 소년이 이른 아침에 태어날 것이다. 아름다운 봄날 아침에!

'오, 어머니, 이런 생각을 내 머릿속에 넣으면 안 돼요! 그만해요, 어머니, 그만! 내가 놓친 것들을 생각하면 견딜 수 없어.'

"견딜 수 없어!" 그 말을 내쉬며 그녀는 벌떡 몸을 일으키고 검은 담요를 밀쳐낸다. 몹시 춥다. 어스름이 재처럼 쉼 없이 창백한 바다에 내려앉고 있다.

그리고 작은 증기선은 점점 단호하게, 고동치며, 나아갔다. 이 여행 끝에서 기다리고 있는 것처럼…

* 1차세계대전 당시에 캐서린 맨스필드의 막냇동생 레즐리가 군사 훈련 중에 폭발한 수류탄에 사망했다. 이 단편은 레즐리가 죽고 6년이 지난 해에 집필되었다.

옮긴이의 말

코호북스에서 출간하는 맨스필드 선집의 두 번째 단편선을 대표하는 작품으로 「프렐류드 *Prelude*」를 선정했다. 맨스필드의 가장 유명한 작품이자 영미 단편 모음집에 거의 빠짐없이 수록되는 「가든파티 *Garden Party*」만큼 한국 독자들에게는 잘 알려지지 않았지만, 「프렐류드」야말로 맨스필드가 작가로서 정체성을 확립하고 20세기 영국 문학의 선구자로서 새롭게 태어났음을 알린 작품이다. 획기적인 형태와 독특한 서술로 모더니즘의 정점을 찍은 이 작품이 탄생하게 된 배경에는 사랑하는 동생의 죽음이라는 가슴 아픈 사연이 있다.

열두 장의 에피소드로 이루어진 긴 단편 「프렐류드」는 「알로에 *The Aloe*」라는 제목으로 시작되었다. 「알로에」를 집필하기 전에 맨스필드는 꽤 오랜 시간 침체기에 빠져 있었다. 작가가 되겠다는 일념으로 뉴질랜드를 떠나 혈혈단신으로 런던에 왔지만, 사랑하는 남자와 결별, 한나절만에 끝난 충동적인 결혼, 의도치 않은 임신과 유산 등 갖가지 사건을 겪은 뒤에 독일에서 지낸 경험을 토대로 쓴 신랄한 단편집 『독일 하숙에서 *In a German Pension*』를 출간하고 몇몇 문예지들에 단편과 시, 사설을 발표했을 뿐 작가로서 크게 두각을 드러내지 못했다.

이때 맨스필드와 사이가 각별한 막냇동생 레즐리가 영국 군대에 입대하여 훈련을 받으러 런던에 왔다. 오랜만에 만난 동생과 옛날 이야기를 하던 맨스필드는 자신의 유년시절과 고향 뉴질랜드를 새로운 시선으로 보게 되었고, 그해 5월에 「알로에」를 집필하기 시작했다. 그러나 남매가 만나고 고작 8개월 뒤에 레즐리가 훈련 중 잘못 폭발한 수류탄에 사망했다. 동생을 잃은 슬픔에 잠겨 몇 달이나 집필 활동을 하지 못하던 맨스필드는 자신들의 찬란한 추억을 글을 통해 되살리겠다는 각오를 다지며 작가로서 새로운 사명을 품었고, 동생의 탄생으로 이야기를 마무리 짓겠다는 생각으로 「알로에」를 다시 펼쳤다.

시작부터 끝맺음까지 거의 2년이나 걸린 이 소설은 버지니아 울프와 레너드 울프가 설립한 출판사 호가스 프레스의 두 번째 단행본으로 선택되었다. 맨스필드는 많은 수정을 거쳐 새롭게 편집한 원고에 남편 존 미들턴 머리가 제안한 제목 「프렐류드」를 붙여서 전달하였고, 1918년 7월에 버지니아 울프 부부가 손수 조판하고 인쇄한 초판 300부가 출간되었다.

21세기 독자에게도 난해하게 느껴질 수 있는 〈프렐류드〉는 아마 그 시대 독자에게는 더욱 생경하게 다가왔으리라 예상된다. 아침부터 밤까지 스탠리 버넬 일가의 모습을 파편적으로 보여주는 이 소설은 일반적인 플롯의 전개가 없으며 인물의 발달에 집중하지 않는다. 때로는 눈에 보이는 광경만을 담담하게 훑고 지나가고 때로는 마음속 깊은 곳의 은밀한 생각을 비추는 화자의 시선을 따라가며 여러 의식의 세계를 넘나들다보면 독자는 어느새 이 가족 구성원의 특성뿐 아니라 서로와의 관계를 이해하고, 이들의 삶을 공유하게 된다. 이것이 바로 맨스필드가 추구하던 목적으로, 그는 자신의 인물들에게 생명을 불어넣어 독자의 마음속에서 살아나게 하려면, 그들의 가장 진실한 모습을 추출하여 투명하게 이야기에 담아내야 한다고 생각했다. 이토록 막중한 과제를 위해 자신이 개발한 형태를 맨스필드 본인도 어떻게 정의해야 할지 모르겠다며, 이렇게밖에 설명할 수 없다고 친구에게 말했다.

"사실을 말하자면 나는 내가 태어난 섬을 열정적으로 사랑해요. 그곳에서 이른 아침마다 나는 이 작은 섬이 밤새 짙푸른 바다에 잠겼다가 첫 햇살이 비추는 순간 눈부신 스팽글과 반짝이는 이슬에 휘감긴 채로 다시 떠오른다고 생각했어요.(이슬에 촉촉하게 젖은 풀밭을 달리노라면 발에서 실제로 짠맛이 느껴졌어요.) 그 순간을 포착하려고 노력한 거예요. 그 순간의 빛과 맛까지도요. 그런 아침에 우윳빛 안개가 떠올라 어떤 아름다움을 드러냈다가 감추었다가 또다시 보여주기를 되풀이하듯이, 나의 인물들에게서 그 안개를 걷었다가 다시 드리운 거예요."

〈프렐류드〉는 또한 맨스필드가 여성의 이야기를 하는 작가로서 성숙했음을 시사하는 작품이기도 하다. 〈프렐류드〉에는 각기 다른 나이대의 여성 네 명이 주요 인물로 등장하는데, 린다 버넬에 대한 탐구가 특히 흥미롭다. 소설 초반에 독자는 린다 버넬이 자식들을 대하는 냉정한 태도에 거부감을 느낄지도 모른다. 거리가 가깝고 멀고를 떠나서 아이를 안고 가는 건 상상도 할 수 없는 린다는 딸들이 무사히 왔나 보려고 눈을 뜨지도 않는다. 그러나

이야기가 흘러감에 따라 독자는 린다를 단순히 무정한 어머니가 아니라 비밀스러운 갈망과 갈등을 품고 있는 한 여자로 보게 된다. 린다는 남편을 사랑하지만 성생활과 임신에 대한 두려움에 시달리고, 아내와 어머니로서의 역할에서 벗어나 세상을 모험하고 싶은 충동을 억누르며 살고 있다. 「프렐류드」의 후편이라고 할 수 있는 「만에서」에서 맨스필드는 린다의 내적 갈등을 한층 더 깊이 파고든다.

"아이를 낳는 것이 여자의 삶이라고들 쉽게 말하지만 그건 사실이 아니다. 사실이 아니라고 린다 자신이 증명할 수 있었다. 임신과 출산을 거치며 린다는 망가지고 약해지고 용기를 잃었다. 이것이 더더욱 견디기 어려운 이유는, 린다는 자식들을 사랑하지 않기 때문이었다. 사랑하는 척해도 소용없었다. 체력이 받쳐주었어도 린다는 딸들에게 젖을 먹이거나 그들과 함께 놀아주지 않았을 것이다. 그 끔찍한 일을 겪을 때마다 얼음장같이 차가운 숨결이 그녀를 속속들이 얼리고…"

린다의 차가운 껍질 아래 숨겨져 있는 복잡한 심리와 억눌린 욕망에 대한 공감 어린 시선은 맨스필드가 린다 버넬의 실제 인물인 자신의 어머니를 같은 여성으로서 이해했을 뿐만이 아니라 여성에게 모성과 무조건적인 희생을 기대하는 가부장적 이상에 반발하고, 어쩌면 어린 시절 자신에게 다소 차갑고 비판적이었던 어머니를 용서했다는 뜻인지도 모른다.

〈프렐류드〉는 맨스필드가 처음에 계획했던 바와 달리 아기의 탄생이 아니라 키지어가 베릴 이모의 방에서 나가는 장면으로 마무리되었지만, 이야기에서 거듭 암시된 린다 배 속의 아기는 〈만에서〉에서 갓난아기로 등장한다. 그의 작품 중에서도 특히 걸작으로 손꼽히는 이 작품들을 통해 맨스필드는 자신들의 추억을 예술로 남겨 아름다운 시절에 대한 '사랑의 빚'을 갚겠다는, 죽은 동생과의 약속을 지켰을 뿐만이 아니라, 단편소설의 무한한 가능성을 보여주고 영국 문학에 새로운 장을 열었다.

기승전결식 플롯의 부재와 모호한 결말 때문에 맨스필드의 작품은 때론 어렵게 느껴지기도 한다. 이야기에서 누구나 알아보고 동조할 '의미'를 찾을 수 없어 당혹스럽거나 어리둥절할지도 모른다. 그러나 맨스필드는 '플롯'을 거부하고 새로운 형태를 찾고자 한 선구자이자 모험가였다. 친구이자 라이벌이었던 버지니아 울프에게 말했듯이 그는 작가의 본분은 해답을 제공하는 것이 아니라 문제를 제기하는 것이며, 바로 그것이 진정한 작가와 거짓된 작가를 구별하는 명확한 기준선이라고 믿었다. 정리되지 않은 모호함 속에서 깨달음과 충격이 아렴풋이 가물거리는 맨스필드의 글은 실제 삶을 닮았으며, 이야말로 그가 투철한 직업정신을 품고 철저하고 신중한 집필로 일구어낸 성과다. 따라서 맨스필드의 작품을 읽을 때는 어떤 정해진 답을 찾기보다는 이야기의 색과 향과 맛, 음악에 주의를 기울이며 그가 건네는 삶의 한 조각을 음미해보면 더욱 풍성한 경험을 할 수 있으리라 믿는다.

호가스 프레스의 초판 〈프렐류드〉 표지에 들어간 이 이미지는 캐서린 맨스필드와 존 미들턴 머리의 친구였던 스코틀랜드 예술가 존 던컨 퍼거슨의 라인 블록 작품이다. 버지니아 울프 부부가 마음에 들어하지 않아서 초판의 일부에만 포함되었다고 한다.

옮긴이 : 구원

독립출판사 코호북스에서 기획과 번역을 담당하며 프리랜서 번역가로 활동하고 있다. 『뉴 그럽 스트리트』, 『짝 없는 여자들』, 『셔기 베인』 등을 우리말로 옮겼다.

프렐류드 - 찬란한 추억의 정원

1판 1쇄 발행 2022년 9월 29일

지은이: 캐서린 맨스필드
옮긴이: 구원
편집: 김수현

펴낸곳: 코호북스(coho books)
주소: 강원도 홍천군 두촌면 한계길 84
출판등록: 제2019-000005호
팩스: 0303-3441-1115
전자우편: cohobookspublishing@gmail.com
인스타그램 coho_books23

ISBN: 979-11-91922-07-3 (03840)
값은 뒤표지에 있습니다.